BÉNIE SOIT SIXTINE

MAYLIS ADHÉMAR

BÉNIE SOIT SIXTINE

roman

Julliard

ISBN : 978-2-260-05454-2
Dépôt légal : août 2020

À Joan

Sauveterre-de-Rouergue, décembre 2014

Mon Père, je m'abandonne à vous.
Je m'abandonne,
à ma propre décision.
Mon choix.
Seigneur, j'ai prié des heures durant
à genoux,
même quand mon corps se refusait à le faire.
J'ai confessé mes fautes.
J'ai suivi vos enseignements.
J'ai récité des chapelets,
chaque dimanche. Des rosaires aussi.
Je me suis abandonnée.
Seigneur, j'ai souffert en sacrifice pour les fautes des pécheurs.
Ces fautes qui offensent votre Sacré-Cœur. J'ai tout offert.
J'ai fait pénitence.

Vous ne m'avez pas abandonnée.
Moi, la femme seule, faible, soumise à la tentation.
La mère solitaire.
À chaque cri d'Adam,
dans les nuits d'infortune,
dans les sourires du monde au creux du transat brûlant de l'été.
Dans ses premiers pas hésitants.
Vous étiez là.
Vous ne m'avez pas abandonnée.

Tu *ne m'as pas abandonnée.*

Malgré ma désobéissance, mon infidélité, ma fuite.
Tu étais là.
Ce sera ce soir.
Ce soir je trouverai la force.
Renoncer au péché mortel
ou croire en ma propre vérité.
Ce sera mon choix,
mon abandon.
Et tu seras là, je le sais.
Je n'ai pas peur.
Pas peur de toi.
Je suis cette femme qui vient de passer dix-huit mois avec Adam.

1

« Multipliez-vous ! »

Les Sorinières, avril 2012

Ils se pressent. Qui atteindra en premier les quatrième et cinquième rangs ? Qui pourra s'afficher juste derrière les rangées d'honneur, où trônent parents si fiers, grands-parents bien droits, cousins très chics et neveux à bouilles d'anges ? Ils sont au moins deux cents à jouer très poliment des coudes dans la chapelle de La Maillardière. Un genou à terre, un grand signe de croix face à l'autel, et vite, des centaines de paires d'yeux se mettent en quête de la meilleure place. On évite de se cogner le nez au large chapeau d'une élégante à talons. On furète, on cherche des yeux une connaissance, un prince au crâne ras et à la jaquette parsemée de décorations militaires. Vite, plus vite. Déjà la musique est là, déjà Hugo entre dans la chapelle au bras de sa mère, une femme en gris au sourire passif et tendre. On sait qu'il vaut mieux être bien placé, le spectacle va durer au moins deux heures. Puis elle apparaît,

Marie-Sophie accompagnée de huit enfants d'honneur tout de blanc et vichy bleu ciel vêtus. Chignon sobre, voile extralong, sourire pudique, teint clair et regard pâle sans maquillage, la jeune mariée prend le bras gauche de son père, un colonel, tête haute et nuque raide, réalisant à cet instant son rêve et son devoir. Devenir l'épouse. Devant l'autel, Hugo l'accueille dans une queue-de-pie noire, sobre, dans laquelle il semble flotter, corps trop maigre pour le costume. Les chapeaux des invitées forment un arc-en-ciel sous la nef. Pas un couvre-chef ne vient gâcher le délicieux tableau. La cérémonie est très réussie. Rite tridentin, flamboyante liturgie, en latin, propre aux catholiques romains depuis le XVIe siècle, devenue si rare, duo de prêtres en chasuble d'or. On claironne des chants, les poitrines se gonflent et les narines respirent l'odeur sacrée des bouquets de fleurs, des lys opale montés avec de la ficelle couleur paille sur les bancs. Arrivent l'échange des alliances, l'*Ave Maria*, la consécration des époux à la Vierge, à genoux face à la statue de Marie l'Immaculée, la prière pour la France : « Dieu tout-puissant et éternel, qui a établi l'empire des Francs pour être dans le monde l'instrument de Vos Divines Volontés, le glaive et le bouclier de Votre Sainte Église… »

On se retrouve pour un cocktail au champagne sur le perron d'un petit château au bord de la Loire. Les pieux invités ont la gorge sèche. Sixtine boit posément. Un petit verre, deux, pas plus. Elle déteste l'ivresse et la connaît à peine. Le nouvel arrivé à la table « Bertrand Du Guesclin » l'attire bien davantage que la sainte boisson. Sixtine regarde le nom du retardataire sur le carton à gauche de son assiette : Pierre-Louis Sue de La Garde.

— Je suis un ami d'Hugo, de l'X, dit Pierre-Louis.

— Sixtine Duchamp, nous chantons dans la même chorale à Rennes avec Marie-Sophie. Je crois que nous nous sommes déjà rencontrés.

— Et j'aurais oublié cela ?

— C'était il y a longtemps, j'étais enfant. Au camp d'été des Frères de la Croix.

— Alors *mea culpa* ! Je n'en ai pas manqué beaucoup, lance le jeune homme en approchant la flamme de son briquet de sa cigarette.

— Duchamp ? reprend-il en fronçant les sourcils.

— Oui.

— Vous êtes de la famille de sœur Thérèse de Jésus ?

— Tout à fait, c'est ma sœur aînée.

Sixtine ne peut pas s'empêcher de regarder en coin la coupe militaire du jeune homme, élancé, solide, cheveux ras, nuque dégagée, le costume parfaitement taillé, bleu marine, les boutons à fleur de lys et le nœud papillon rouge-bordeaux. Après le bénédicité, on passe à table.

Autour des assiettes de saumon en papillote les échanges sont cordiaux, ponctués de parenthèses, les discours des pères, celui de Marie-Sophie, ravi de l'union des familles et de la descendance à venir, puis le paternel d'Hugo qui remercie l'assistance et se réjouit d'accueillir dans sa famille une aussi charmante belle-fille. La table du Guesclin est sympathique : ils ont tous entre vingt et trente ans, leur principal point commun est leur statut de célibataire. Dès le second rock, Pierre-Louis se tourne vers Sixtine. Ils dansent ensemble le temps de trois chansons.

Le polytechnicien apprécie sa partenaire de piste, souple, sans en faire trop, se laissant guider, gracieuse, souriante. Humblement, elle lui a déjà dit qu'elle étudiait l'histoire de l'art à l'Institut catholique de Rennes. Il lui a longuement raconté comment, après trois ans à Paris dans le privé, il avait récemment monté son entreprise de conseil en technologies de l'information, avec un camarade de promo *au profil complémentaire*. Ils n'ont pas besoin d'en savoir plus l'un sur l'autre ; sur la piste encombrée de corps agiles leurs pas s'accordent à merveille. À un serveur en veston, Pierre-Louis demande une coupe de champagne pour la danseuse. Le meneur de ballet se sert un double whisky. Elle le trouve sûr de lui, rigoureux, séduisant, fier, direct, une personne de confiance. Un regard franc, comme ces hommes sur les images pieuses de l'autel familial, des visages de saints militaires. C'est cela. Pierre-Louis a le regard courageux de ces soldats de Dieu, virils mystiques aux pieds desquels Muriel, la mère de Sixtine, déverse tant de prières.

Sixtine n'a pas à attendre longtemps. Trois jours plus tard, Pierre-Louis Sue de La Garde l'invite dans un bon restaurant de Rennes, puis à un concert de musique classique. Enfin, le premier week-end de mai, elle accepte une invitation à une journée champêtre chez des amis de Pierre-Louis, à côté de Brest, la jeune sœur de ce dernier, Élisabeth, faisant office de chaperon, avec la bénédiction de Muriel et Bruno Duchamp, ses parents. Là, au cours d'une balade sur la côte déchiquetée, les lèvres du polytechnicien effleurent celles de Sixtine. Un baiser confiant, bouche sur bouche. Le surlendemain, de son costume de ville bleu marine, Pierre-Louis sort une boîte, dévoile une bague de fiançailles en or, sertie d'une améthyste. Il déclare vouloir cinq ou six enfants, précise que son entreprise marche du tonnerre, Sixtine peut arrêter là ses études, pas la peine de s'embêter à chercher un travail, elle aura fort à faire avec les héritiers Sue de La Garde. Ils arriveront bientôt et occuperont tout son temps.

— Madame Pierre-Louis Sue de La Garde, chuchote-t-il.

Sixtine sourit, acquiesce, ravie. C'est cela sa place ! À quoi bon chercher une orientation ? Ces trois années d'histoire de l'art passionnantes, mais perpétuellement menacées d'une épée de Damoclès – et demain, que faire ? – ont trouvé leur épilogue. Leur juste dénouement. Demain ? Elle sera Mme Pierre-Louis Sue de La Garde. Ils auront cinq enfants, ou six, *si Dieu le veut.* Une nouvelle maison lui ouvrira ses portes, elle lui appartiendra, Madame en sera maîtresse. Une grosse demeure bourgeoise dans un faubourg de Nantes. Pierre-Louis a déjà signé un compromis de vente.

— Elle te plaira, assure-t-il, quelques minutes après lui avoir passé l'anneau d'or au doigt.

Sixtine sort de la voiture de son futur époux en titre. Elle contemple la maison de ses parents où Pierre-Louis Sue de La Garde viendra la semaine prochaine faire sa demande officielle à Bruno Duchamp. Ce soir, Muriel est seule dans le salon. Elle a la primeur de cette belle alliance. Ravissement, sourires, félicité. Ce soir-là, en actions de grâces, elle récite un rosaire à la place du chapelet quotidien. Un *Pater*, dix *Ave*, cinq fois de suite, le tout répété à trois reprises. *Un mariage avec un Sue de La Garde ? Quel cadeau du ciel !* Au même moment, dans sa chambre de jeune fille, Sixtine s'immobilise devant la fenêtre et contemple à travers la vitre la Vierge romane assise sur son socle de pierre.

Merci Sainte Vierge Marie. Merci. Je ne mérite pas tant de joie, je ne suis qu'une pécheresse, votre fille indigne. Pardon pour mes fautes, pour tous mes péchés. Je suis certaine qu'aux côtés d'un homme aussi pieux et juste que Pierre-Louis, je vais grandir en sagesse, je vais grandir sur le chemin de la sainteté. Merci, Très Sainte Vierge, de me montrer la voie, de mettre sur mon chemin un bon chrétien comme Pierre-Louis. Humblement, je vous remercie et vous loue pour tous vos bienfaits. Amen.

La cérémonie a lieu à la fin du mois d'août dans le domaine familial des grands-parents paternels de Sixtine, une grande maison dans la campagne de Ploërmel. Muriel déteste cet endroit : « la campagne : le jour on s'y ennuie, la nuit on y a peur », répète-t-elle à loisir. Mais aujourd'hui, alors qu'elle contemple le vaste parc fraîchement tondu où est installé le grand chapiteau blanc de la noce, un sourire de béatitude éclaire le visage de la mère de la mariée. À l'intérieur de l'église de Ploërmel, la messe promet d'être encore plus belle que celle de l'union de Marie-Sophie et Hugo. Suivie par des centaines de regards émus, émerveillés, jaloux peut-être (mais qu'importe), Sixtine se dirige vers l'autel, dans sa robe d'une pureté infinie, couronnée d'un diadème de fleurs en tulle, prolongé d'un long voile immaculé. Autour d'elle, douze neveux et nièces dressent une auréole royale, coupes au bol, couettes blondes, vichy rosé pour les petites, marine pour les bambins. Tous ses amis de la chorale de Rennes sont là, dans la chapelle consacrée à sainte Jeanne d'Arc, sous l'oriflamme à fleurs de lys de la Pucelle d'Orléans. Leurs voix s'élèvent sous la nef, chantant la « Vierge couronnée » pour une autre pucelle. Muriel retient une larme de joie profonde et une action de grâces s'échappe de ses lèvres muettes et nues, à l'écoute des voix d'anges célestes.

Vierge couronnée, porte du salut,
Fontaine scellée, par vous est venu
L'Envoyé du Père pour nous racheter,
Ô nous, notre Mère, Vierge couronnée.

Le père Mathias, grand ami de Pierre-Louis et aumônier des Frères de la Croix, agite l'encensoir au-dessus de ses chaussures à boucles d'argent. L'encens, les chants, les chapeaux roses ou verts des invitées, la robe laiteuse de Sixtine, la consécration des époux à l'Immaculée Conception, genoux à terre, regards tendus vers la statue de la Vierge de Fatima. « Ô mon Jésus, pardonnez-nous nos péchés, préservez-nous du feu de l'enfer, et conduisez au ciel toutes les âmes », tout cela est particulièrement réussi. Dans l'assistance, on est ravi. Et le père Mathias monte en chaire.

— Mes enfants, sur vos épaules repose une lourde tâche, celle d'être des époux catholiques dans un monde païen, celle d'être des parents de nouveaux petits croisés qui devront grandir au milieu de ce peuple renégat. Pierre-Louis et Sixtine, tous les enfants que Dieu vous donnera seront une grâce et une grande bénédiction. Comme disait notre fondateur, le frère André, « en ces temps de décadence et d'apostasie, cela devient même un devoir ». Chers Pierre-Louis et Sixtine, et vous, peuples des fidèles, inculquez la foi catholique et romaine à ces enfants que nous espérons nombreux. Je ne peux que vous inviter à suivre les commandements édictés dans la Genèse : « Soyez féconds, multipliez-vous, remplissez la terre et soumettez-la ! »

Au bout de deux heures et demie de cérémonie, Sixtine et Pierre-Louis sortent de l'église. Les pétales de roses véritables volent au vent, glissent entre les doigts des adorables enfants d'honneur. Près de trois cents invités se dirigent vers le domaine familial Duchamp en suivant les jeunes mariés montés dans une Ferrari 250 California noire. Il y a d'abord un toast, une fontaine de champagne, des mignardises apportées par des serveurs en gants blancs que Pierre-Louis appelle en riant « les laquais ». Sixtine serre des mains, tend ses joues, à des amis, fréquentations parentales, tantes aux noms oubliés, parfaits inconnus. Isabelle Ledent, la sœur de l'oncle de Pierre-Louis, le père de Lounarès, un jeune séminariste connu aux camps des Frères de la Croix, le comte de Daumont, M. et Mme Frédéric, de bons amis des parents du marié et ainsi de suite. Il manque seulement sœur Thérèse de Jésus pour parfaire le tableau. Sa mère supérieure a jugé plus sage de ne pas distraire son âme avec cette soirée festive. À 9 heures du soir, le père Mathias entonne le bénédicité et chacun s'installe là où son nom est écrit sur un élégant rectangle de carton. On a pris soin de rassembler les célibataires autour d'une même nappe. À la table d'honneur, les mariés, le père Mathias, les témoins, Marie-Sophie, Hugo, Sandrine et les autres amis proches. Tout près d'eux, les parents des jeunes époux, le comte de Daumont, un colonel et sa femme, et quelques privilégiés que leur rang ou leur degré d'amitié a hissés jusqu'ici. À côté de Muriel trône Madeleine Sue de

La Garde. La génitrice de Pierre-Louis et de toute une tripotée d'autres enfants n'a rien de la prostituée devenue servante de Jésus-Christ dont elle porte en partie le nom. Par ses tenues déjà, mocassins bleu marine, toujours, jupes à l'ourlet situé vingt centimètres au-dessous du genou, écossaise souvent, chemise polo, bleu marine également pour les jours de campagne, chemisier à petits boutons blancs les jours de messe, soit cinq fois par semaine, collier de perles blanches, inamovible, médaille de la Vierge, celle de la rue du Bac, la Miraculeuse. Madeleine est un miracle. Sa volonté est ferme, sa foi inébranlable, sa parole toujours conforme à la tradition catholique. Elle prône la soumission de la mère au chef de famille, le père bien entendu, tout en faisant marcher la maisonnée à la baguette, mari compris. Madeleine est grande, forte, sans être grasse, hanches larges, parfaites pour faire sortir huit rejetons. Solide, elle ne flanche pas, jamais, parle fort, prie humblement courbée, à genoux, rit fort, engueule fort, souvent.

C'est l'adjudant de cavalerie, avait osé déclarer Sixtine à ses amies le soir de son très sage enterrement de vie de jeune fille – repas le samedi soir, devinettes sur le caractère de son futur époux, coucher à minuit trente, messe à 11 heures le dimanche, pique-nique sur la plage. Toutes les filles avaient ri, en acquiesçant. Oui, Madeleine Sue de La Garde est véritablement cet adjudant. De cette grande famille, elle est la maîtresse incontestée, sonnant les ordres. *Gladys, femme du numéro 2, débarrassez la table, non Louise, femme du numéro 1, ne touchez pas à ma cuisine, je m'en occupe. Marie-Aude, femme du numéro 5, allez donc coucher vos enfants, il est tard, leurs babillements nous dérangent.*

Et ainsi de suite. Le monde Sue de La Garde est régenté par cette femme, fille de saint-cyrien, épouse de saint-cyrien, mère de cinq garçons et de trois filles, grand-mère de sept petites têtes blondes, et responsable de la chorale au camp d'été pour jeunes des Frères de la Croix.

Sixtine connaissait déjà Madeleine Sue de La Garde. Et ce, bien avant sa présentation officielle au cours d'un repas familial au domaine. Elle s'en était souvenue dès le premier face à face avec l'adjudant. Sa future belle-mère était cette même femme ayant déclenché sans le vouloir un cataclysme familial. Comment avait-elle pu oublier que ce visage souriant, joufflu et couperosé, ce visage saisissant était associé au nom Sue de La Garde ? Comment avait-elle pu rayer ainsi Madeleine de sa mémoire enfantine, sélective et honteuse ?

C'était en 1999, Sixtine avait dix ans et participait à son troisième camp d'été pour jeunes des Frères de la Croix, celui où elle avait certainement aperçu Pierre-Louis, où elle avait suffisamment remarqué ce fort en gueule de quinze ans, déjà beau, déjà homme, pour imprimer son nom dans ses souvenirs. C'était ce dernier camp avant que son père, Bruno Duchamp, n'impose son veto. *Non, mes enfants n'iront pas dans un camp où l'une de mes filles se fait traiter de traînée parce qu'elle joue au football ! Cela va trop loin, beaucoup trop loin !* Il avait même tapé du poing sur la table. Les Duchamp ne le savaient pas, mais Madeleine était la cause de cette colère profonde et de cette décision sans appel dont Muriel avait tant souffert. Au camp, alors qu'elle rassemblait les troupes juvéniles pour répéter un oratorio, Madeleine Sue de La Garde, responsable en chef de la chorale, avait interpellé fermement une fillette filiforme ayant pris l'initiative de taper dans un ballon de foot avec quelques garçons de son âge. Or, Sixtine portait un short et Madeleine avait sorti un mètre ruban. Le règlement du camp des Frères de la Croix interdisait le port de bermuda de plus de cinq centimètres au-dessus du genou. Sixtine était à neuf. Elle avait dix ans, un corps maigrichon, une bouille enfantine, des cuisses de garçon. Madeleine lui avait publiquement imposé cette mesure, lui demandant d'aller se rhabiller et de ne plus jouer au foot avec les garçons. L'oratorio avait été une vraie réussite. Le visage de l'humiliatrice ne s'était jamais effacé des circuits neuronaux de Sixtine. Il était là, seul, sans nom accolé, il était là dans les replis de l'hippocampe.

Dans l'impressionnant salon du bastion Sue de La Garde, la jeune fiancée avait senti le feu monter à ses joues. Ce visage. C'était ce visage. La fille en short trop court de quatre centimètres avait prié pour que la cheffe de chorale ne reconnaisse pas la pécheresse. Heureusement pour elle, le temps avait fait son œuvre. Si Madeleine n'avait pas changé, malgré quelques rides plus marquées et des cheveux courts désormais grisonnants, Sixtine n'était absolument plus ce corps androgyne si aguicheur dans sa culotte courte. La fiancée de Pierre-Louis avait des cuisses de femme, un visage naturellement mat, des cheveux noirs attachés sagement en arrière, des clips en forme de perle et surtout pas de short.

L'été 1999, le rappel à l'ordre du bermuda avait fait l'objet d'un coup de fil aux parents de Sixtine, passé par le frère André qui dirigeait le camp d'été dans son habit blanc frappé d'une croix rouge et d'une couronne d'épines.

— Votre fille a eu un comportement provocant, avait-il dit. Elle a porté une tenue indécente et dans cette tenue elle a préféré jouer au football avec des garçons plutôt que de se rendre à l'atelier chorale.

Officiellement, l'appel du frère André, passé juste avant que le saint homme ne désherbe un roncier à mains nues en chantant des cantiques, était présenté dans la mythologie familiale Duchamp comme étant le moment décisif. Ce n'est que bien plus tard que Sixtine prit conscience de la vérité. Zélie, sa sœur aînée, alors âgée de dix-neuf ans et inscrite en deuxième année de prépa scientifique, était le papillon dont le battement d'ailes avait changé le cours de l'histoire. De retour de ce même camp, où elle officiait comme grande assistante, Zélie avait annoncé sa décision à ses parents. Elle allait rentrer comme novice chez les Sœurs de la Croix. Le visage de Muriel s'était illuminé d'un masque sacré, surnaturel, ravi. Elle avait appelé toutes ses amies, annonçant fièrement la nouvelle comme elle le ferait plus tard, le jour où Pierre-Louis demanderait Sixtine en mariage. Entre les doigts de Muriel, les grains du chapelet avaient défilé, jusqu'au rosaire d'action de grâces. Bruno, le père, était abattu. Sa fille, sa petite fille si proche, son sourire éclatant, sa joie simple, tout cela allait disparaître au fond d'un couvent où les sœurs prient à genoux dès tôt le matin, s'écorchent ces mêmes genoux sur les chemins de croix, jeûnent le vendredi, rasent leurs cheveux – oh, ces cheveux noirs, les boucles brunes de Zélie ! –, portent l'habit blanc, lourd, si long, si semblable aux autres. Sa fille, sa Zélie s'était fait happer par un groupe extrême. Bruno en était certain. Ce frère André avec ses silices autour de la taille, ces cordes rugueuses portées pour souffrir avec le Christ, disait-il, pour faire pénitence, le frère André avait retourné la tête de sa Zélie. *Les bonnes sœurs, c'est très bien, très beau, mais pas ma fille, pas ma Zélie !* Bruno s'était mis à pleurer, seul, assis sur le lit conjugal, en regardant une photo de cette petite puce se hissant sur ses cuisses de bébé, appuyée sur un trotteur jaune, offrant alors à ses parents son plus beau sourire. Avec deux adorables petites dents blanches.

Malgré l'affliction paternelle, Zélie est devenue sœur Thérèse de Jésus, elle a perdu son nom, ses boucles brunes. Les Duchamp n'ont rien dit ouvertement, se sont rendus à sa prise d'habit en souriant. Depuis, toute la famille a continué de venir au monastère des Frères et Sœurs de la Croix, à côté d'Angers, mais seulement une fois par an, un jour de semaine, en toute discrétion. Pour une visite officielle à sœur Thérèse de Jésus. Muriel, elle, s'est accordé au moins deux passages supplémentaires, une retraite pour le carême et pour la procession de l'Assomption. Elle a continué de s'abonner à *FC* (*Frères de la Croix*), le magazine de la communauté. Elle a beaucoup pleuré, tenté d'infléchir Bruno.

— Les Frères de la Croix m'ont tant apporté ! Et c'est quand même grâce à eux que nous nous sommes rencontrés ! avait-elle plaidé, en vain.

Bruno, d'habitude si prompt à satisfaire son épouse, avait tenu bon, il était le chef de famille, après tout ! Cette fois-ci, donc, son poing avait tapé sur la table. Avec l'entrée dans les ordres de Zélie, mais officiellement avec l'excès de zèle dont fut victime Sixtine, les trois cadets de la famille Duchamp avaient échappé aux sacro-saints camps des Frères de la Croix. Et Sixtine n'avait jamais revu Madeleine, son juge et son bourreau.

L'événement ne l'avait pas laissée indemne. L'enfant provocante avait appris à ne porter que des shorts longs, des bermudas réglementaires, bien plus corrects, à ne pas jouer au foot avec les garçons, à ne pas manquer la chorale, jusqu'à apprendre à chanter juste et y prendre goût. La leçon avait été définitivement retenue.

Bientôt, la famille Duchamp avait rejoint un nouveau groupe plus modéré que les Frères de la Croix, la communauté de la Sainte-Colombe. Traditionaliste aussi, même messe en latin, dos au peuple des fidèles, mais moins rigide, moins imperméable aux directives du Vatican, moins sévère avec les culottes courtes.

— Fini les intégristes, avait dit Bruno.

La Sainte-Colombe reconnaissait l'autorité du pape, même si on le jugeait trop laxiste, trop moderne, trop ouvert aux autres religions. Chez la Sainte-Colombe, personne ne se réjouit de la mort de Jean-Paul II. Au même moment les Frères de la Croix remerciaient le ciel d'avoir rappelé le pape polonais, l'antéchrist selon frère André. L'homme avait créé son mouvement en 1971, en réaction au concile Vatican II, considéré comme l'œuvre du diable en personne. Furieux, saint justicier persuadé d'être le garant de la vraie foi, le frère André avait rassemblé ses ouailles derrière la bannière des Frères et Sœurs de la Croix, créé un groupe de prière et d'action à Paris, essaimé, dénoncé. À la fin des années soixante-dix, le frère André, suivi d'une poignée de novices, avait racheté un ancien monastère désaffecté près d'Angers, grâce aux dons de ses ouailles. En 1999, il comptait

103 consacrés et 3 154 abonnés à *FC*. Le Vatican les considérait comme intégristes et ne reconnaissait même pas leurs vœux monastiques. Les Frères et Sœurs de la Croix le lui rendaient bien. Pour eux, le trône de saint Pierre était vide.

Abrités dans un modeste monastère à Vitré, les religieux de la Sainte-Colombe menaient une simple vie de prière, sans coups d'éclat, suivis par quelques centaines de familles traditionalistes mais fidèles au pape. Chez eux, il n'y avait pas de Milice comme celle créée par les Frères de la Croix, ce groupe d'action laïque, cette phalange, à laquelle les jeunes gens du mouvement, tel Pierre-Louis, pouvaient prêter serment dès l'âge de quatorze ans. Le milicien faisait plusieurs promesses : faire régner la croix sur le monde, protéger la France, fille aînée de l'Église, des invasions et mener une vie de sacrifice en rédemption des péchés. À quatorze ans, Sixtine se contentait de faire sa profession de foi au monastère, de dire un chapelet par jour, à 18 heures, obligatoire pour tous les habitants de la maison, devant l'autel du salon familial, et d'aller à la messe, bien sûr, tous les dimanches et le premier vendredi du mois. À quatorze ans, Sixtine connaissait le *Pater* et l'*Ave*, le *Credo* en latin et beaucoup d'autres prières. Mais elle ne chantait plus « Maréchal nous voilà » ou « C'est nous les colonies » comme dans les camps auxquels son époux était abonné. À l'adolescence, Sixtine ne portait pas de short, n'avait pas de petit ami, râlait parfois intérieurement quand il fallait, certains jours, à la place du chapelet, réciter un rosaire. Un rosaire très réussi, disait sa mère, toujours satisfaite de cette prière de quarante-cinq minutes. Parfois même, Sixtine rêvait d'arrêter l'horloge comtoise, de casser les montres, de briser le temps pour que 18 heures n'arrivent jamais, pour qu'elle ne soit pas obligée de s'agenouiller sur le tapis faussement oriental, en égrenant les *Je vous salue Marie* et les mystères, glorieux, douloureux, toujours les mêmes mystères, toujours les mêmes prières. Mais la montre de Muriel était éternellement à l'heure, jamais elle ne s'arrêtait.

Les envies d'horloge comtoise brisée ne venaient pas de nulle part. Le battement d'ailes du papillon avait fait en sorte que, chez les religieux de la Sainte-Colombe, Sixtine avait rencontré Pauline. Les deux filles étaient devenues amies et sur les conseils des parents de Pauline, des gens tout à fait comme il faut, Muriel et Bruno avaient inscrit leur cadette dans un collège privé catholique de Rennes, sous contrat avec l'État, et pas dans l'établissement intégriste où les aînés avaient été biberonnés. La mère de Pauline l'avait assuré, ce collège était très bien et les résultats meilleurs qu'à Sainte-Marie-des-Champs. Sixtine était en classe avec Pauline. Pauline était une vraie Marie-Madeleine, période pré-Jésus-Christ. Derrière ses airs de sainte-nitouche, la fille du médecin très comme il faut était vraiment très délurée. La collégienne avait une vie cachée. Le jour, études, préparation du brevet, week-end au monastère de la Sainte-Colombe, messe dominicale. Parfait. La nuit, Pauline faisait le mur, elle rejoignait David, un fils de bourgeois rennais qui dealait du shit, pour s'encanailler. Pauline ne faisait pas grand-chose, elle allait avec lui dans des soirées, chez des parents libéraux, friqués, sans pression religieuse, ou dans la rue. La jeune fille catholique enlevait sa médaille virginale, buvait de la vodka avec les amis de David. Pauline n'était plus vierge. Elle n'avait pas osé le dire à Sixtine, mais David en savait quelque chose. Tout comme Maxime, un autre fils de bonne famille. Le récit que Pauline faisait de ses soirées avait pour Sixtine le goût à la fois terrifiant et savoureux de la transgression. Celui du fruit défendu. La pomme au parfum de délice. Et plus le chapelet obligatoire agaçait la fille de Muriel, plus les nuits de Pauline l'attiraient. Alors, elle négocia un week-end chez son amie, fille d'une famille catholique tout à fait comme il faut – mère au foyer, trois frères et sœurs, quoique « tradi mous », avait dit Muriel. Elles feraient leurs devoirs, se coucheraient tôt, iraient ensemble à la messe le dimanche matin. Tout serait très convenable. Et les filles qui entraient dans leur quinzième année firent le mur. Le premier soir, excitée mais timide, Sixtine enfila un tee-shirt blanc très simple, moulant ses jeunes seins frémissants, but deux ou trois vodkas, lança quelques blagues qui ravirent l'assistance. Le samedi, elle ne compta plus, quatre ou cinq vodkas, les lèvres de Maxime sur sa bouche, sa langue glissée en elle, Maxime l'entraînant dans une chambre, dégrafant son soutien-gorge, embrassant sa poitrine adolescente pointée vers le ciel, jouant de sa langue sur les tétons durs et brûlants, se jetant bouche ouverte sur l'espace du pantalon situé juste en dessous de la braguette. Et Sixtine avait dit non, on va retourner là-bas. Maxime avait sorti une capote de sa poche.

— T'inquiète pas, on va se protéger.

Sixtine avait encore dit non, la peur paralysait son ventre, la peur du péché, péché mortel, de ce qui pourrait advenir, là, tout de suite. Et le feu déchirait ses entrailles, le feu du désir criait, exultait, le feu hurlait et embrasait.

Et Sixtine avait dit non.

— OK, c'est ta première fois ?

— Oui.

Maxime s'était allongé à côté d'elle.

— Ça peut faire mal la première fois, il faut y aller doucement.

— Je sais.

Elle s'était rhabillée, ils étaient rentrés dans la pièce principale, avec les autres. Et le feu n'avait pas cessé de consumer ses entrailles. Pendant deux ou trois semaines, elle n'avait pensé qu'à cela. La bouche de Maxime croquant ses mamelons à pleines dents, la bouche de Maxime humide en dessous de la braguette de son pantalon. C'était au cours de cette seconde semaine fiévreuse. Sixtine avait envoyé balader le chapelet familial. La porte du salon claquée, elle s'était recluse dans sa chambre. Elle avait été punie, privée de sortie à l'anniversaire de Pauline. Muriel avait fouillé sa chambre, trouvé un abominable string en dentelle dans une armoire, un cadeau de Pauline. Muriel s'était mise dans un état de colère incroyable, elle avait giflé Sixtine, l'avait enfermée à clé tout un week-end, l'avait emmenée voir son confesseur à la paroisse traditionaliste. *Comment cela est-il possible ? Quelle ingratitude ! Je lui donne tout, tout ! Ah, si nous étions restés chez les Frères de la Croix, tout cela ne serait pas arrivé. Les religieux de la Sainte-Colombe sont trop permissifs, comme les parents de cette Pauline. Quelle ingratitude ! Je n'avais personne pour me guider et j'ai résisté au péché ! J'étais orpheline, moi ! Petite ingrate !*

Sixtine s'était effondrée, à genoux dans le confessionnal. Honteuse, elle avait parlé au prêtre à travers la grille, ce faux masque qui ne cache rien des visages des pécheurs, elle avait parlé de la bouche de Maxime sur ses seins.

— Le démon prend toutes les formes, l'adolescence est un âge fragile, le Malin le sait. Faites pénitence et souvenez-vous que le péché d'impureté est un péché mortel.

Péché mortel. La fille avait frémi. Un chapelet en pénitence, *ce putain de chapelet*, avait pensé Sixtine une dernière fois, avant de se soumettre, Marie-Madeleine repentie. Ne plus côtoyer Pauline, ne plus imaginer la bouche de Maxime, ne plus presser son sexe contre le matelas de son lit pour tenter d'apaiser l'orage, se maîtriser, faire vœu de chasteté jusqu'au mariage, pour ne pas tomber en état de péché mortel, ne plus manquer le chapelet de 18 heures, ne plus espérer que la comtoise s'arrête, ne plus porter de short trop court. Ne plus faire honte à Muriel. Fuir Marie-Madeleine, période pré-Jésus-Christ. Prier.

Mon père je m'abandonne à vous, faites de moi tout ce qu'il vous plaira. Quoi que vous fassiez de moi, je vous remercie. Je suis prête à tout, j'accepte tout, pourvu que Votre Volonté se fasse en moi et en toutes vos créatures.

Madeleine rayonne, collier de perles, robe bleu marine, sans manches tout de même. Elle marie le sixième. Ce garçon réussi, vraiment très réussi, harmonieux, sportif, il aurait fait un bon saint-cyrien, comme son grand frère Hugues. Il a choisi l'X, il a de l'ambition, son épouse n'a pas un brin de vulgarité, bien coiffée, sobre, tenue discrète, on la dit drôle, Madeleine la juge sage, apte à ne prendre la parole que pour dire l'essentiel, souriante, dévote. Pas vraiment « croisée », même si sa famille l'a été il y a quelques années. Elle y viendra. Pierre-Louis est très persuasif. Elle sera une bonne mère de famille. Madeleine fronce les sourcils, se retient. Elle aimerait tant aller voir ces deux godiches juchées sur leurs talons hauts avec leurs robes trop courtes. Bien plus que dix centimètres au-dessus du genou.

— Qui sont-elles ? s'enquiert-elle auprès de Muriel.

Cette dernière rougit de honte dans sa robe beige discrète, décharge ce poids de l'autre côté.

— Des cousines... Le frère de mon mari, un original, professeur de musique sans envergure, avec des filles pas méchantes, mal élevées, pas cadrées, impudiques comme les femmes de notre époque.

— On ne peut pas leur demander d'aller se rhabiller, s'amuse Madeleine.

Muriel rougit encore, entend le rire de Madeleine et s'égosille avec elle.

— Tes nièces me font honte, déclare-t-elle à Bruno à l'heure de la pièce montée.

— Tu veux dire que tu es jalouse ? Tous les saint-cyriens ont la bave aux lèvres en les regardant !

— Bruno, je t'en prie !

Le père de Sixtine a bu du champagne, l'alcool déride les mœurs, les bonnes morues et la vertu. Il porte un toast à sa fille.

— Ma sixième fille, Sixtine, vous ne risquez pas de vous tromper. Pierre-Louis, il faut que vous sachiez quelque chose : Sixtine était un garçon manqué ! Un an durant, elle a refusé de porter les robes à smocks ! Ne vous inquiétez pas, mon garçon, tout est rentré dans l'ordre. Mais n'oubliez pas, à dix ans votre chère épouse préférait jouer au foot avec des garçons, elle préférait cela à la chorale ! Elle s'est bien rattrapée depuis, ma chère fille, sa voix d'ange, son attention aux autres, son humour distingué. Vous avez pris un bien qui m'était très précieux. Je crois que je vais vous demander une dote inversée. La facture sera salée. Allons, mon garçon, ne faites pas cette tête, votre femme s'appelle Sixtine Sue de La Garde ! À votre santé !

Le rouge monte aux joues de Sixtine, elle n'ose pas se retourner pour regarder le visage de Madeleine. Froides comme la pierre, ses joues embrassent son père. *Jouer au foot avec les garçons*. Mais la belle-mère ne bronche pas, même si elle ne semble pas emballée par le discours paternel, fait mine de ne pas y voir de lien. Déjà Guy Sue de La Garde prend la parole. Discours convenu, sobre, terminé pas un traditionnel « donnez une belle descendance aux Sue de La Garde ». Sixtine regarde l'heure. Minuit. À quel moment iront-ils se coucher ? À quelle heure pourra-t-elle enfin connaître son mari ? Pierre-Louis prend sa main pour danser une valse, l'ambiance est féerique, les regards de l'assistance sont pétris d'amour et d'admiration, d'envie peut-être, qui sait ? Et quand la main de Pierre-Louis se pose sur sa hanche, Sixtine sent le feu atteindre ses entrailles, le feu l'embrase et elle glisse à l'oreille de l'homme :

— Quand laisserons-nous nos invités ?

Une heure trente du matin. Il lui a fallu attendre tout ce temps pour monter, seule, avec Pierre-Louis dans l'antique cabriolet noir. Soit huit heures et trente minutes après l'union sacrée des époux donnant droit au fameux sésame, le droit à l'union charnelle, le droit au « multipliez-vous ! ». Une chambre attend les jeunes mariés dans l'aile d'un château-hôtel à quadruple étoile.

Très chic, avec un lit à baldaquin et des pierres apparentes. Sixtine s'allonge sur le matelas dans sa robe de mariée immaculée, son corps frémit en silence. Elle a tant espéré, désiré, imaginé cet instant. Pierre-Louis entend son souffle, s'approche de son épouse, s'allonge à côté d'elle, défait son veston, déboutonne sa chemise. Ses doigts se dirigent vers le visage de la femme tremblante et tracent une croix sur le front blême. Alors Pierre-Louis éteint la lumière, le noir emplit la pièce, un noir profond, son pantalon tombe au sol et ses doigts cherchent à dégrafer le dos de la robe de son épouse. Doucement, il retire la capsule blanche du sacre, un corps tendre s'offre à lui, seins bondissants dans un soutien-gorge en dentelle, culotte assortie. Pierre-Louis s'allonge sur son épouse, tire un drap sur leurs corps qui n'ont jamais été aussi proches. Il dépose un baiser sur les lèvres tendues, s'éloigne, plonge dans le cou frémissant. Sixtine voudrait que, maintenant, ces lèvres s'ouvrent, qu'une langue sorte, pénètre sa bouche, descende plus bas, lèche son soutien-gorge, dévore ses mamelons dressés à l'infini. Oui, elle voudrait que la bouche de Pierre-Louis vienne happer cet orage, grondant là, dans son entrecuisse, jusqu'à cet espace, situé en dessous de la braguette du pantalon. Mme Pierre-Louis Sue de La Garde se tait. C'est lui, l'homme, le mari, il doit bien savoir comment faire. Un instant, elle pense à cette amie de la chorale, Bénédicte, mariée l'été dernier. Le soir de la noce, Bénédicte et son époux n'ont pas réussi à se multiplier. Le lendemain non plus. Ils ont dû en parler à un prêtre dans un cours de préparation à la vie de famille. Pierre-Louis a-t-il le mode d'emploi ? Pourquoi ses lèvres ne descendent-elles pas sur ses seins hurlants ? La main de Pierre-Louis glisse enfin sur la poitrine, s'y attarde quelques secondes, avant que Sixtine ne sente quelque chose attaquer son entrejambe. Elle retient son souffle, sexe fermé face au membre viril de Pierre-Louis incapable de franchir le porche sacré.

— Embrasse-moi.

— C'est trop serré, je vais devoir ouvrir un petit peu. Tourne la tête sur le côté.

Sixtine ferme maintenant les yeux. Elle sent un doigt, puis deux écartant ses lèvres intimes avec une froideur médicale. Le membre de Pierre-Louis se présente à nouveau, force le passage dans un grand rugissement de bête satisfaite. Le polytechnicien s'enfonce en elle, s'effondre sur son épaule. Une douleur déchire l'hymen de Sixtine, perfore son ventre où le feu s'éteint. Pierre-Louis se met à danser sur sa partenaire, visage tourné, yeux fermés, se laissant mener. Au bout de quelques minutes, un liquide glisse dans le corps de Sixtine, des milliers de potentiels héritiers Sue de La Garde prennent le chemin de croix de la fécondation. Le corps de Pierre-Louis s'éloigne et sa main s'approche à nouveau du front de sa femme. Nouvelle croix, nouvelle bénédiction. *Soyez féconds et multipliez-vous !* L'homme souhaite bonne nuit à son épouse honorée avant de s'endormir dans la paix du devoir accompli.

Sixtine ne bouge toujours pas, allongée sur le dos, elle a juste le réflexe d'enfiler une chemise de nuit, sans oser nettoyer la semence Sue de La Garde qui se répand sur les draps. Ceci est la volonté de Dieu. Ceci n'est pas pécher. Ceci est Amour. Cela est Pierre-Louis, son époux, et elle. L'épouse à la virginité envolée avale sa salive et une larme coule sur sa joue droite, celle que Pierre-Louis lui avait demandé de pencher sur le côté du lit. Pour la première fois depuis longtemps, Sixtine repense à la bouche de Maxime sur ses seins, à la bouche de Maxime humide glissant sur cet espace situé juste en dessous de la braguette de son pantalon.

Marseille, 8 novembre 1964

Muriel,

C'est très banal. Un enfant dans un berceau. Une jolie petite fille. Et un mot qui surgit de sa bouche minuscule. Un grand cri : « mama ». Un babillement de plus et mon cœur fond, je crois mourir de joie, de peine ou d'autre chose. C'est très banal. Une mère, un appartement ridiculement petit et trop sombre dans le Vieux Marseille, une fenêtre d'où on ne voit jamais la mer, un bébé de huit mois. Ce que je ressens est tellement extraordinaire. Je n'ai pas le choix. Je dois t'écrire, ma jolie fille. Te raconter tout cela. Ma vie, ta vie, la nôtre et celle de ceux semblant ne plus y appartenir. Parce que quand j'entends « mama », je pense à Sacha. À quel âge ai-je dit mon premier « mama » ? Je me souviens du dernier, dernier « mama », dernière accolade trop froide devant le théâtre Kadima. Je n'en savais rien. L'aurais-je embrassée avec plus de fougue, si j'avais su ? Aurais-je pleuré en prononçant ce mot sacré, adoré et craint : « mama » ? C'était il y a sept ans.

C'était un autre monde. L'année 1957, je suis arrivée à Marseille. Fini les corvées de ménage, la peur des coups de tira-dor, *le labeur des champs où rien ne pousse, adieu les reproches de Sacha, les ordres de Sacha, les règles implacables de la vieille mère aux mains revêches et au dos plié par le travail sacré de la terre. Enfin, la liberté ! Celle d'avoir le ventre souvent creux, de vivre dans une chambre minuscule et moisie, d'y grelotter. La liberté de trier le tabac des Gauloises près du Vieux-Port, comme la Carmen de Bizet dont j'avais fantasmé la vie en regardant des images dans un beau livre de la bibliothèque du théâtre Kadima. Mais la liberté quand même ! Dans cet autre monde, je suis libre de m'engager, m'asseoir sans rougir avec des hommes, participer à des réunions de la CGT, suivre des camarades pour marcher sur la corde lisse ! Nous nous retrouvons souvent, une poignée de funambules, des jongleurs, Sylvie l'acrobate… La rue est à nous. Personne ne me dit plus de descendre, de cesser mes âneries, d'arrêter de lui faire honte. Je marche comme bon me semble sur la corde lisse et cela me suffit. Sacha, ses terribles incantations venues des basses terres ukrainiennes, ses bouillies de choclo et sa peau tannée, Sacha n'existe plus vraiment.*

L'hiver 1961, je voyais Dan pour la première fois. Des cheveux partout, sur le menton, les yeux, la nuque, partout. Un gros singe avec des lunettes. C'était le visage bouffon d'un Nouveau Monde aux étonnantes promesses. L'étudiant venait s'encanailler avec les troubadours du Vieux-Port. Sylvie m'a mise en garde : fais gaffe, c'est un séducteur. Elle avait raison. Dan a attendu que je sois descendue de la corde, il s'est assis à côté de moi et m'a raconté des choses très banales, pauvre caporal des dragons. Mon accent ? Un fantasme ! Nos esprits ? Des frères ! Ma corde lisse ? Ce qui me faisait jouir ! Je l'ai trouvé vilain, trop intello, trop fils à papa. C'est ce qu'il était. Il s'est mis à lancer le débat, à l'animer, à le faire vivre, rebondir. Je m'en souviens très bien, son sujet de prédilection du moment c'étaient les grèves dans les bassins houillers, la première grande révolte depuis le retour de De Gaulle au pouvoir. C'était le dada de Dan : la révolution en marche, Cuba, la grève générale…

Il ne jonglait pas, ne savait pas marcher sur les mains ni rien faire de son corps trop lourd. Mais Dan n'a plus cessé de se joindre à nos spectacles sauvages : s'installer sur la plage des Catalans ou dans la rue, marcher, sauter, s'envoler, récolter des pièces de monnaie, des sourires d'enfants et des insultes de vieilles dames outrées. Les corps flétris ont-ils le même esprit étriqué d'un bout à l'autre du monde ?

Un jour de mai, Dan s'est mis à parler pendant que nous nous envolions dans les airs. Des mots écrits pour notre art, disait-il. Les gens se sont arrêtés, étonnés, les pièces sont tombées plus vite dans la casquette volée d'Ignacio le jongleur. Un policier est arrivé. Était-il menaçant ? Je ne sais plus. Personne n'en savait rien, mais tout le monde a filé ! Je voulais décrocher ma corde lisse, alors Dan m'a poussée. Il a pris ma main et a couru comme si son corps n'était plus une gêne, un poids mort, mais un muscle tendu. Nous avons fui, longtemps, la nuit ne tombait pas encore quand nous nous sommes arrêtés pour nous cacher dans une cour. J'étais trempée et je soufflais. Dan s'est accroché à moi, à mon chemiser, à mes hanches. Il m'a dit : j'en peux plus de te voir marcher sur ta corde. J'ai ri et je lui ai répondu : on va voir si tu peux me faire jouir comme une corde lisse.

Il n'était pas le seul à venir me retrouver dans cette chambre froide au papier peint suintant. La liberté n'a pas de visage. Elle ne ressemble à rien d'imaginable. Elle nous joue des tours et se moque bien des promesses que nous nous faisons à nous-mêmes. En septembre, je demandai à Ignacio et aussi à Aristide de cesser de grimper ces cinq étages interminables. Dan est venu vivre dans la chambre sans vue sur la Méditerranée. Ensemble, on s'est mis à parler d'autres horizons, loin de la plage des Catalans, des parfums de tabac ou de poisson des mers. Un matin, Dan m'a demandé de le suivre jusqu'au garage d'un copain. C'était la plus belle chose du monde ! Une roulotte bleue. 2 000 francs à des gitans. Une vraie roulotte en bois qui pouvait s'accrocher à une voiture. Il fallait la retaper, nous n'avions rien pour la tirer. On ne le savait pas, mais toi, jolie fille, tu étais une graine, une toute petite graine dans mon ventre attendri par cette roulotte en ruine. Un autre monde s'ouvrait à nous. La liberté de partir véritablement. Le 4 janvier, Dan a annoncé très fièrement que la roulotte était terminée. Cette nuit-là, tu es née. On vous a toutes les deux appelées Muriel.

Erika

2

« J'augmenterai la souffrance de tes grossesses »

Nantes, octobre 2012

La Volvo break s'avance jusqu'au perron de la maison. Sixtine s'installe sur le siège passager en cuir noir, attache sa ceinture en esquissant une moue de dégoût. La vitre de la fenêtre s'ouvre, l'air frais pénètre ses narines, Sixtine respire. Un sourire satisfait apparaît sur le visage de Pierre-Louis.

— Je t'avais dit que ça n'allait pas tarder à arriver !

— Qu'est-ce qui ne va pas tarder ?

— L'héritier. Le numéro un !

— Tu crois que…

— J'en suis sûr, même maman s'en est rendu compte !

— Ta mère ?

— Elle a l'œil. Maintenant, tu dois te reposer. Et tu comprends mieux pourquoi je n'ai pas voulu te servir du vin.

— Ah, oui, c'était ça. D'accord, merci mon chéri. Mais il ne faut pas faire un test, un truc ?

— On va prier sainte Marguerite, sainte patronne des femmes enceintes.

— Ah, très bien.

— Tu as été parfaite, mes belles-sœurs ont du souci à se faire !

— Il y a une compétition ?

— Bien sûr, le plus gros héritage pour la meilleure belle-fille !

— Tant mieux si ta mère m'apprécie, en tout cas !

— Sinon je l'aurais su, elle n'a pas sa langue dans sa poche ! Si tu avais vu la fiancée zim boum boum qu'Hugues avait ramenée une fois.

— Elle avait quoi ?

— C'était le genre de meuf *je fais les JMJ, Dieu c'est du Love, tout le monde il est beau*... Elle s'est ramenée à la maison en rentrant d'une mission humanitaire au Bénin, avec des tresses de bamboula ! La honte ! Mon frère était hyper gêné.

— Les tresses, ça n'a pas plu à ta mère ?

— Rien n'a plu à personne. La meuf était à fond dans la repentance, oh, les méchants colons blancs qui ont amené des routes et des hôpitaux en Afrique. Tu vois le genre ! Hugues a essayé d'abréger ses souffrances. Mais à la fin du repas, maman lui a proposé : café ou Banania !

Pierre-Louis se tord de rire, Sixtine ne lui connaît pas ce regard survolté, ces yeux pétillants, pupilles exaltées. Son mari est si plein de vie ! Elle n'écoute plus vraiment la suite de l'histoire de celle qui restera dans la mythologie Sue de La Garde comme la « fiancée Banania ». La main de Sixtine se pose sur son ventre. Elle décide de prier plutôt sainte Anne, la sainte patronne des femmes tentant d'avoir des enfants. Elle n'est pas sûre. Une grossesse, vraiment ? Demain, quand Pierre-Louis partira, elle ira tout de même à la pharmacie. Elle achètera un test de grossesse. Pour être sûre d'avoir à prier sainte Anne ou sainte Marguerite.

C'est bien Marguerite. Résultat positif, indique la languette trempée dans un verre d'urine. Pierre-Louis est si efficace. Le mariage a été consommé il y a seulement cinq semaines, ils ont fait leur devoir conjugal quatre fois. Toutes semblables à la première. Le baiser de Pierre-Louis sur la bouche, les doigts écartant méticuleusement le sexe de Sixtine, la verge enfoncée en elle, le mouvement de balancier de l'homme entre ses cuisses. La même position. Sixtine sur le dos, sous les draps, jambes écartées, visage tourné vers la droite.

Assise sur la cuvette, la jeune mariée se demande pourquoi le sexe occupe tant les conversations des païens et pourquoi il est l'objet de tant de mises en demeure chez les bons catholiques. Le sexe n'a finalement rien de très agréable, rien qui donne envie d'y revenir trop souvent, de tenter le diable pour lui. La sensation d'écoulement de la semence de Pierre-Louis lui semble même très déplaisante, presque sale. Pourtant, tout cela est un don de Dieu. Et Dieu, par l'intermédiaire d'une languette trempée dans l'urine, Dieu vient de lui annoncer la venue d'un enfant.

Le médecin de famille des Sue de La Garde consulte les résultats du test sanguin. Il ausculte, vérifie la tension, pose quelques questions, puis prescrit une échographie chez un gynécologue. *Gynécologue*. Le mot donne la chair de poule à Sixtine.

— Vraiment, c'est nécessaire d'aller chez un… ?

— Ah oui, vous en avez un ou je vous recommande quelqu'un ?

— Non, je n'ai personne ici.

Elle n'ose pas lui dire : je n'y suis jamais allée. C'est pourtant la vérité. Muriel a toujours dit à ses trois filles que le gynécologue n'avait aucune utilité jusqu'au jour de l'accouchement. *Vous n'êtes pas des traînées !* Un chèque plus tard et voilà Sixtine Sue de La Garde sur le trottoir, chancelante, la nausée encore, plus fort, trop fort. Trois mois comme ça, a dit le médecin, et puis, du jour au lendemain plus rien. Elle pétera la santé ! Pourra s'occuper de préparer la chambre, de coudre quelques langes, de commander une médaille de berceau. Un jet épais s'écoule de la bouche de Sixtine, se répand sur le macadam. Les mocassins blancs sont souillés de vomi. Pierre-Louis n'en saura rien. De toute façon, ce soir, il n'est pas là. Une réunion hebdomadaire des jeunes Nantais de la Milice. Ils se retrouvent pour lire les enseignements des Frères de la Croix, débattre, prier, boire un verre, préparer les actions.

— Quelles actions ? avait demandé Sixtine.

— On colle des affiches pour défendre les valeurs chrétiennes, lutter contre le mariage des homos, pour la défense de la vie. Une fois, on a appelé au boycott d'une pièce de théâtre blasphématoire, des choses comme ça.

Sixtine se retrouve seule dans la grande maison bourgeoise qui est la sienne. Il y a cinq chambres vides. Combien de vomis dans le caniveau devra-t-elle faire pour parvenir à les remplir ? L'abattement l'emporte. Tant pis pour ses souliers maculés, ils attendront demain. Il faudrait se ressaisir, prier sainte Marguerite, préparer un cake sucré pour accueillir correctement sa belle-sœur Élisabeth, demain à 11 heures. Elle est étudiante dans un double cursus droit et histoire. Pas encore mariée, affublée des mêmes cheveux frisés et courts que sa mère, du même caractère, voix forte, poitrine puissante, joues rouges. La passion d'Élisabeth s'appelle la généalogie. Le service des archives départementales et celui des archives de l'évêché de Nantes la connaissent très bien. Elle est leur plus jeune et plus fidèle abonnée. Bien sûr, Élisabeth a fait l'arbre généalogique des Sue de La Garde. Elle est remontée jusqu'au XIVe siècle. Il y aurait même du sang royal dans les veines de Madeleine. Préparer un cake, donc. Même si Sixtine n'a aucune envie de battre des œufs, d'ajouter du lait, de la farine, du sucre, des fruits secs. La seule image de ces ingrédients lui donne des haut-le-cœur. Elle manque de vomir à nouveau en ouvrant la porte du frigo. Le cake attendra demain, comme les mocassins et la prière du soir. Sixtine s'affale sur le lit conjugal, une bassine posée sur la table de nuit de Pierre-Louis, à côté d'une photo encadrée du frère André, mort un an plus tôt en état de sainteté, et d'une reproduction du Saint Suaire. Le visage souffrant du Christ devrait rappeler à Sixtine que Dieu, son Sauveur, a tant donné pour les hommes pécheurs. *Ce que je vis à côté des souffrances de Jésus-Christ n'est rien.* Rien qu'un vomi sur le macadam. Mais Mme Sue de La Garde ne regarde même pas les traits du Rédempteur. Ses yeux se fixent sur la bassine bleue en plastique, puis tombent sur son téléphone où apparaît le nom « maman ».

— Allô.

— Comment allez-vous, mes enfants ?

— Ça va, je me sens mal, j'ai des nausées.

— Seigneur, Sixtine, quelle excellente nouvelle !

— Les nausées sont assez pénibles !

— Ah ça, il faut prendre son mal en patience. J'ai eu trois mois de nausées pour vous six, je n'en suis pas morte ma chérie.

— Maman, je me sens vraiment mal, le ventre, tout, je ne réussis pas à manger, j'ai perdu deux kilos.

— Voyons Sixtine, tu vas devenir mère, grâce à Dieu, tu dois être forte. Te montrer courageuse devant ces petites épreuves. Pense aux souffrances de Notre Seigneur sur la croix, offre, offre tout. Et pense aussi à Pierre-Louis, ton mari est si engagé, il a besoin de ton soutien.

— Merci maman, je vais vous laisser, justement, il m'attend.

— Bonne nuit, les enfants, nous pensons à vous dans nos prières.

Sixtine relâche son téléphone sur l'oreiller. Sa bouée de sauvetage est crevée, inutilisable. Elle ferme les yeux. Tente de s'y accrocher quand même. Ses lèvres s'agitent récitant une prière enseignée par Muriel et répétée tant de fois chez les Frères de la Croix. Pierre-Louis et Sixtine ont cette oraison en commun.

Mon Père, je m'abandonne à vous, faites de moi tout ce qu'il vous plaira. Quoi que vous…

Un rugissement abrège l'oraison. Une flaque de bile se répand dans la bassine et un goût de vinaigre pénètre la gorge de Sixtine. Elle oublie la prière, attrape un verre d'eau, trouve la force de se lever pour jeter aux toilettes le contenu de la bassine, mettre de la Javel dedans, éloigner l'odeur pestilentielle, les relents de moisissure. Retrouver enfin le lit, mais pas le sommeil. *Déprimée, je suis déprimée*, pense Sixtine. Ce mot la débecte comme il arrache la bouche de Muriel. La déprime est la maladie des faibles. Un message apparaît sur son téléphone.

« Hello ma belle mariée ! Comment vas-tu depuis la noce ? Je suis à Sainte-Scho, je pense à toi ! Sandrine. »

Sixtine ne réfléchit pas et son doigt s'agite tout seul sur l'icône du téléphone vert.

— Allô, Sandrine, pardon, je vais t'embêter, tu ne peux pas téléphoner ?

— T'inquiète, je suis dehors, dans le jardin, je rentre d'En-Calcat, je prenais le frais ! Ça va ?

— Non, je ne sais pas à qui parler, je suis faible.

— Qu'est-ce qui t'arrive, ma petite madame ?

— Je suis enceinte.

— Félicitations ! Mais ça ne va pas ?

— Si, enfin j'ai mal partout, j'ai envie de vomir tout le temps, ça me rend triste, je ne sais pas pourquoi. Je ne me sens pas du tout à la hauteur, alors que c'est tout ce que je voulais !

— Hé ho ! jeune maman ! arrête de te flageller. Ça s'appelle les hormones, la fatigue, le stress. C'est tout à fait normal. Tu as le droit d'être au bout du rouleau, vas-y, balance tes problèmes !

Sixtine raconte tout, toutes ces choses qui envahissent peu à peu son corps et la colonisent. En plus de ça, elle est seule à la maison. Pierre-Louis est merveilleux, mais elle le voit si peu. Il a souvent des réunions le soir. Elle finit par dire que c'est ainsi, c'est la volonté de Dieu, elle s'y soumet.

— Mais non ! Dieu n'a aucun plaisir à nous faire du mal. C'est la nature, la science ma chérie. Va en pharmacie, demande des gélules anti-nausées, ne mange que ce que tu supportes, annule les repas de famille si tu ne te sens pas bien, va voir tes copines quand tu vas mieux. Pense à toi !

— Ça a l'air si simple dans ta bouche !

— Haha, je suis une fille très simple !

— Mais tu fais quoi à Sainte-Sco ?

— Une petite retraite en solo, juste pour me couper un peu. Au fait, tu ne m'as pas raconté avec ton Pierre-Louis !

— Raconté quoi ?

— Trois mois de mariage et bim le bébé, tu n'as pas traîné ! Alors, c'était comment ?

— Haha, tu n'as qu'à te trouver un mari !

— Vu les types que je rencontre, ça ne risque pas de se produire ! Allez, raconte !

— C'est bizarre.

— Comment ça, bizarre ?

L'emballement de Sandrine retombe.

— Bizarre quoi, il fait son truc et toi, tu attends.

Un silence au bout du fil. Sandrine est déçue. Avec Sixtine, elles avaient passé des nuits lors des retraites chantées à Sainte-Scolastique à parler de ce jour où elles perdraient leur virginité avec leur époux. Elles avaient imaginé « un grand moment d'amour ».

La déception de Sandrine n'empêche pas Sixtine de retrouver la maîtrise d'elle-même, de son souffle, de ses pensées. Une fois le téléphone raccroché, elle réalise à quel point parler avec son amie lui a fait du bien. Sandrine est si compréhensive, ne juge jamais, remonte toujours le moral.

— J'ai le droit d'être mal, lâche Sixtine à son oreiller, en oubliant définitivement la sacro-sainte prière d'abandon du père de Foucauld.

Pierre-Louis est rentré tard et s'est levé tôt. Elle ne l'a pas vu, a juste senti un baiser déposé sur son front au petit jour. *Quel homme ! Quel courage ! Le soir, il est le Zorro de Dieu, rétablissant la justice divine, et le matin, il enfile son costume de ville et casse la baraque. Quel homme !* Il est 9 heures quand Sixtine émerge, se sert un thé noir parfumé, enfile un polo beige et un jean brut. Une éponge, un petit coup sur les mocassins jaunis, les dents brossées, cheveux tirés, le chignon refait et le tour est joué. Elle sera tout à fait comme il faut pour figurer dans l'arbre généalogique Sue de La Garde, chasse gardée d'Élisabeth.

— Ce sera pour vos enfants, un arbre qui remonte le plus loin possible des deux côtés. Bon, chez les Sue de La Garde, c'est déjà très fourni ! Et vous, vous avez peut-être déjà reconstitué votre histoire ?

Sixtine fait non de la tête, se réjouit d'avoir acheté ces ignobles pastilles au gingembre à la pharmacie. La nausée a pris la fuite, temporairement. Elle découpe une part de cake doré, impeccablement cuit et présenté. Élisabeth la remercie. La fille de Madeleine porte un pantalon en velours marron, un chemisier bleu ciel et des mocassins noirs. Elle est son déroutant double. Mêmes expressions, même sourire large et assuré, même coupe de cheveux courts hors du temps et des modes, même voix forte, assurée.

— J'ai pas mal de choses du côté de papa, il m'a donné un livre écrit par un cousin sur notre famille. Il y a un arbre généalogique, je vais te montrer. Mais du côté de maman, je n'ai pas grand-chose.

— Comment ça pas grand-chose ?

— Maman m'a dit que beaucoup de papiers ont été perdus pendant la Révolution russe.

— C'est vrai, ta mère vient d'une famille de Russes blancs ! C'est magnifique ! On va procéder par étapes, je ferai des recherches et on y parviendra, même si je dois aller jusqu'aux archives de Saint-Pétersbourg !

— Superbe !

— Comment s'appellent les parents de ta mère ?

Sixtine fronce les sourcils, ses yeux se plissent, elle cherche dans sa tête, quelque part, caché dans ses souvenirs. Muriel parlait si peu de ses propres parents. Des Russes arrivés en France dans leur enfance, après une errance en Europe. Les grands-parents maternels de Muriel avaient fui la Russie bolchevique. Des aristocrates, proches du tsar Alexandre II tout de même. Sixtine était très fière de cette ascendance. Mais Muriel n'aimait pas s'appesantir sur le sujet. Cela lui faisait trop de mal. Ses parents étaient morts dans un accident de la route deux semaines avant son mariage. Des gens si pieux, si dévots. Pour ne pas peiner Muriel, aucun des six frères et sœurs n'avait osé lui demander les noms et prénoms de ces glorieux aïeuls. Un jour, dans le cagibi de la maison familiale, en cherchant des livrets de chant dans un carton, Sixtine était tombée sur une caisse en métal. Elle était vide mais un nom était gravé dessus : Erika.

— Je crois que ma grand-mère s'appelait Erika.

— Erika comment ? Tu as le nom de jeune fille de ta mère ?

Sixtine cherche à nouveau une information cachée dans les plis de son cerveau. Une image, un mot, quelque chose.

— Je vais demander à maman. Excuse-moi, je suis si distraite !

— Non, ne t'inquiète pas, j'appellerai ta mère directement, comme ça, je te laisse tranquille. Avec cette grosse maison tu dois avoir pas mal de boulot déjà !

Oui, elle a du travail. L'entretien d'une maison, les courses, la lecture de *FC*, la répétition des chants du nouvel ensemble vocal qu'elle a rejoint à la chapelle du Christ-Roi de Nantes. L'ambiance y est bonne, mais parfois Sixtine regrette l'époque de la Chorale enchantée. Il y a quatre ans, une fille était arrivée à la paroisse traditionaliste de Rennes. Elle était en stage à l'hôpital pour un mois, une élève infirmière à la bienveillance infinie. Sandrine. De deux ans sa cadette, Sixtine s'était immédiatement attachée à cette fille enjouée et radieuse. Sandrine l'avait embarquée dans l'aventure de la Chorale enchantée : un groupe de filles catholiques de toute la France chantant des chansons humanistes, tambourin à la main. *L'amour de son prochain et de la chanson*. Tel était leur leitmotiv. Avec elles, Sixtine avait loué Dieu au pèlerinage de Chartres pour la Pentecôte 2011, au lieu de marcher avec les membres de la communauté de la Sainte-Colombe. Muriel avait grimacé. *La Chorale enchantée, ça fait très génération Jean-Paul II !* Et puis il y avait eu une semaine de retraite et de répétitions avec Sandrine et les filles dans un monastère bénédictin du Tarn, Sainte-

Scolastique. Mais avec son mariage, il n'était plus question d'aller chanter à travers la France avec des catholiques plus ou moins « tradi ». Sixtine n'avait même pas parlé à Pierre-Louis de la Chorale enchantée, de Sainte-Sco et des discussions de filles avec Sandrine. La chorale de la paroisse tradi de Rennes hier, celle de la chapelle du Christ-Roi aujourd'hui. C'est tout. C'est un curriculum vitae d'épouse tout à fait correct. Il y a un nouveau chant à réviser.

Voyez-vous le Roi de gloire
Délaissé sur nos autels
Et banni de la mémoire
De la plupart des mortels ?
Celui qui ravit les anges
Par ses divines splendeurs
Est dans des mépris étranges.
Ah ! coulez, coulez, mes pleurs !

Ce soir Pierre-Louis rentre plus tôt que d'habitude. Après avoir chanté « Voyez-vous le Roi de gloire », Sixtine a eu le temps de lui préparer des lasagnes au saumon, et une salade verte. Jovial, il l'appelle « ma petite femme », met un disque de Wagner et s'installe sur le canapé, son ordinateur portable sur les genoux.

— Tu te sens d'aller à un concert avec moi début février ?

— Bien sûr, qu'est-ce que c'est, du classique ?

— Non, ce sont les Nouveaux Croisés !

— Ah oui, j'avais acheté leur premier disque quand j'avais dix-huit ans !

— Ils ont bien évolué, ils osent carrément dénoncer les choses. Ils se foutent des apostats, des modernes, des démocrates, du politiquement correct. Je vais te montrer leur dernier clip.

Sixtine se rapproche de Pierre-Louis.

— Ça, c'est contre le mariage des tantouzes. Sur l'air des « Lacs du Connemara » ! Ils sont vraiment forts.

Sixtine regarde à l'écran trois filles et trois garçons reprenant des mots qu'elle connaît si bien : « un papa, une maman ! On ne ment pas aux enfants ! C'est la fin de la civilisation ! La société occidentale se meurt ! »

— Il y aura aussi des amis de la Milice. On se demande si des salopards soi-disant antifascistes ne vont pas tenter de faire annuler le concert.

— Ça ne craint rien ?

— Ces gars d'extrême gauche sont violents, des vraies racailles. Mais on n'a pas peur d'eux.

— Ça veut dire quoi ?

— Ça veut dire que s'il faut se battre, ce n'est pas un problème, ma chérie !

— Tout de même ! Face à eux, ne faudrait-il pas mieux prier ?

— Pour défendre le tombeau du Christ, les croisés ont bien levé une armée !

— C'est vrai, c'est vrai…

Pierre-Louis est si courageux, pense Sixtine. Ce n'est pas comme Hugo, le mari de Marie-Sophie, un intello, il a choisi le corps d'État de Polytechnique, un planqué, chétif, très pieux, d'accord, mais vraiment sans étoffe, incapable de dire « s'il faut se battre, ce n'est pas un problème ». Cogner ? Sixtine s'interroge un instant. Est-ce bien là le devoir de la Milice ? Le frère André aurait-il souhaité cela ? Face à la violence, le Christ n'a-t-il pas invité à tendre l'autre joue ? Mais Muriel a raison : ce sont des hommes comme Pierre-Louis qui manquent à la France et à l'Église pour revenir sur le droit chemin. Muriel dit que le pays va mal. La loi autorisant le mariage pour tous a été proposée au Parlement en novembre dernier. Muriel comme Pierre-Louis, Sixtine, Hugo, Marie-Sophie, Élisabeth et Madeleine sont allés à Paris pour protester. « Un papa, une maman ! » Madeleine le savait. Dix ans plus tôt, elle déboulait déjà sur le pavé parisien avec ses huit héritiers pour s'opposer au Pacs. Les mécréants gagnaient du terrain, même au sein de la Manif pour tous. Beaucoup de modernistes n'ayant rien compris. Des traîtres capables de dire : « Je comprends que deux hommes puissent s'aimer, mais adopter un enfant, je suis contre ! » Il fallait prier et lutter contre cette déchéance. Et Pierre-Louis était là, prêt à se battre.

Saint-Girons, novembre 1969

« Muriel », la roulotte, est bien au chaud dans la grange de la ferme du Billot. Muriel, ma jolie fille, est assise sur le banc de pierre que Dan vient de monter de ses mains maladroites d'intello. De l'autre côté de la ferme, il y a un petit bois et une mare dont l'eau est incroyablement transparente malgré la boue tout autour. Dan m'appelle : Asseyez-vous, je vais vous prendre en photo sur le banc. Toi, ma jolie fille, tu prends la pose sur mes genoux. Dan est si fier. Le nouveau monde s'appelle Saint-Girons en Ariège, le nouveau monde s'appelle la ferme du Billot. Deux pièces habitables, une grange grande comme cent fois ma chambre du cinquième étage, une cheminée. La roulotte est arrivée jusqu'ici, elle tient ! Elle roule ! Elle roulera.

Je voudrais que les traces restent. Celles de cette épopée entre Marseille et le Billot. Notre épopée. Sacha m'a si peu dit de son épopée à elle, de celle, incroyable, de son grand-père, de l'odyssée de son peuple paria. De rares photos et si peu de mots à mettre dessus. À part les prières, que m'a dit Sacha ? Que m'a-t-elle laissé ? S'il n'y avait pas eu mon frère, je n'aurais rien su de l'histoire véritable de Sacha, de la mienne qui est donc la tienne, la nôtre.

Je t'adore. Est-ce qu'on peut oublier qu'on adore sa jolie fille ? Un jour ? Ça non. Ou alors il y aura toujours ces pages pour te souvenir de ça : ta mère qui t'adore. Je te regarde dans la cour de la ferme du Billot. Tu t'es installée au soleil avec le fils de Sylvie, il aiguise un bout de bois avec un couteau. Tu portes ta robe en patchwork et tu t'es fait toi-même une tresse appliquée. Des mèches noires tombent sur ton front bombé.

Cette épopée a commencé quelques mois après les manifestations de mai. Dan a dit qu'il arrêtait ses études. Il a martelé des mots dont le sens m'était inconnu : « La politique c'est l'art », « Le peuple se libère dans la rue », « La révolution sera celle du peuple et de l'art ». Sylvie avait été la première à partir après l'été 68. Elle s'était installée en Ariège, avec d'autres copains, dans une ferme. Ils y avaient monté une troupe. Nous n'avions pas grand-chose à quitter si ce n'est les parents affolés de Dan, instituteurs petits-bourgeois, doux, bons et la trouille au ventre. L'hiver nous a croqués tout crus à Loubersenac, hameau des montagnes de Saint-Girons où des étudiants, des jongleurs, des filles accrochées à leur guitare et des garçons aux mains malhabiles inventaient un autre monde. Nous avions une société à créer, à imaginer. Et un hiver à affronter. Le toit prenait l'eau, on avait froid, la pluie coulait dans les gamelles sur la table. Dan pestait contre les uns et les autres. C'était magnifique et insupportable. La liberté de tous. La mienne criait famine. Dan s'est tondu le crâne, il a trouvé un travail aux papeteries Lédar, au grand dam de Sylvie et des autres. Le printemps est arrivé, nous avons tous pensé ce spectacle. Du cirque pour la rue, avec des mots dessus. Dan écrivait le soir, travaillait aux papeteries le jour, de temps en temps il buvait un canon avec ses camarades ouvriers. Lui, le pelute, *comme ils nous appelaient, nous les fous venus d'ailleurs, les révoltés de mai. Il est devenu leur compagnon de travail, leur ami. Il a commencé à écrire des lettres pour les uns et les autres, à aider comme il pouvait, à donner son temps et ses idées. Et un jour, Didier, un gars des papeteries, nous a emmenés ici, à la ferme du Billot. Le vieux garçon qui y habitait était mort. Il y avait une carcasse de mouton dans le petit bois. Et toi, Muriel, tu souriais comme un ange dans ce décor de ferrailles éparses et de bêtes éventrées.*

Erika

3

« Qu'ils aillent donc au combat contre les Infidèles » (Urbain II)

Nantes, février 2013

C'est le jour et l'heure, enfin. L'heure du concert, l'heure où Pierre-Louis arrive. Sixtine a passé une journée affreuse, a vomi trois fois, rien avalé. Elle a pleuré avant de se dire que cela allait se voir, ce soir, au concert. Quel visage allait-elle montrer aux amis de la Milice ? Elle a croqué double ration de pastilles au gingembre. C'est l'heure. Avec précaution, elle a enfilé une jupe droite s'arrêtant juste en dessous du genou, des mocassins bleu marine, un chemisier blanc cintré, s'est accroché une grosse médaille miraculeuse autour du cou. Son ventre est minuscule, à peine visible. C'est l'heure. Pierre-Louis l'emmène dans son carrosse, ils traversent Nantes en souriant. Il fait nuit. Sixtine regarde les couleurs de l'hiver, les lumières des phares et des vélos, celles des cafés et des appartements, elle voit trois filles en jupe courte, bottines rembourrées, qui se tiennent par la taille, son regard les suit dans un bar où elles entrent en hurlant. Une femme passe sur des rollers rouges clignotants. Un père pose sa main sur le visage de son bébé enfoui dans une écharpe de portage. Pierre-Louis le regarde en éclatant de rire.

— C'est ça, l'homme moderne ! Le français bobo du XXIe siècle. Le mec qui porte le gosse, et tu crois qu'il va tenter de l'allaiter, le père modèle ?

— Je trouve ça plutôt mignon…

— Oui, c'est *mignon-mignon*. Tout le monde est mignon aujourd'hui. Le pauvre sans-papiers, le pauvre PD qui veut se marier, le pauvre glandu aux minima sociaux. Ils sont tous mignons. Voilà le problème !

— Tu es en colère ?

— Oui, en colère contre toutes ces pédales et ces parasites.

Sixtine aimerait entendre un brin d'humour caché derrière ce flot de rage.

— Moi qui pensais t'offrir un porte-bébé quand il sera né !

— Ma mère te le dira, il ne faut pas trop porter les gosses, c'est mal les habituer.

— Ta mère dit ça ?

— Tu peux compter sur son expérience en la matière !

Sixtine grimace, un goût acide lui monte à la gorge, elle ouvre la fenêtre, cherche de l'air. Sur la chaussée, elle croise le regard d'une femme emmitouflée dans un poncho, son bébé lové contre son cœur dans un tissu vert. Elle ne peut s'empêcher de trouver cela vraiment mignon.

Enfin, ils se garent. Pierre-Louis vient tenir la portière de Sixtine, ouvre le coffre et en sort un objet qu'il dissimule sous son blouson. L'air est glacial, le quartier est calme, ils arrivent sous un porche, suivent un long couloir et pénètrent dans une salle pleine. Pierre-Louis et Sixtine se fraient un chemin jusqu'au deuxième rang. La fille reconnaît d'abord leurs nuques, cheveux ras, coupes militaires, puis leurs cols de chemise, les pulls posés sur leurs épaules, enfin les chaussures, éternels mocassins en cuir marron. Sixtine a déjà vu leurs visages plusieurs fois. D'abord lors de ce week-end où Pierre-Louis l'avait invitée lorsqu'ils faisaient très chastement connaissance, puis le jour de leur mariage. Ils appartiennent au premier cercle. Paul-Alexis est duc de quelque chose en Vendée, il est diplômé d'une école d'ingénieurs et travaille entre Nantes et Paris. Blond, de petite taille, visage poupon, yeux bleu foncé, il sourit beaucoup, s'avère très pieux, finalement pas si mondain. Le contraire de Jacques, oreilles en feuilles de chou, l'air benêt, adjudant chez les paras en passe de rejoindre le privé. À côté de lui, sa femme Adèle. Ils sont mariés depuis un an et n'ont pas encore été frappés par la grâce d'enfanter. Petite, hanches larges, visage replet et harmonieux, Adèle a suivi des études de pharmacie. Il lui restait encore deux ans pour être diplômée. Jacques préfère la voir se consacrer à sa future famille. Adèle dit qu'elle ne s'ennuie pas en attendant le jour où Dieu voudra bien leur donner des enfants, sa cuisine est dans un de ces états ! Il lui a fallu d'abord tout trier, ranger l'argenterie du mariage, l'entretenir, préparer le trousseau des futurs bambins. Non, Adèle n'a pas de quoi s'ennuyer. Voici les trois frères, Louis, Guilhem et Enguerrand, tous bruns au front bombé. Les deux premiers sont des jumeaux, le troisième est leur aîné de douze mois. Ils ne sont que le début d'une longue fratrie de quatorze enfants. Leur mère porte sur son visage les traces de ces innombrables enfantements. Enfin, viennent Sibylle et Jacinthe. Elles ont toujours fait partie de la bande de la Milice nantaise, bien que du sexe faible. Après tout, la Milice n'est pas fermée aux femmes. La mère de Sibylle est tout de même la nièce du frère André, fondateur des Frères de la Croix. La jeune femme tient beaucoup à cette ascendance sacrée, elle est la garante de la droiture de la Milice et ne lâche rien sur les principes. Madeleine Sue de La Garde admire cette grande fille, ni belle ni laide, cheveux mi-longs, et traits sans âge. Elle l'aurait bien vue comme épouse pour l'un de ses rejetons. Mais le physique androgyne de Sibylle n'a jamais été du goût de Pierre-Louis. Sans parler de son métier : chargée de communication dans l'armée de l'air ! Jacinthe était plus dans son genre. Cheveux blonds, lisses, bien peignés, coiffés en d'invariables chignons chics et sobres. Jacinthe est professeure d'histoire dans un lycée privé catholique et hors contrat du XVIe arrondissement de Paris, mais elle rentre régulièrement à Nantes. Elle arrêtera d'enseigner à la fin de l'année pour se marier avec un officier de la marine et le rejoindre à Toulon. Une union mal vue par le groupe : l'officier est catholique, traditionaliste bien sûr, mais ne fait pas partie des Frères de la Croix et ne compte pas s'en rapprocher. Un point très problématique. Le cas Sixtine avait été beaucoup plus vite réglé. Le soir de sa demande, dans sa voiture, après lui avoir passé la bague de fiançailles au doigt, Pierre-Louis avait demandé à Sixtine si elle était prête à rejoindre pleinement et sans réserve les Frères de la Croix.

— Un non remettrait en cause ma demande, avait-il ajouté.

Et Sixtine avait dit oui. Oui à la noce et oui aux Frères de la Croix. Elle avait tout pris. Pas comme cet officier de la marine.

Mais Jacinthe avait déjà vingt-sept ans et le choix d'hommes célibataires, bien faits et à la situation stable au sein des Frères de la Croix, commençait sérieusement à se tarir.

À eux tous, ils sont le cœur de la Milice. Les voilà au complet, si heureux d'être rassemblés pour applaudir leurs rockstars. Et les Nouveaux Croisés entrent en scène avec une reprise de « S'il suffisait d'aimer ».

S'il suffisait d'se soumettre, s'il suffisait d'aimer
S'il suffisait qu'on aime Arabes et sans-papiers
S'il suffisait d'se soumettre, s'il suffisait d'aimer
Je ferais de la France, un gouffre pour l'éternité…

Les chansons s'égrènent, les visages rayonnent. On rit, on applaudit, on se régale ! Pierre-Louis est hilare, il se lève à plusieurs reprises en battant des mains. Les thèmes défilent : le mariage homosexuel, l'invasion des migrants musulmans, les Blancs ayant oublié que la France est la fille aînée de l'Église, les politiques vendus, les journalistes soumis, les Juifs, les Arabes, les francs-maçons, le racisme anti-Blancs, la maladie de la repentance… Les voix sont belles, les paroles pleines de fiel et d'humour. Sixtine regarde le visage de Pierre-Louis, attrape son bonheur au vol. Tout cela est vraiment parfait. Elle aimerait juste, maintenant, que les chanteuses entonnent un autre air, une berceuse, tiens, oui, une vraie berceuse pour le petit morceau d'enfant caché dans son ventre. Comme cette chanson créole apprise d'une fille de La Réunion avec la Chorale enchantée.

Une petite fleur l'amour,
La belle aux mille oiseaux,
Petite fille jamalac, comme il t'aime,
Une petite fleur l'amour.

Une chanteuse coiffée d'un casque façon Jeanne d'Arc, visière ouverte, lance un hymne guerrier, accompagné d'un cœur d'hommes. La lumière s'éteint sur la bannière à fleur de lys, les musiciens se taisent un instant, Sixtine retient son souffle. Une dizaine d'hommes cagoulés pénètrent dans la salle en scandant « Fachos ! fachos ! Non aux fascistes ! Non aux fascistes ! » L'un d'eux brandit une barre de fer, la fracasse contre une enceinte située sur scène. La Jeanne d'Arc en carton-pâte prend la fuite, la foule hurle, deux gorilles de la sécurité rappliquent.

— Putain, c'était presque la fin, lâche l'un d'eux.

Sixtine est paralysée sur son siège. Pierre-Louis a sorti une matraque de CRS de son blouson, Jacques le suit quelques secondes plus tard avec le même équipement, tout comme les trois frères.

— Mettez Sixtine à l'abri, demande fermement Pierre-Louis à Paul-Alexis et Adèle.

La lumière se rallume, les gorilles matraquent eux aussi, les hommes cagoulés se défendent. Pierre-Louis déploie son arme sur les jambes d'un assaillant qui s'écroule en hurlant de douleur. C'est la dernière image de scène de combat vue par Sixtine. Paul-Alexis la pousse vers la sortie, Adèle lui emprunte le bras. Dans le hall par où les spectateurs s'échappent, des dizaines de filles et garçons sifflent en brandissant des pancartes avec des slogans : « Non au concert fasciste », « Stop les fachos ! ». Une odeur de bombe lacrymogène envahit l'espace, saute au nez et aux yeux de Sixtine qui tente de se protéger avec son foulard en soie. Elle perd le bras d'Adèle, fixe la sortie, l'extérieur, l'air. Elle fonce tête baissée au milieu de la foule, antifascistes et fans des Nouveaux Croisés mêlés dans une incroyable cacophonie. Enfin, Sixtine se retrouve dehors, les yeux en pleurs, suffocante. Le brouhaha des corps et des slogans atteint la rue à son tour. La jeune femme continue d'avancer droit devant, elle ne pense pas à retrouver Adèle et Paul-Alexis, elle ne pense pas à Pierre-Louis rugissant au milieu de la meute athée, elle pense au petit fœtus. Elle court, elle fuit et chantonne, mains sur le ventre.

Une petite fleur l'amour,
La belle aux mille oiseaux,
Petite fille jamalac, comme il t'aime,
Une petite fleur l'amour.

À l'angle de la rue, elle aperçoit une lumière, des néons. Un cinéma. Sixtine pousse la porte, se colle à la vitre, crache ses poumons une fois de plus, tout en cherchant de nouveaux mouchoirs dans son sac. Un vieux monsieur lui demande si elle va bien. Elle s'entend lui répondre : « Oui, oui, très bien, merci monsieur. » Mais l'homme ne l'écoute plus, il s'est tourné vers la personne qui vient d'entrer derrière Sixtine. Une fille avec de longs cheveux épars, une grosse tache rouge au milieu du visage.

— Votre nez ! Mon Dieu, mais qui vous a fait ça ? Qu'est-ce qui se passe ici ?

Sixtine la dévisage. C'est une femme de son âge, au ventre bien plus rond que le sien, des cheveux en bataille, un jean troué, de grosses chaussures et un keffieh palestinien autour du cou. L'archétype de la gauchiste, dirait Pierre-Louis. Le nez de la jeune femme est gonflé, il pisse le sang.

— Qui vous a fait ça ? répète le vieux monsieur en brandissant une serviette en papier. Mais apportez-moi de l'eau et des mouchoirs, bon sang ! Et que quelqu'un appelle les secours, c'est une femme enceinte qui s'est fait démolir, merde ! Mais qui vous a fait ça ?

Au moment où Sixtine lui tend un carré en tissu brodé, la femme enceinte hurle au vieil homme :

— Des fachos, un gros facho avec une matraque de CRS, un gros connard bien courageux !

Le vieil homme a fait asseoir Sixtine et la fille au nez écarlate dans le hall, sur un banc en velours rouge. Il apporte de l'eau, du sérum physiologique, des mouchoirs, de la glace, du sucre.

— Ça va aller ? Vous n'avez pas trop mal ? tente Sixtine, déconfite devant le visage tuméfié de la jeune femme.

— J'ai la rage ! Je suis juste venue avec une pancarte, le mec, il m'a vue avec mon bout de carton, les deux mains en l'air et le bide comme ça. Et ban, le mec m'a tapé sur la gueule. J'hallucine. Sale merde !

— Il était comment ?

— Qui ça ?

— Celui qui vous a tapé dessus ?

— Un débile, avec une sale gueule, je ne sais pas moi, une gueule de facho.

— Est-ce qu'il avait des grosses oreilles, des énormes oreilles en chou ?

La femme enceinte se tait, dévisage Sixtine un instant.

— Tu le connais ? Tu les connais, ces connards ?

— Est-ce qu'il avait des grosses oreilles en chou ?

— Oui, un truc du genre. Pourquoi ? Tu étais avec eux ?

Sixtine lâche une expiration profonde, soulagée. Non, Pierre-Louis n'est pas cette gueule de facho ayant frappé une femme désarmée portant la vie. Une gauchiste hystérique, certes.

La fille ne lâche rien.

— Tu étais avec eux ?

— Oui, avec mon mari, on était allés écouter le concert.

La femme enceinte scrute le visage de Sixtine qui tente de soutenir son regard accusateur, et pose sa main sur son ventre.

— Vous êtes enceinte de combien ? Je rentre dans le cinquième mois, essaye-t-elle sans trop y croire.

La gauchiste hystérique porte le sac de glace à ses narines en grimaçant.

— Putain, ça fait mal ! Putain ! Mais comment tu peux faire écouter ce tas de merde à ton gosse ?

Sixtine voudrait répondre, argumenter. *Non, ce n'est pas un « tas de merde », c'est un groupe qui défend les valeurs de la France, refuse le politiquement correct, ose dire les choses, la Vérité, la Sainte Vérité.* Mais une flaque de bile vient de jaillir de sa gorge et coule désormais entre ses jambes, tachant ses collants gris, ses mocassins bleus. À son tour l'autre fille lui tend des mouchoirs.

— Ça va ?

— Ça va, c'est tout le temps comme ça.

— Même au cinquième mois ? Pas de bol. Il faut en parler à ta sage-femme.

— Je suis suivie par le médecin de famille de mon mari, il dit qu'il faut prendre mon mal en patience.

— Le con ! Je te connais pas, mais tu es maigre comme un clou, je n'aurais même pas vu que tu étais enceinte si tu ne me l'avais pas dit. Moi, cette barrique, c'est mon sixième mois ! J'ai pris neuf kilos, bon, il paraît que c'est trop, mais j'ai la dalle. Meuf, il faut que tu trouves quelqu'un d'autre.

Sixtine sent des larmes ridicules monter à ses yeux. Le vieux monsieur du cinéma lui apporte un seau et un verre d'eau, avant de passer un coup de serpillière entre ses jambes en répétant « Mais qu'est-ce qui se passe ici ? ».

— La grossesse est un chemin de croix, lâche Mme Sue de La Garde avant de sourire au vieil homme.

Les larmes coulent cette fois le long de ses joues blêmes.

— Pardon, pardon, tente de contenir Sixtine.

— Tu peux te lâcher, on n'est pas du même bord, on ne se recroisera pas. Vas-y, vide ton sac, ça peut te faire du bien.

— J'y arrive pas, j'ai honte. Je déteste être enceinte, pourtant c'est ma vocation. Nous en aurons cinq ou six. Mais moi, je suis trop faible, je n'y arrive pas, je hais mon corps, c'est comme si je me retrouvais enfermée dans un tombeau, ce n'est pas moi. Je n'arrive même plus à prier, je ne suis pas allée me confesser une seule fois depuis le début de la grossesse et j'ai tant à dire. Tout me débecte, même Pierre-Louis, le soir, quand je dois remplir mon devoir conjugal…

Un relent de bile dégringole à nouveau dans le seau.

Sixtine se tourne vers la gauchiste hystérique qui a laissé tomber le sac de glace le long de son pantalon troué.

— Non, mais tu viens de quelle planète ?

— Pardon ?

— C'est quoi, ton truc, tu sors du Moyen Âge, t'es dans une secte ?

Sixtine n'a pas le temps de trouver une réponse à cette question sans queue ni tête. Pierre-Louis vient de l'arracher au fauteuil rouge et s'interpose entre les deux femmes faisant de son corps un bouclier.

— Ne t'approche pas de ma femme, menace-t-il, alors que Sibylle arrive sur ses talons.

— Elle n'a rien fait, nous avons juste parlé, tente Sixtine.

— Je l'ai vue, celle-là, avec sa pancarte satanique, sermonne Sibylle.

— On y va, poursuit Pierre-Louis en prenant le bras de Sixtine.

Au même instant, une contraction parcourt son diaphragme et la gauchiste enceinte se jette sur le seau qu'elle glisse habilement sous le jet de bile. Deux hoquets de liquide jaunâtre plus tard, Mme Pierre-Louis Sue de La Garde se redresse, s'essuie patiemment la bouche et se tourne vers la porteuse de pancarte satanique.

— Pardon pour ce qu'ils vous ont fait.

Sixtine fait volte-face, sort du cinéma, croise sur le trottoir trois pompiers au petit trot. Pierre-Louis lui empoigne à nouveau le bras et l'entraîne vers le parking.

Saint-Girons, 8 juin 1972

Muriel,

On n'écrit pas quand tout va bien. C'est faux. S'arrêter sur une feuille, un crayon à la main, est un acte réservé à ceux qui souffrent, à ceux dont l'émotion déborde, dont l'esprit, le cœur ou je ne sais quoi est complètement dépassé, incapable, submergé. On écrit pour se justifier aussi. S'excuser ou se trouver des excuses. C'est ce que je fais aujourd'hui. L'été s'invite à Saint-Girons, moi, je m'en vais. Je te laisse quelques semaines ma jolie petite fille. Dan s'occupera bien de toi. L'été est si beau au Billot.

C'est la seule promesse que nous nous sommes faite, avec Dan. Rester libres. De nos esprits, de nos corps, de nos désirs. Mais la liberté est un oiseau trop docile, on lui donne du grain et il vient de lui-même s'enfermer dans la cage. Il laisse la porte se refermer.

Il tirerait presque le loquet. Nous le savons bien. Quitte à se faire mal, quitte à en souffrir, à se battre contre soi-même. À perdre le confort de notre petite famille au coin de la cheminée de la ferme du Billot. Il faut refuser le grain, partir chercher sa pitance loin des barreaux si confortables !

Nous repartons en tournée. Je vais te voler ta roulotte un petit mois. C'est vrai qu'elle est belle ! Peinte en bleu comme ça, avec sa porte jaune, sa guirlande arc-en-ciel. Tu en as fait ton repaire, ici ou ailleurs. Je me souviens de la tournée de l'été dernier. Collioure, Barcarès, Leucate, Agde. Partout où nous posions le chapiteau, tu dédaignais les coquillages pour jouer à cache-cache dans les malles de la roulotte. Je m'entraînais sur la corde et je t'appelais sur la piste, tu me regardais sans bouger. Je te proposais de monter. Tu disais « Non » avec tes grands yeux sages. Tu préférais retourner jouer à la dînette dans la roulotte des gitans de Marseille.

Cette année, Bernard vient avec nous. Dan dit que ça ne le dérange pas. Derrière ces mots, il y a une autre vérité. Dan a mal quand il voit Bernard m'enlacer sur le trapèze. Me voir toucher les mains de Bernard, ça lui pique son sang d'amoureux et de machiste. Ça le réveille. Ça lui fait mal aussi. Tu comprendras un jour. La liberté fait mal. Le corps de Dan refuse ce que son esprit tente d'accepter : il devient rouge, grimace, son dos s'arc-boute, son regard devient dur et fuyant, sa voix s'assèche.

Je vais partir toute seule demain. Je vais vous regarder disparaître dans le rétroviseur en maudissant ce foutu goût de liberté. En me demandant si je ne suis pas en train de me tromper. Mais une fois passé le petit pont, toutes ces questions s'envoleront. Ces mots disparaîtront de ma mémoire. L'oiseau est fait pour battre des ailes. Dan et toi, ma si jolie fille, vous irez pêcher dans le Lez ou même dans le Salat et vous monterez à la ferme des parents de Didier à Alos. Ça te plaira d'aller voir leurs vaches et toutes les cloches qui chantent. La roulotte et moi, nous revenons bientôt.

Erika

4

« Pénitence ! » (Vierge de Lourdes)

Nantes, mars 2013

Ô glorieuse Sainte-Anne, pleine de bonté pour tous ceux qui vous invoquent, pleine de compassion pour tous ceux qui souffrent, me trouvant accablée de peine, aux frontières du désespoir, je me jette à vos pieds, vous suppliant humblement de prendre sous votre conduite cette affaire si pénible, mon manque de courage face à cette grossesse. Tant de femmes ont traversé cette épreuve voulue par Dieu pour racheter le péché originel d'Ève, oui tant de femmes l'ont traversée sans verser de sanglot, avec force. Mais, moi, je suis une incapable, désespérée, anéantie par la tâche. Cinq ou six fois ce calvaire ? Ô glorieuse sainte Anne, comment accomplir ma mission ? Comment ne pas renoncer à ma vocation ? Je vous prie de présenter ma requête à notre divin Sauveur, à notre très sainte Vierge Marie, votre fille, à saint Joseph, à saint Sixt, mon saint patron martyr, et à tous les saints du ciel. Ô Dieu, Seigneur tout-puissant, aidez-moi, donnez-moi la force d'aller au bout de ce chemin de croix.

Sixtine plie délicatement une chemise bleu pâle de Pierre-Louis. Elle n'oublie pas de vérifier si les boutons de manchettes assortis sont bien placés dans la petite bourse en cuir. Pour les atteindre, elle doit se pencher en avant pour ne pas que son ventre froisse la chemise impeccablement repassée. Une croix en or glisse le long d'une chaîne attachée autour de son cou. Sixtine se redresse, surprise. « Ceci ne te quittera plus », lui avait dit Pierre-Louis en lui offrant ce précieux cadeau. Une croix pour la protéger, un présent pour se racheter. Sixtine n'est pas dupe. Pierre-Louis avait-il raison ? Avait-elle tort ? Ce soir-là, après le concert des Nouveaux Croisés, Pierre-Louis et Sibylle ont amèrement sermonné Sixtine, lui reprochant son imprudence, ses propos doucereux adressés à la gauchiste hystérique, son pardon. *Pardon de quoi ?* avait hurlé Pierre-Louis. Ce soir-là, au feu rouge suivant, Sixtine s'était vue ouvrir la portière arrière droite, sauter sur le trottoir, courir à en perdre haleine dans une rue du centre-ville de Nantes. Elle avait entendu des crissements de pneus, les hurlements de Pierre-Louis derrière elle. Il n'avait pas mis longtemps à la rattraper, à la maintenir de force dans ses bras, fou de colère et de douleur. Ils étaient là, dans la rue, aux yeux de tous. Prostrée, Sixtine était incapable d'expliquer son geste. Alors Pierre-Louis avait emprunté un ton plus doux, plus tendre, lui avait même demandé pardon.

— Tu es épuisée, je n'aurais pas dû t'emmener, avec ces gauchistes, j'aurais dû me douter qu'ils allaient nous censurer, je suis désolé, tu dois être choquée. Oui, c'est ça ! Ces gauchistes t'ont mise en état de choc. Pardon, ma chère femme, nous allons rentrer à la maison, tu vas rester au chaud, demain ma mère viendra te rendre visite, bientôt tu prépareras la chambre de l'enfant, bientôt tout ira mieux. Viens, rentrons.

Ils avaient déposé Sibylle abasourdie devant chez elle. La route silencieuse les avait ramenés à la maison. Pendant deux jours Sixtine n'avait pas quitté son lit, ni pour la visite de Madeleine, ni même pour ouvrir la porte au médecin de famille. Quarante-huit heures recluse à l'intérieur d'elle-même. Dans cette chambre noire, maigre refuge violable et violé. Puis elle s'était sentie mieux, avait ouvert les volets, les nausées avaient cessé comme par enchantement et Pierre-Louis avait accroché à son cou cette croix en or commandée chez un grand orfèvre parisien.

Les vomissements de bile ont donc cessé, le ventre s'est gonflé, le bébé bouge bien, pousse comme il faut. Sixtine prépare leur valise pour les fêtes pascales au monastère des Frères de la Croix. Elle regarde ses jambes enflées, se dit qu'elle doit penser à mettre plus souvent ses bas de contention, à boire davantage. Elle glisse le petit livre rouge des prières des Frères de la Croix entre la chemise de Pierre-Louis et une mantille noire. Ne pas oublier la mantille, voilà qui est fait. Sixtine a dû se réhabituer à ce geste. Entrer sous le porche de l'église des Frères de la Croix, déposer sa mantille sur ses cheveux, tout en faisant en sorte qu'elle ne tombe pas quand on s'agenouille tête baissée pour adorer le Saint-Sacrement. Comme toutes les femmes dès l'âge de neuf ans. Combien de fois avait-elle déjà effectué ce rituel dans son enfance ? Ce geste est ancré en elle. Anodin.

Un signe de pudeur. Les chevelures flamboyantes des dames ne doivent pas détourner le regard des hommes du seul sens de la messe : accueillir l'Eucharistie, communier avec Dieu. L'image de son père lui traverse l'esprit, elle le revoit un bonnet de douche sur la tête, singeant le rituel de la mantille. C'était un soir où Muriel n'était pas là. Un soir d'été où Sixtine et ses deux frères plus jeunes avaient eu le droit de goûter la bière qu'un ami de Bruno avait apportée. Sixtine avait découvert un autre homme, l'alcool avait déridé le front plissé de Bruno. Il avait même traité le frère André de pervers. Du moins, c'est ce que Sixtine croyait avoir entendu. *Pervers*. Elle passe à autre chose. Il y a encore beaucoup à faire pour fêter Pâques chez les Frères de la Croix.

« Sixtine ! Sixtine ! » Le cri de Zélie pénètre à travers la vitre de la voiture et se répand comme un baume dans l'habitacle. Sixtine ouvre la portière et tombe dans les bras de sa sœur.

— Bonjour sœur Thérèse de Jésus, nous sommes très heureux de vous voir, lance Pierre-Louis.

— Te voilà en train de devenir mère, quel cadeau le ciel t'envoie, ma chère petite sœur ! Je remercie notre Sainte-Mère, la Vierge Marie, et sainte Anne tous les jours de vous avoir accordé cette grâce.

— Merci Zélie, merci. Je suis contente de te voir. Tellement !

— Je dois y aller, l'office va commencer dans vingt minutes et je prépare les missels. Nous nous verrons après la messe. Quel dommage que vous n'ayez pas pu venir pour la messe de la nuit, tout était si beau ! Le Christ est ressuscité, mes amis ! lance la religieuse avant d'effectuer une pirouette.

— Ta sœur est prodigieuse, elle est rentrée au couvent timide comme tout, et d'année en année elle rayonne de plus en plus.

— Oui, c'est vrai, elle rayonne. Elle ne s'est pas trompée de vocation.

Sixtine s'avance vers l'église, Pierre-Louis la suit, tente de la rattraper, de prendre son bras, mais Sixtine se dégage, se plie brutalement en deux.

— Pardon mon chéri, j'ai très mal, là, en bas du ventre.

— Assieds-toi, assieds-toi.

Il cherche un banc, l'aide à s'y rendre. Des pas s'approchent, des dizaines de pas, des bises fusent, des petits mots. Une main se glisse sur l'épaule de Sixtine.

— Eh bien, ma petite, vous avez mauvaise mine !

Madeleine éclate de rire devant le regard ébahi de Sixtine.

— Voyons, ne le prenez pas mal. Vous êtes d'une nature fragile, mais au bout du troisième ou quatrième, vous apprendrez à vivre avec la douleur, vous n'en ferez plus tout un fromage, croyez-moi !

Pierre-Louis reste aux aguets, surveille la réaction de sa femme. Sa chère Sixtine, si douce, si agréable. Dieu a mis une sacrée épreuve sur son chemin. Elle la surmontera, bien sûr. Mais il n'a pas oublié ce bruit de portière claquée dans une rue de Nantes. Non, il n'a pas oublié l'image de Sixtine s'enfuyant en courant. Il faut la ménager. Elle n'est pas une sainte. Elle a ses faiblesses. Oui, il faut la ménager. La protéger de sa mère ? Non, Madeleine sait y faire. Elle sait de quoi elle parle et elle apprécie sa bru.

— Ma chérie, on peut y aller ? Bon, la messe va commencer.

Sixtine ne répond pas, cherchant une position supportable, un angle d'inclinaison apaisant la douleur.

— Je vais prendre un médicament, et oui, ça va aller.

— Un médicament avant la messe, vous n'y pensez pas ? Avez-vous oublié le jeûne avant la communion ? Le fait d'être enceinte n'excuse pas tout, ma chère Sixtine, lâche Madeleine en lui donnant une petite tape dans le dos. Allons, relevez-vous et allons prier tous ensemble pour fêter la Résurrection du Christ : ce sera votre meilleur remède.

Sixtine suit le mouvement, serre les dents, son regard vide traverse celui de Pierre-Louis. Elle voudrait lui dire : *Non, emporte-moi avec toi, remontons dans la voiture, allons nous coucher, j'ai mal, donne-moi du paracétamol, mon chéri.* Mais elle n'y parvient pas. Rien ne sort de sa bouche. Alors, elle suit sa famille, les Sue de La Garde, enfile sa mantille comme toutes les femmes de neuf à quatre-vingt-dix-neuf ans. Elle s'agenouille, effectue dignement son signe de croix face à l'autel, entend encore une fois Madeleine murmurer quelque chose comme « le meilleur remède à la douleur, c'est le mépris ». Assise au milieu des innombrables Sue de La Garde, elle est l'une d'entre eux, elle se doit d'être forte. Courageuse, comme Marie-Aude et Gladys, les femmes de Thibaud-Georges et Hugues, deux des grands frères de Pierre-Louis, déjà mères de six enfants à elles deux. Le regard de Sixtine s'accroche à celui du Christ souffrant sur la croix. *Quelles atroces souffrances n'a-t-il pas supportées pour nous, pauvres pêcheurs ? Comment se plaindre d'un vulgaire mal de ventre ?*

L'effort en vaut la peine. Après l'eucharistie, le défilé des miliciens en musique époustoufle Sixtine comme il avait embrasé l'âme de Muriel trente ans plus tôt. *Quelle belle liturgie !* Pierre-Louis est l'un d'entre eux. Viennent d'abord les hommes, étoffes au motif couronne d'épines sur l'épaule. Puis les femmes. Ils sont au moins une soixantaine, venus de toute la France. Ensemble, ils entonnent leur hymne, celui de la Milice.

Milice, c'est à toi.
Voici l'heure du combat.
Pour Dieu, la France, nous nous battrons.
Contre l'ennemi félon.
Prenez garde envahisseur, païens et faucilleurs.
Fini le temps des scélérats.
La Milice est là.
Protégeons nos familles sans cesse attaquées,
protégeons notre Église, toujours plus oppressée,
Milice, c'est à toi !

Vient le moment de prononcer les vœux. Pour Pierre-Louis, c'est déjà la treizième fois. Des bribes de phrases, des mots atteignent péniblement les oreilles bourdonnantes de Sixtine. « Promesse », « je promets de n'adorer que Dieu », « je jure de ne pas pactiser avec l'impiété de ceux qui ne reconnaissent pas Dieu », « je jure de n'accepter aucune collaboration et entente avec des personnes, des institutions, des établissements scolaires athées », « l'athéisme est le fruit d'une intelligence dépravée, perverse, diabolique », « je jure, je surmonterai les inquiétudes morales », « je jure de dénoncer le judaïsme actuel, déformation perfide de l'ancienne religion, et de ne pas pactiser avec ceux qui l'embrassent », « l'islam, fausse religion dont la seule volonté est d'exterminer les chrétiens », « je jure de rejeter complètement les sagesses orientales et autres spiritualités », « chemin d'esclavage vers Satan », « je jure de rejeter la franc-maçonnerie, le modernisme, la démocratie », « je jure de rejeter l'impureté et toutes les tentations de la chair pécheresse, de faire preuve de chasteté et de fidélité dans l'engagement du mariage », « je jure de mener une vie de pénitence afin d'œuvrer à consoler le cœur immaculé de Marie et le Sacré-Cœur de Jésus, en rédemption des péchés », « je rejette le mal ».

La litanie s'arrête, les miliciens rejoignent les rangs, un dernier chant et Sixtine s'approche de Pierre-Louis, glisse ses doigts dans la poche de son manteau, attrape les clés de la voiture, se signe une dernière fois et sort de l'église.

— Faire venir un médecin le dimanche de Pâques, ici ?

Le visage de Sibylle est marqué par l'étonnement.

— Patrick de Saint-Selme est chirurgien orthopédique, lâche-t-elle !

— Bien sûr, renchérit Pierre-Louis en tapotant la main de Sixtine, il doit bien savoir faire le boulot d'un simple médecin !

Pour toute réponse Sixtine se tord de douleur, allongée sur un lit du dortoir des invités. Il lui faut attendre une quinzaine de minutes dans cet état pour voir arriver Saint-Selme.

— De quoi souffrez-vous, ma chère ?

— Quelque chose me brûle, très fort, en bas du ventre, à droite.

Le médecin pose sa main sur le front de Sixtine.

— Il faut opérer !

Blême, la jeune malade se tourne atterrée vers Pierre-Louis. Saint-Selme éclate de rire.

— Écoutez, je suis spécialiste des pieds, moi. Amputer, c'est mon domaine. La gynécologie… Bon, il faudrait faire une échographie, vérifier que tout va bien pour l'enfant.

— En urgence ? interroge Pierre-Louis.

— Vu l'emplacement de la douleur, je dirais que non. Fêtez Pâques tranquillement avec la communauté et allez dans votre clinique demain matin.

— Mais je souffre horriblement ! jappe Sixtine entre honte et colère.

— Nous prierons pour vous, et si la douleur est trop forte, filez aux urgences.

Pierre-Louis remercie le médecin d'une courbette. Saint-Selme, ce n'est pas n'importe qui ! Un saint homme prenant le temps de venir prodiguer ses conseils le jour de la résurrection du Christ. Sixtine lui jette un regard noir. Et si l'enfant était en train de mourir ? Ou elle ? Une hémorragie interne due à ce que Pierre-Louis a voulu faire l'autre soir. Elle lui avait dit non. Ce n'était pas possible, elle était déjà enceinte. L'acte conjugal ne pouvant être fécond, il serait déshonnête aux yeux de Dieu. Mais il ne s'était pas arrêté. Sans un mot, sans même lui rappeler qu'il ne s'agissait après tout que de son devoir conjugal, Pierre-Louis avait caressé ses cheveux défaits, retiré sa culotte en coton et écarté son sexe, plus fermé que jamais.

— Ça me fait mal, avait-elle gémi.

Mais c'était déjà fini. En sentant la semence de Pierre-Louis couler entre ses cuisses, Sixtine s'était demandé si ce rapport physique n'ayant pas pour objet d'enfanter était vraiment péché. Péché ou devoir ?

Le médecin de la clinique Sainte-Barbe parle d'un kyste, mais on ne peut pas en être sûr, parce qu'on ne voit pas bien. Le bébé est en pleine forme. Puis l'homme en blouse blanche appelle un collègue du service de gynécologie, ils parlementent, regardent ensemble les échographies, hochent la tête. Ce supplice porterait en fait un autre nom : douleurs ligamentaires. Les ligaments travaillent trop à cause de la place prise par le bébé, ça fait mal, ils le reconnaissent, très mal. Il faut rester allongée, s'économiser au maximum. Ça peut s'atténuer rapidement ou durer. Sixtine ferme les yeux, tente d'oublier un instant les odeurs d'hôpital, celle du gel gluant de l'échographie, le parfum ouaté du gynécologue, un grand bonhomme sobre, certainement très beau dans sa jeunesse. Elle cherche un refuge, tente de penser à son lit dans leur belle maison nantaise. Mais c'est le souvenir du vomi de la bile, dans un seau en plastique bleu qui surgit. Son esprit s'accroche alors à l'image de la statue de la Vierge dans la cour de la maison de ses parents à Rennes, cette Vierge qu'elle aime tant, et devant laquelle elle avait beaucoup prié autrefois. Une Vierge romane en pierre, toute ronde aux traits simples. Voilà. Son cerveau s'emplit de cette image, la Vierge de Rennes. Et une prière monte entre ses lèvres, grimpe dans ses circuits neuronaux et libère la boule bloquée en elle.

Ô, Sainte Vierge Marie, à vous seule je peux le dire. Pardon pour ma faiblesse, pardon pour ce qui va suivre. Mais quel est le chemin ? Je me sens mal dans notre maison, je me sens mal quand mon mari me touche, quand j'entends les conseils de sa mère, une sainte femme, dont les paroles sont pleines de bon sens, je me sens mal quand ma propre maman s'approche de moi, tente de me fortifier, m'encourage à être plus digne. Je me sens mal en moi-même et si honteuse de l'être. Tout à l'heure, pardon, ô Marie, j'espérais que le médecin me dise : non, vous n'êtes pas enceinte, vous avez juste un gros chou dans le ventre. On va vous opérer, demain vous serez guérie, tout sera fini. J'ai honte, ô Marie, honte de ma faiblesse. Très sainte Vierge, prenez mes peines entre vos mains, libérez-moi de cette douleur qui tenaille mon corps, mon esprit et mon âme.

— Madame, vous m'entendez ? Vous pouvez vous rhabiller.

Sixtine et Pierre-Louis rentrent ensemble à la maison. Il est 9 heures du matin, un lundi de Pâques. Ils n'ont pas encore mangé. Sixtine s'allonge sur le canapé du salon, dit qu'elle a faim. Ils se regardent. Pierre-Louis propose de lui apporter quelque chose, un thé et de la brioche, avec de la confiture par exemple ? L'épouse remercie, se demande pourquoi son mari n'est pas encore au courant de ses préférences matinales. Jamais de confiture, mais des tartines de pain beurrées, recouvertes de miel. Quand elle n'a pas de nausées, elle est capable d'en avaler une quantité phénoménale au petit déjeuner. C'est vrai, Pierre-Louis se lève tôt pour partir travailler, bien avant elle. Le dimanche aussi, il est sur pied de bonne heure, elle le voit se diriger vers son bureau où il envoie des mails aux membres de la Milice. Pierre-Louis est sur tous les fronts. Tant pis pour les tartines beurrées au miel. Il est si courageux. Son engagement ne faiblit jamais. Même après cette courte nuit, ce lundi de Pâques il ira à la messe. Sixtine restera couchée sur le canapé, avec un DVD de prières et d'enseignements des Frères de la Croix.

— Ça te fera du bien, lui dit Pierre-Louis.

C'est mieux ainsi. Même s'il n'y a rien de tel que célébrer l'eucharistie. Il faut être raisonnable. Le médecin de la clinique exagère-t-il ? Pourquoi a-t-il regardé Pierre-Louis dans les yeux en répétant :

— Il faut qu'elle se repose, qu'elle reste allongée.

Pour M. Sue de La Garde, ces médecins progressistes exagèrent. Ils bannissent la souffrance, l'acceptation de la souffrance. En font tout un plat ! Il faut tout de même ménager Sixtine. Il ne l'avait pas imaginée aussi fragile. Elle s'endurcira, Madeleine l'a prédit.

De retour de la messe, Pierre-Louis rapporte un poulet rôti et une barquette remplie de haricots verts aux tomates cerises. Sixtine ne dort pas, elle est allongée sur le côté gauche, son regard se perd dans le vide.

— Tu as vu le DVD ? Tu devrais lire un peu ma chérie, ça te ferait du bien. Il faut t'occuper la tête si tu ne peux rien faire ! J'ai le dernier numéro de *FC*. Tu vois, j'écoute le médecin, j'ai acheté de quoi déjeuner, tu n'auras pas à faire la cuisine.

Sixtine se redresse, esquisse un sourire et regarde la couverture du magazine *FC*. Elle est sûre d'y trouver des milliers de choses intéressantes, des textes méditatifs du frère André, des analyses pertinentes de l'actualité, des pensées pieuses, des vies de saints admirables. Oui, *FC* est très bien fait. Mais à l'instant, ce que voudrait Sixtine, c'est manger un hamburger accompagné de frites croustillantes et salées. Avec du ketchup. Elle voudrait mordre là-dedans tout en regardant un stupide téléfilm, comme elle le fait parfois, honteusement, lors de ses après-midi solitaires.

— Jacques et sa femme vont passer à 16 heures pour prendre un thé et dire un chapelet avec nous. Tu resteras sur le canapé bien évidemment.

Sixtine ne relève pas, toujours perdue dans ses pensées. Sur le reflet du téléviseur éteint, elle projette le visage de Jessica, superbe brune de *L'Amour en hiver*. Jessica et ses longues boucles interminables, parfaitement assemblées, Jessica mariée à un jeune homme fortuné, crevant d'ennui dans une prison dorée, une villa luxueuse, *desperate housewife* abandonnée aux *cupcakes* avec ses comparses du même sexe. Jessica agacée par un voisin célibataire et fêtard, dérangeant, puis attirant, puis amant. Jessica qui s'éveille en hiver couronnée de ses boucles brunes, se roule dans la neige avec John, le voisin bronzé même en janvier, musclé, immature, sans le sou. Le cœur de Jessica saignant au premier rebondissement, première déconfiture avec John. Puis Jessica libre filant dans un van faussement crado et romantique avec John. Sans *cupcake*. Est-elle cette même femme prisonnière du thé-chapelet du dimanche depuis des centaines d'années ? La mâchoire de Sixtine tremble en chassant cette image. Elle n'a pas envie de lire *FC*, elle voudrait prendre l'air avec Jessica, héroïne aux boucles brunes et au maquillage impeccable. À cet instant précis, elle donnerait beaucoup de choses pour pouvoir prendre la télécommande, appuyer sur *replay* et regarder à nouveau les ébats clandestins de John et Jessica au lieu de s'agenouiller sur le tapis du salon avec Jacques et son épouse. Remords sincères. Contrition. Immédiatement Sixtine se reprend. *Pardon, je suis si faible. Pardon Seigneur pour ma lâcheté, pour ces pensées malsaines et ces occupations impures*. Sixtine prie intérieurement en fermant ses yeux cernés de noir.

— Tu as besoin de dormir ?

— Non, non, c'est bon, c'est très bien. S'ils viennent prier avec nous. Je me suis assez reposée. Je pourrai bien dire le chapelet à genoux comme tout le monde !

Pierre-Louis sourit et se tourne vers son téléphone portable dont un bip attire son attention. Un message de Sibylle.

« Cher PL, je sais que ta femme doit se reposer, mais si tu penses qu'une sortie pourrait lui faire du bien, je te prie de la convier à la prochaine réunion de la Milice des filles de la Croix. En UDP[1]. »

Ravi, l'époux glisse le téléphone sous les yeux de Sixtine.

— L'an prochain, toi aussi tu pourras prêter serment !

— C'est une très bonne idée ! Ça me fera du bien de voir des amis. Dommage, Sandrine ne sera pas encore arrivée, j'aurais bien aimé l'y inviter.

— N'aie pas de regret, il faut avoir l'aval d'au moins cinq membres pour venir.

— Et j'ai donc eu ce privilège ?

— Exactement, tu es une privilégiée !

Pierre-Louis pose un peu maladroitement sa main sur celle de Sixtine désormais redressée sur le canapé.

Son pied cherche la pantoufle en cuir. Sixtine se penche sous le lit pour mettre la main dessus. Se relève aussitôt. Où

1. En UDP : en union de prière.

est passée la douleur ? Elle est là, quelque part au fond de son ventre, mais si atténuée, si légère, elle lui semble désormais presque douce. Les choses ne sont-elles pas en train de changer ? Sixtine regarde son visage dans le miroir de la chambre, elle caresse son ventre rond, jette un œil à son profil. Oui, ce ventre proéminent est le sien. Elle s'y ferait presque. Un sourire se glisse sur ses lèvres fines et vermillon. *Tout cela est du passé. Je suis en train de trouver le bon chemin.* Sixtine ouvre avec plaisir son agenda. Non, à partir d'aujourd'hui, elle n'annulera plus le thé inscrit à 17 heures, la répétition de la chorale à la paroisse. Elle honorera tout ce qu'elle prévoit. Sortir de sa léthargie, de son repos frénétique, de sa douleur lascive, de sa passivité, son laisser-aller, son désespoir. Tout cela n'était-il pas qu'une épreuve envoyée par le Malin pour l'éprouver ? Tenter de lui faire baisser les bras. Le Malin aimerait bien que Sixtine abandonne, qu'elle ne donne pas cinq ou six enfants chrétiens à Pierre-Louis Sue de La Garde. Une épreuve. Voilà, ce n'était qu'une épreuve. Elle honorera ses rendez-vous. À 11 heures, Élisabeth viendra comme prévu faire un point sur l'arbre généalogique de l'héritier. Après deux annulations de dernière minute de Sixtine. À 18 heures, Jacinthe passera gentiment la chercher pour l'emmener à la réunion de la Milice. Et demain, à midi, Sandrine arrivera par le train. Pierre-Louis a proposé d'aller l'accueillir à la gare pour éviter à Sixtine un déplacement supplémentaire. Il s'est passé quelque chose depuis ce dimanche. Depuis ce moment où sa femme s'est réjouie de se rendre à la réunion de la Milice, décision prise juste avant de réciter courageusement un chapelet, à genoux sur le tapis du salon. Pierre-Louis a semblé si fier. Cette fierté le transforme. Il se montre plein d'attentions pour son épouse. Cette distance, parfois ressentie par Sixtine, certainement due à sa propre lâcheté face à la grossesse, est en train de s'évaporer. Pierre-Louis l'encourage, lui montre le chemin à suivre. Celui de la résistance face aux épreuves, celui de l'abnégation de soi. « Oublier son corps pour soigner son âme », disait Muriel. C'était l'époque où Sixtine, adolescente, passait un peu trop de temps dans la salle de bains à essayer des coiffures ou tenter de se mettre discrètement un peu d'ombre à paupières sans que sa mère le remarque. *Tu ferais mieux de laver ton âme au lieu de laver ton corps.* C'était la phrase exacte de Muriel, ahurie en regardant sa fille, un masque d'argile sur le visage. *Comme maman avait raison !* Sixtine se revoit honteuse dans la salle de bains du premier étage, rougissante sous la couche d'argile verte, offerte en cachette par une amie de la chorale. Sixtine se sent tellement mieux quand elle oublie son corps, sa peau juvénile, ses seins tendus de jeune pucelle, son ventre de primipare.

Oublier son corps pour ne penser qu'à Dieu.

Prier, s'abandonner, lire *FC*, recevoir Élisabeth.

Faire son devoir et s'oublier.

Sixtine vérifie l'heure, descend dans la cuisine et se prépare un thé. Elle n'aura même pas le temps de planter ces lys blancs qu'elle avait prévu d'installer dans le massif trop vide derrière la terrasse. Il faudra le faire rapidement. On va rentrer dans le mois de mai.

Elle s'installe sur une chaise haute dans la cuisine, casse les œufs de ses mains habiles, ajoute le sucre, la farine, le chocolat, le beurre, des noisettes concassées, un zeste de levure, quelques gouttes de fleur d'oranger. Ses mains glissent le mélange dans de petits moules aussitôt enfournés. Douze minutes plus tard, ils sont là, sur la table, les petits fondants chocolat-noisette parfaitement réussis. Et la sonnette retentit. Élisabeth pousse la porte d'entrée et glisse sur le couloir dallé sans attendre la maîtresse de maison.

— Pardon, je te croyais alitée.

— Je vais beaucoup mieux, lance Sixtine, ravie.

Elles sont assises dans le salon, face à face. Sixtine a déjà déposé sur la table basse un plateau en porcelaine orné de motifs floraux sur lequel reposent une théière en grès et des tasses assorties. Les fondants parfaitement réussis trônent dans une coupelle. S'ensuivent deux ou trois formules de politesse sur l'état de santé de l'une et les études de l'autre. Puis Élisabeth se tait, plonge une main dans son vaste sac en cuir bleu marine et brandit une pochette cartonnée.

— C'est un brouillon, lâche-t-elle en déposant des feuilles libres. Je t'avoue que tu me donnes du fil à retordre.

— Ah bon, j'en suis vraiment désolée !

— Oui, je suis allée voir tes parents. Ils se sont pliés en quatre pour trouver le plus de choses possible. Du côté de ton père, ils m'ont vraiment mâché le travail. J'ai pu remonter jusqu'au XVIIe siècle, c'est très correct ! Tu sais, tu as un ancêtre en Poitou, un noble royaliste ! Il s'est battu pour le roi pendant la Révolution. Un martyr fusillé par la gueuse !

— Je ne le savais pas du tout et j'imagine que papa l'ignorait également, sinon il nous en aurait déjà parlé !

Les yeux de Sixtine parcourent les noms écrits proprement dans des cases. Des Béatrice, Pierre, Henri, Françoise. Plus encore que les patronymes des ancêtres, des cases affreusement vides happent désormais son attention.

— Et maman ?

— J'ai donc parlé avec ta mère. J'ai compris à quel point tout cela était douloureux pour elle. Elle m'a donné les noms de ses parents, ici, tu vois, Daniel et Erika Kosslov. Comme tu me le disais, leurs deux familles ont donc été décimées sous Staline par des persécutions antireligieuses. Je t'avoue que j'ai été très gênée d'avoir cette conversation. J'aime bien faire les choses, mais là j'ai eu le sentiment que mes questions étaient indiscrètes.

— Je suis désolée de te donner tant de mal, glisse Sixtine en souriant, sans quitter des yeux le prénom d'Erika inscrit dans la case située en haut à droite du prénom de Muriel.

— Je ne m'avoue pas vaincue pour autant. Hors de question que Foucault ait un arbre généalogique à trous. Daniel et Erika se sont mariés en France, il ne reste plus qu'à savoir où et à trouver leur certificat de mariage !

Sixtine marque un temps d'arrêt, suspend son geste alors qu'elle s'apprêtait à verser du thé dans la tasse d'Élisabeth. Pierre-Louis a donc parlé du prénom Foucault à sa famille ? s'interroge-t-elle. Il en a parlé comme d'une certitude ? À entendre Élisabeth, l'enfant se développant à grands frais dans son ventre s'appelle déjà Foucault avant même d'être né. N'a-t-elle pas plusieurs fois manifesté à Pierre-Louis son refus de ce prénom ? Même s'il est inspiré par le patronyme du bienheureux père de Foucauld, prêtre devenu ermite dans le Sahara au début du XXe siècle, valeureux mystique prêt à s'immoler pour Dieu. Il faudra en parler.

— Tu n'es pas trop déçue par mon travail, j'espère ? lance Élisabeth pour sortir sa belle-sœur de sa torpeur.

— Pardon, non, pas du tout. C'est déjà beaucoup ! Daniel et Erika, c'est un grand pas.

— Tu peux être sûre qu'avant sa première communion votre fils pourra nommer fièrement ses ancêtres. Votre fils et tous ses petits frères et sœurs.

— Merci, Élisabeth.

Le regard de Sixtine se perd à nouveau sur l'arbre généalogique, cette fois elle remonte les origines de Pierre-Louis et laisse son doigt glisser d'aïeuls en aïeuls.

— Qui est-ce ? Agnès ?

Élisabeth lâche un soupir. En généalogiste consciencieuse elle ne pouvait pas omettre ce prénom, ce fardeau, de tous les pedigrees descendants Sue de La Garde.

— C'est notre sœur, Agnès.

Comment Sixtine ne s'en était-elle pas rendu compte plus tôt ? Madeleine Sue a eu huit enfants. À chaque prénom, elle peut associer un visage, une situation. Thomas, l'aîné, est marié avec Louise, il travaille sur une plate-forme pétrolière et n'a eu qu'un seul enfant pour le moment, c'est compliqué ; Hugues, le second, est saint-cyrien, marié avec Gladys, mère de trois enfants, enceinte du quatrième ; Marie-Céline est carmélite, au grand dam de Madeleine. Elle l'aurait si bien vue chez les Sœurs de la Croix ; Bénédicte, la quatrième, est célibataire et travaille au service édition des Frères de la Croix ; Thibaud-Georges, saint-cyrien également, est marié à Marie-Aude depuis trois ans, trois enfants au compteur ; viennent enfin Pierre-Louis et Élisabeth ; puis Agnès.

Le huitième enfant donc ?

— Elle était à votre mariage, enfin je l'ai vue passer à la messe rapidement, au fond de l'église. Maman était furieuse ! Agnès vit dans le péché, hélas. C'est douloureux pour Pierre-Louis, il est son parrain. Bon, parlons de choses plus gaies ! Maman m'a dit qu'elle allait accompagner ta mère pour t'aider à finir de préparer la chambre de Foucault lundi prochain. Tu as des idées de décoration ?

— Ah, oui, lundi c'est très bien. Non, je ne sais pas, je leur fais confiance !

Ce n'était rien.

Rien qu'un simple thé avec sa belle-sœur. Pourquoi cette tasse d'eau chaude a-t-elle fait grimper en elle une colère aussi douloureuse ? Une blessure. Foucault. Qu'est-ce qui a pris à Pierre-Louis ? Et Erika ? Et Daniel ? Pourquoi donc sa mère avait-elle soigneusement banni ces prénoms de leur vie ? Et Agnès, la pécheresse ? À quoi jouait-on ? Sixtine s'approche de la fenêtre de la cuisine, celle qui donne sur l'extérieur, la petite cour et plus loin en arrière-plan la rue où passe une adolescente, nombril à l'air, longs cheveux lisses flottants et casque sans fil sur les oreilles. Mme Pierre-Louis Sue de La Garde écrase son nez sur la vitre. Des larmes silencieuses coulent sur ses joues. Alors, elle repense à Jessica, seule et malheureuse derrière les murs de sa grande villa américaine. Qui décide pour elle, pour Sixtine ? Qui décide de ce qu'il faut lui dire et lui cacher ? Elle n'est plus rien d'autre qu'une femme enceinte pleurant derrière la vitre de sa cuisine, où flotte encore l'odeur des petits fondants parfaitement réussis.

Un message apparaît sur son téléphone.

« Aujourd'hui, nous fêtons l'anniversaire de la mort du père de Foucauld. Que son exemple vous accompagne dans votre prière quotidienne. En UDP. Maman. »

Sixtine secoue son visage, sèche ses larmes d'un coup de mouchoir en tissu, recoiffe son chignon et serre ses lèvres pour se donner une contenance. Quelques secondes plus tard, la grâce de la prière transfigure la femme désespérée. Elle est là, agenouillée sur le tapis du salon, face à l'autel familial où trône une croix du Christ en bois, une statue de la Vierge de Fatima, un portrait du père de Foucauld et dans un cadre sobre en bois le saint visage souffrant du frère André.

Mon père, je m'abandonne à vous. Faites de moi ce qu'il vous plaira. Quoi que vous fassiez de moi, j'offre tout.

Saint-Girons, 9 mars 1976

Muriel,

Sacha est morte hier. Je n'ai jamais revu ma mère depuis ce jour d'au revoir devant le théâtre Kadima. Sacha est morte courbée dans le vent de la pampa, comme elle avait passé sa vie, courbée. Le regard humblement tourné vers cette terre ayant eu la largesse de bien vouloir d'eux. Et la terre les avait mangés.

J'ai cherché une photo de Sacha. J'ai trouvé sa dernière lettre, celle où elle me remerciait de lui avoir envoyé une image de la hija preciosa. *Ma jolie fille. Tu n'auras connu ta grand-mère que par ces rares photos. Une femme en noir sur la grande* plaza.

J'ai eu envie de réciter une prière avec toi. Dan a dit d'arrêter ces bondieuseries ! Pourquoi nommer ce que j'ai fui ? Tous ces mots sont-ils gravés pour toujours dans ma mémoire, imprimés contre ma volonté au fond de moi ? J'ai toujours craint Sacha.

Ses ordres secs, son regard désapprobateur, sa main leste à dégainer le tirador *en cuir de ce père absent de mes souvenirs. Je n'aurai connu de lui que la brûlure de sa ceinture. J'ai toujours désobéi à Sacha. D'abord pour aller à la bibliothèque du théâtre Kadima lire des livres interdits. J'y ai passé des heures délicieuses en cachette des miens. Elle détestait ces distractions impures et impies. Elle détesta aussi le* circo criollo *quand le premier chapiteau du centre de loisirs s'installa sur la* plaza. *Depuis la fenêtre de la bibliothèque, j'avais aperçu, abasourdie, cette femme au corps souple dont les pas légers semblaient flotter sur la corde. Cette funambule était un rêve inconcevable dans la Pampa. Tout à coup, plus encore que les livres de Jack London, la corde lisse m'offrait la possibilité d'un nouveau voyage. Un envol pour ma tête et mon corps. Une incroyable terre en friche. Sacha l'a tout de suite détestée. Mais on n'empêche pas un oiseau de voler.*

Sacha est morte hier. Et ma jolie fille a eu ses premières règles.

Je t'ai dit : Tu vas devenir une femme. Ton corps t'appartient. Protège-le.

Et toi, tu m'as répondu : Maman, je veux aller au catéchisme et faire ma première communion, comme Marie-Liesse avec sa belle robe.

Marie-Liesse, la fille des bourgeois de Lussan, abonnés à la messe du dimanche.

Je me souviens de ton regard quand tu es entrée dans le grand salon de leur immense maison pour prendre ce goûter, l'an dernier. Ton regard émerveillé devant la robe blanche et parfaite de Marie-Liesse Bertier. Tes yeux qui contemplent la médaille dorée autour de son cou. La mère de Marie-Liesse, très polie, un peu gênée. Elle m'a invitée à m'asseoir devant quelques bondieuseries, elle a plongé son regard dans le mien.

— Votre fille a très envie de découvrir Dieu, vous ne pouvez pas lui refuser cet appel.

Dan et moi, nous ne sommes pas d'accord. Les curés ne te laveront pas le cerveau. On va t'inscrire à des cours privés de violon, si ça te fait plus plaisir que les leçons collectives. Moi, je veux bien t'offrir une belle robe blanche comme celle de Marie-Liesse Bertier. C'est ça qui te plaisait tant ? La robe blanche et la couronne de fleurs sur la tête ?

Tu grandis. Tu n'aimes plus dormir dans la roulotte, tu ne pleures plus pour venir avec nous en tournée. Tu préfères rester ici. Tu ne veux toujours pas monter sur la corde lisse.

Tu deviens femme et brune, de plus en plus brune. Comme Sacha. Adieu Sacha. Pardon Sacha.

Erika

5

« Luttez contre le Malin ! » (Curé d'Ars)

Nantes, avril 2013

Elles sont douze, comme les apôtres, mais aucune d'entre elles n'oserait faire la comparaison.

— Nous ne sommes que des femmes, répète Sibylle à l'assemblée en guise d'introduction.

Douze femmes à genoux dans une sacristie froide et humide. Elles fixent la croix du Christ, puis baissent leurs yeux vers le sol. Elles prient. *Notre Père*, *Je vous salue Marie*, *Credo*, consécration au cœur immaculé de Marie. Elles se relèvent, se sourient. Rebelles au temps présent, vierges du XXIe siècle. On les retrouve sagement assises sur des chaises en bois. Sibylle est au premier rang, le frère Louis-Marie se lève. L'enseignement du jour s'appelle « La pureté des jeunes filles et comment résister aux attaques de Satan ».

Le frère Louis-Marie parle :

— Je vais vous lire un texte écrit il y a cinq ans par le frère André, l'un de ses derniers textes : « Le premier rempart de la pureté est la pudeur ». « Pour la Vierge Marie, “toute la richesse est à l'intérieur”. Ainsi les femmes et les jeunes filles doivent veiller à garder ce mystère qui est intérieur, intime, contrairement à l'homme qui est plus tourné vers l'extérieur, de façon naturelle. Or, malheureusement, je vois, même en ces lieux saints, de plus en plus de jeunes femmes qui oublient ce qu'est la pudeur : tête semi-découverte dans l'église, bras nus, jupe trop courte, décolleté trop large, y compris le jour de la sainte eucharistie. Et je ne parle pas du monde, où les corps se déchaînent sans garder raison ! C'est à vous, filles de Dieu, femmes de croisés, d'être le rempart de la pureté. Pour cela n'oubliez pas la pudeur. Dédaignez les habits trop moulants, trop courts, trop transparents. Ils dévoilent votre mystère et suscitent la convoitise des hommes. Faites confiance à vos pères et à vos maris. Ils sauront vous dire si votre tenue est susceptible d'éveiller les désirs naturels de l'homme. Comme le dit le catéchisme du concile de Trente, le mari “doit régler sa famille, corriger et former les mœurs de tous ceux qui la composent, et contenir chacun dans son devoir”. »

Sibylle se lève, tend des feuilles dactylographiées aux onze autres. C'est un argumentaire, explique-t-elle, pour défendre la chasteté et la pureté dans le monde apostat. Sibylle se penche sur le texte et énumère :

— Un, la pureté est la condition du Salut.

« Deux, la chasteté et la modestie permettent de cultiver une vie intérieure profonde.

« Trois, les femmes légères qui oublient ces principes troublent les hommes volontairement et deviennent la cause du péché.

« Quatre, l'acte sexuel a été voulu par Dieu uniquement pour enfanter.

« Cinq, la société apostate nous fait croire que l'acte sexuel est une source de plaisir pour les femmes délurées qui le pratiquent : le plaisir sexuel féminin est une invention, imaginée pour faire sombrer les femmes dans le péché. Les femmes ne peuvent tirer de la sexualité un plaisir au sens charnel du terme.

« Six, la recherche du plaisir par l'homme pousse à tomber dans l'égoïsme.

« Sept, la femme et l'homme doivent respecter la chasteté aussi dans le mariage.

« Huit, la femme mariée doit entendre les besoins naturels de son mari.

« Neuf, la luxure apporte la tristesse et le désespoir.

« Dix, résister au vice est une victoire devant Dieu.

Elles repartent le cœur empli de joie, les filles de la Milice de la Croix. Missionnaires, leurs pas glissent sur la chaussée du monde pécheur. Les dix commandements dans leur sac à main. Elles les feront leurs, elles les partageront. Ce soir, douze femmes résisteront au vice pour l'amour de Dieu. Sixtine est fière. Elle fait partie de ces apôtres du nouveau temps. Une joie pure s'immisce dans son cœur. Elle n'est pas seulement une femme sur le point d'enfanter, mais une résistante, une combattante de Dieu, une héroïne de la chasteté. Le lendemain, les dix commandements se retrouvent sur la table basse du salon, sous les yeux de Sandrine, assise sur le canapé du salon.

— Ton mari est très sympa !

— Oui, et si sûr de lui, beaucoup plus que moi. J'espère qu'il transmettra cela à notre enfant, l'assurance.

— J'espère surtout que ton fils aura ton sens de l'humour, c'est très important dans la vie !

— Tu veux bien regarder ce document ? Je voulais savoir ce que tu en pensais ? Au début j'ai trouvé ça très bien, mais en le relisant il y a des choses qui m'interrogent.

Sandrine se plonge dans les dix commandements.

— C'est une blague ?

— Non, c'est ce qu'on m'a donné à la réunion de la Milice des filles de la Croix. C'est Sibylle, je t'ai parlé d'elle, qui a écrit ça. En fait, je suis d'accord avec tout, sauf un truc. Tu crois vraiment que le plaisir féminin n'existe pas ?

— Tu devrais être mieux placée que moi pour le savoir ! Écoute, ta Sibylle, je pense qu'elle se trompe. Je ne suis pas d'accord avec sa conception. La chasteté avant le mariage et la fidélité d'accord, bien sûr, mais après non, je ne crois pas que ce soit réservé uniquement à la fabrication des enfants et au devoir conjugal. Tu sais, ma sœur, elle m'a raconté qu'avec son mari, ils le faisaient plusieurs fois par semaine.

— Oh, la pauvre !

— Ça n'avait pas l'air de la déranger ! Vous avez débattu de ce sujet ?

— Non, après cet enseignement il y a eu un point sur les actions à mener. Ils cherchent à faire plus que la Manif pour tous, qui est quand même très racoleuse. On parle d'une procession en plein Paris pour marquer les esprits ! De leur côté, les garçons font pas mal de choses : collage d'affiches, appel au boycott de concerts d'extrême gauche, ça me fait un peu peur ce genre d'expéditions.

— Et Pierre-Louis, il participe aussi ?

— Oui, ça me rend admirative et en même temps ça me dérange. J'ai peur. Et si c'était dangereux ?

— Pierre-Louis ne prendrait pas de risques inutiles ?

— Non, il est très pragmatique. Bien sûr, il a raison, nous sommes dans le vrai, mais j'ai peur qu'il se batte, qu'il commette un péché en se battant.

— Sixtine, j'ai lu des choses sur les Frères de la Croix, je trouve ça un peu… comment dire, un peu trop à fond…

— Tu trouves ?

— Ils n'acceptent aucun avis contradictoire, pas de débat, c'est leur Vérité un point c'est tout. Parfois je me demande si on ne s'est pas trompés. Si le Dieu du ciel ne s'appelle pas Bouddha et se moque bien qu'on aille à la messe ou pas !

— Ça, c'est du relativisme ! Qu'est-ce qui t'arrive ?

— Je me pose des questions. Et si l'Église se trompait ? Pardon de t'embêter avec tout ça. En fait ce n'est pas vraiment moi qui doute. Réfléchir m'aide à tolérer les autres. À comprendre Loïs.

— Mais qui c'est, ce Loïs ?

— C'est un garçon… Je l'ai rencontré… Voilà. Il ne croit en rien, il est très sûr de son choix, on en parle beaucoup.

— Oh, ma chérie, ça doit être difficile, mais je suis sûre qu'en te côtoyant il aura envie de découvrir la foi !

— J'en suis beaucoup moins persuadée que toi. Le problème, c'est qu'on s'aime beaucoup. Je suis méga amoureuse. C'est compliqué et je ne te parle même pas de ma virginité !

— Il te presse ?

— Pas plus que ça, c'est moi qui suis pressée !

Sixtine dévisage son amie dont les joues se sont teintées d'un rouge vif.

— Oui, je sais c'est choquant, mais ce n'est pas humain de s'aimer autant sans pouvoir faire l'amour.

— Il t'a demandée en mariage ?

— Non, Sixtine, il est contre le mariage. Mais là-dessus, je ne compte pas lâcher !

— Je te fais confiance !

— La vie est pleine de surprises, jamais je n'aurais cru tomber amoureuse de quelqu'un comme Loïs. Pour toi, tout doit être plus clair. Tu as de la chance d'aimer un homme qui partage ta foi.

— Oui, c'est une chance. Mais ça ne veut pas dire qu'on est toujours d'accord.

— Vous semblez tellement en parfaite harmonie !

— Pas pour le prénom.

— Ah bon ?

— Pierre-Louis veut absolument l'appeler Foucault en référence au père de Foucauld. J'ai beaucoup de dévotion pour lui mais je n'ai pas envie de l'appeler comme ça.

— Tu as d'autres idées ?

— J'aime bien Marc, mais Pierre-Louis trouve ça trop banal.

— C'est chou, Marc !

— Ou alors, pourquoi pas Adam ?

— Comme Adam et Ève ?

— Heu, Adam tout court.

— À l'américaine ?

— Ah bon, ça fait américain ? J'aime bien ce prénom, parfois quand je lui parle, je l'appelle Adam. J'ai l'impression que c'est lui. Mais Pierre-Louis a dit que c'était hors de question. Il croyait que je proposais ça pour rire. « Et pourquoi pas Kévin ? » Voilà ce qu'il m'a répondu.

— Vous allez bien trouver un terrain d'entente, certains parents se décident en voyant la tête du bébé !

— Alors il nous reste quelques semaines. Mais ça m'agace un peu. Pierre-Louis a dit à tout le monde que notre fils s'appellerait Foucault.

— Il doit y tenir à fond !

— Certainement, je devrais peut-être m'incliner, après tout, si ça lui fait tellement plaisir, pour son premier fils… C'est pas mal, Foucault.

Sixtine et Sandrine rient. Se regardent. Se sentent si proches alors que leurs vies s'éloignent. Sandrine se confie sur son amour pour Loïs, un ingénieur franco-espagnol très propre sur lui, amateur d'escalade et de heavy metal. Loïs n'est pas du tout vierge, il ne tient pas l'abstinence et la chasteté en respect. Son discours sur la foi est très construit, réfléchi. Il parle de l'absence de Dieu, des méfaits de la religion, catholique en particulier. Il est loin des fonts baptismaux, petit-fils d'un exilé républicain espagnol, famille athée, anticléricale. Tout est compliqué. Mais tout est si beau. Loïs est l'Amour. Trois jours passent. Elles chantent les airs d'autrefois, ceux de la Chorale enchantée, se donnent des nouvelles des filles du groupe, des concerts à venir. Reparlent de Sainte-Sco, ce monastère perdu dans la campagne tarnaise où personne ne leur disait ce qu'elles devaient faire.

« La retraite, c'est la liberté ! Allez vous promener dans les bois, parlez jusqu'à minuit, rendez-vous à En-Calcat pour écouter les chants des frères, mais ne manquez pas l'heure du repas ! » avait glissé sœur Claudie Ismaël, leur hôte.

Trois jours passent, Sixtine se sent plus forte, plus pieuse, rassurée. Et puis Sandrine reprend le train l'emmenant vers Loïs. Une histoire compliquée, l'Amour.

Et les mères arrivent. Les voilà face à face dans la future chambre d'enfant. Madeleine, bras croisés, hoche la tête de satisfaction. Muriel caresse le lit en bois au balancier centenaire. Il craque au moindre mouvement. Le berceau des Sue de La Garde. *Quel honneur !* Sur l'un des barreaux, elle vient d'attacher une représentation de la Vierge à l'Enfant en bronze réalisée par l'atelier des Sœurs de la Croix. Dans la pièce, il y a aussi une armoire en bois peinte décorée de fleurs et d'oiseaux assez sobres, remplie de petits vêtements impeccablement pliés, un fauteuil Voltaire vert foncé *idéal pour allaiter*, une table à langer neuve recouverte d'une toile écossaise.

— Eh bien, entre ta maman et moi, tu es décidément bien entourée, lâche Madeleine, mains sur les hanches.

— J'en suis ravie, merci beaucoup ! Je vais aller vous préparer un thé.

Sixtine tente de sourire ou, au minimum, d'afficher un air reconnaissant. Mais ces deux heures de montage, pliage et décoration, assorties des précieux conseils des deux femmes, l'ont profondément affligée. Elle s'en veut d'avoir si peu de reconnaissance. Là, tout de suite, elle voudrait que Muriel et Madeleine sortent de chez elle. Quand a-t-elle pris cette habitude d'espérer le départ imminent de ses hôtes ? Est-ce parce que le bébé, cette énorme bête grandissante, bouge désormais en elle comme un animal en cage ? La sensation l'horripile. Pour qui se prend-il ? En passant dans le couloir de la cuisine, Sixtine observe devant le grand miroir son corps se déformer sous les coups de pied du monstre. Quand cessera-t-il de prendre possession d'elle ? Quand lui fichera-t-il enfin la paix ? Elle s'assied sur un tabouret. Appuie sur le bouton *On* de la bouilloire rouge. Que garder de tous ces conseils prodigués par ces expertes, quatorze enfants à elles deux ? *Un bébé qui pleure est d'abord un bébé qui vit. Il faut éviter de courir au moindre cri. On voit de nos jours trop de mères, et même parfois des pères, rappliquer au moindre chouinement. Cela donne des enfants rois, insupportables.*

Sandrine est si loin, dans les bras de Loïs, dans les bras de l'Amour.

Muriel et Madeleine s'installent sur le canapé du salon. Elles poursuivent leur discussion sur *cet effroyable projet de mariage pour tous*.

— Tout cela m'empêche de dormir, Madeleine.

— Ma chère Muriel, la France est en train d'être livrée aux sodomites. Nous devons prier. Et être forts. C'est pour cela que je suis ici, aujourd'hui. Je voulais vous parler. En général, mes belles-filles se débrouillent pour accueillir mes petits-enfants !

— J'imagine bien, Madeleine, je suis vraiment désolée si Sixtine est aussi... Enfin, merci pour elle. Je ne reconnais pas ma fille, elle est ailleurs, si molle !

— Muriel, je m'inquiète pour l'arrivée de l'enfant. Pierre-Louis aussi. Il a tenté de renforcer Sixtine en l'envoyant à des réunions des filles de la Croix. Il y a des petits progrès, mais…

— Elle va se ressaisir, elle a reçu une éducation de l'effort et du respect des engagements. Ce sera peut-être dur, mais vous verrez, pour le prochain, tout sera très bien.

— Muriel, je comprends que vous vouliez défendre Sixtine…

— Non, bien loin de moi cette idée !

— Pierre-Louis a découvert un biberon dans la cuisine.

— Un biberon ?

— Oui, Sixtine a acheté un… enfin plusieurs biberons tout neufs.

— Je suis éberluée.

— Et elle a demandé à Pierre-Louis la position des Frères de la Croix sur la péridurale.

— Elle a peur, bien sûr. Mais nous serons là vous et moi pour la remettre sur le bon chemin si son rôle de mère est défaillant.

— Il faut qu'elle prenne exemple sur sa sœur Béatrice, je trouve que votre fille a très bien élevé ses enfants. Je vais le lui redire avant de partir !

— Merci Madeleine, à vrai dire je le trouve aussi. Béatrice est l'aînée et celle qui se révèle la plus pieuse et courageuse.

— Ses enfants sont très sages, et croyez-moi, c'est de plus en plus rare de nos jours ! Même chez les croisés !

Sixtine entre avec un plateau et deux tasses de thé. S'excuse, dit se sentir vaseuse, avoir besoin de s'allonger dans sa chambre. Les deux femmes changent de sujet, parlent du prochain pèlerinage à Fatima et de la renonciation de Benoît XVI, pape de l'espoir d'un renouveau traditionaliste. Elles dissertent de l'élection d'un certain Jorge Bergoglio sur le trône de saint Pierre, *ce pape n'a malheureusement pas le sens de la belle liturgie.* Recroquevillée dans son lit, à l'étage, Sixtine Sue de La Garde repense au visage ravi de Muriel saluant Madeleine. À la façon qu'a sa mère d'écouter sa belle-mère, d'acquiescer à chacune de ses affirmations, d'en rajouter une couche. En particulier quand Madeleine lui a conseillé de téléphoner à Béatrice pour écouter ses sages conseils. Elle se voit mal passer un coup de fil à sa grande sœur pour lui demander comment se passe l'accouchement, si la péridurale est vraiment une hérésie, si l'allaitement est quelque chose de facile, sur la façon dont on endort un nourrisson, sur le nombre de minutes qu'il faut attendre quand il crie avant de venir le consoler. Faut-il limiter les caprices dès le premier jour, comme l'a enseigné Madeleine ? Sixtine n'a jamais appelé Béatrice pour autre chose que des banalités, des nouvelles familiales ou mondaines, des récits de pèlerinages. Après tout, sa sœur a six ans de plus qu'elle, c'est normal, elles ne se connaissent pas tant que ça. Béatrice est partie de la maison à dix-huit ans pour faire une prépa privée à Paris. L'année suivante, elle a épousé Étienne, un militaire de dix ans son aîné, membre de la Fraternité Saint-Pie-X, le principal courant catholique intégriste. Sixtine avait douze ans et demi le jour de la noce. Elle revoit leurs visages, ses frères et sœurs. Béatrice, cinq enfants à Strasbourg, Augustin, célibataire introverti travaillant comme analyste financier à Vancouver, Zélie, religieuse chez les Sœurs de la Croix, Hugues et Henri, jumeaux, l'un en cinquième année à l'ESSEC, l'autre déjà passé par la même maison, en poste chez LVMH à Paris. Les deux garçons étaient sans cesse fourrés ensemble. La petite sixième ne les intéressait pas. Les deux aînés étaient trop grands. Zélie était la plus proche. La seule qu'elle aurait pu appeler. Allô, Zélie, j'ai peur d'accoucher ? La blague. De toute façon, Zélie n'a pas de téléphone. Pour la joindre il faut lui envoyer une lettre qui sera d'abord lue par sa mère supérieure.

Sixtine ferme les yeux, oublie Zélie, Béatrice, Hugues, Henri, et Augustin. Qui pourrait-elle appeler ? Marie-Sophie ? Elle a accouché il y a six mois de son premier et attend un second. Elle doit être épuisée et a certainement mieux à faire. Sixtine tente de se concentrer sur sa respiration, elle inspire, expire en gonflant son abdomen comme le lui a montré la sage-femme de la clinique, Rebecca. Ses conseils sont bien différents de ceux de Muriel et Madeleine.

Faites ce que vous sentez, n'écoutez pas trop les autres. Fiez-vous à votre instinct.

Bien sûr, Rebecca la sage-femme au carré blond verni et au pantalon en similicuir ne vient pas du même monde. Sur sa planète à elle, poser des questions comme « Et comment ça se passe votre vie sexuelle avec votre mari, madame Sue ? » est tout à fait normal. Sixtine a de l'affection pour cette femme enjouée aux minuscules étoiles multicolores en guise de boucles d'oreilles. Sixtine repense à la voix de Rebecca, à ses exhortations maternelles maternels : « Hé, madame Sue, c'est quoi cette mine, si on se sent mal, on en parle, on se fait aider. Le *mummy blues*, ce n'est pas un mythe ! »

Sa respiration s'apaise, la bête tapie en elle s'est endormie, elle retrouve la maîtrise de son corps, redevient propriétaire d'elle-même. Il ne reste plus qu'un mois et peut-être, avec un peu de chance, le bébé naîtra quelques semaines avant le terme du 5 juin. Oui, il viendra en mai. Ce mois-ci, le cauchemar prendra fin. Il faut qu'elle trouve le bon moment pour parler à Pierre-Louis. Évoquer le problème du prénom de leur enfant. Tout à l'heure, quand Madeleine a parlé de l'une de ses amies qui allait gentiment se charger de calligraphier « Foucault », Sixtine a senti une boule de colère monter dans sa gorge. À nouveau. Elle s'est tue. Ils en parleront ce soir.

Ce soir Pierre-Louis n'a pas le temps. Une réunion de la Milice. La validation de la loi du mariage pour tous par le Sénat est pour demain. Certains se réjouissent déjà. Ils vont avoir affaire à eux. Les croisés ne baissent pas les bras. Avant de partir, après un bref passage, Pierre-Louis embrasse le front de Sixtine. Un baiser froid, convenu. Sixtine est assise sur le canapé, tête perdue dans le vide. Elle ne regarde pas la nuque de son époux franchir le seuil, cette nuque rase, solide, bien droite. Pierre-Louis porte son veston matelassé sous sa veste en cuir, un pantalon beige, des chaussures bateau. D'un geste machinal, il attrape une matraque toujours posée au-dessus de l'horloge comtoise. Une cachette invisible. La porte se referme, la matraque est déjà à sa place sous le molleton marine. Sixtine se mouche dans un tissu blanc à fleurs de lys. Elle se demande s'il est vraiment respectueux pour les rois de France de frotter sa morve contre les emblèmes de la fille aînée de l'Église. La voilà donc condamnée à attendre dans ce fichu canapé. À attendre que la colère de Pierre-Louis retombe, attendre pour parler du prénom.

« Plus tard », a-t-il dit.

Pierre-Louis est parti furieux. Elle ne voulait rien faire de mal, juste aider la bête à sortir un peu plus tôt. Elle s'était acheté de la tisane de feuilles de framboisier dans une épicerie bio située au coin de la rue. Pierre-Louis a trouvé la boîte. Il a haussé le ton. Sa colère est légitime. Sixtine doit respecter la volonté divine. Le moment où Dieu la délivrera. Pas la tisane de feuilles de framboisier bio. Sixtine est donc retournée à sa place sur le canapé, avec un thé noir. Le regard vide.

Dans le poste radio de la voiture de Pierre-Louis, une chanson des Nouveaux Croisés retentit.

Nous allons les bouter hors de France, les laïcards !
Nous allons les bouter hors de France, les communards !

À 20 h 35, Jacques s'installe sur le siège passager. À 20 h 44, Gonzague, Louis et Stanislas se serrent sur la banquette arrière. Chez elle Rue des Lilas, Sixtine monte se coucher, récite la prière d'abandon du père de Foucauld et supplie le saint du désert de ne pas l'affliger de cinq prochaines grossesses aussi éprouvantes. La future mère se tourne ensuite vers sainte Anne, la priant de l'aider à aimer la bête qui est en elle, Foucault donc, chose indéfinissable et floue lui ayant causé déjà tant de tourments. Avec le sentiment d'être ridicule, Sixtine récite un acte de contrition, puis met fin à sa prière du soir en geignant sous les coups de pied incessants de l'enfant. Au même moment, la voiture de Pierre-Louis Sue de La Garde s'arrête dans la banlieue sud de Nantes, à côté d'un terrain de foot désert. Gonzague prend le volant. Deux minutes passent. Une voiture familiale s'immobilise à leur hauteur. Il y a un siège enfant à l'arrière et cinq garçons aux cheveux coupés ras. Pierre-Louis leur sourit et lève le pouce de sa main droite. À 21 h 35, les deux véhicules se garent dans une rue sans lumière à une centaine de mètres d'une usine désaffectée. Une musique dominée par une batterie rageuse s'échappe du bâtiment. Feux éteints, Pierre-Louis, Gonzague, Jacques, Louis et Stanislas enfilent sans un mot des cagoules noires, sortent de leur voiture sans claquer les portières et rejoignent les cinq autres garçons portant tous la même tenue. Ils glissent en file indienne derrière Pierre-Louis dont la nuque est invisible sous le tissu noir. Le son devient de plus en plus fort, le son et les cris. Pierre-Louis s'immobilise derrière une porte en tôle entrouverte. Les repérages étaient bons. L'effet de surprise sera parfait. Il aperçoit la scène sur laquelle un type torse nu coiffé d'une crête d'une quinzaine de centimètres, jupe à volants et jambes poilues, hurle dans un micro. Il repère aussi le batteur et un colosse vêtu de noir, crâne rasé, fléchi sur sa guitare électrique. Pierre-Louis dévisage ses hommes en silence, vérifie la position du fumigène et pose sa main sur la porte en tôle.

6

« Mais priez mes enfants » (Vierge de Pontmain)

Nantes, mai 2013

Il est 8 heures du matin quand la sonnette de la porte d'entrée tire Sixtine d'un mauvais sommeil – réveil confus à 4 heures du matin pour regarder passer, comme d'habitude, les éboueurs de la ville, insomnie, coups de pied répétés. Mme Sue découvre étonnée le côté droit du lit, resté vide. Sans se hâter, elle enfile l'informe robe de chambre bleue qui lui donne l'impression d'être obèse, et se traîne jusqu'à l'entrée.

Sibylle se trouve devant la porte.

— Sixtine, l'action a dégénéré hier. Certains sont à l'hôpital. Je n'en sais pas plus. Seul Jacques a pu nous prévenir, il est en garde à vue avec Stanislas. La police les a tous mis dans le même panier avec les gauchistes. C'est honteux !

— Je veux aller voir Pierre-Louis.

— Apparemment on ne peut pas, pas encore.

— Mais qu'est-ce qui s'est passé ?

— Ils voulaient juste castagner un peu le groupe de gaucho à moitié tantouzes qui chantait des horreurs. Il y avait des black bloc dans la salle.

— Des quoi ?

— Des terroristes d'extrême gauche, ultraviolents.

— Il faut faire quoi, en attendant ?

— Prier, prier bien sûr.

Le regard de Sybille reste impassible.

— Bien sûr.

La jeune femme se dirige vers le salon et jette un œil à l'autel familial. Elle préfère allumer la radio. Sur France Inter on ne parle que de la loi sur le mariage pour tous, à peine validée par le Conseil constitutionnel. Le projet de loi est promulgué aujourd'hui. Un mariage entre homosexuels ! *Et pourquoi pas avec son chien*, avait raillé Muriel. Sixtine cherche une autre fréquence, d'autres informations, tombe sur une hideuse chanson en anglais sur France Bleu. Le flash info démarre.

« Nuit de violence à Nantes, un groupuscule d'extrême droite aurait fait irruption dans le squat Kana pour interrompre un concert du groupe punk ZZ. La police fait état de plusieurs blessés et de douze personnes placées en garde à vue. Nous y reviendrons à la fin de cette édition. »

Puis Sixtine écoute des réactions à la victoire du mariage pour tous, les propos de David et Lilian, ravis de pouvoir se marier, un reportage sur la dernière mesure contre les déjections canines mise en place par la municipalité de Nantes, se farcit les sorties culture du week-end prochain et l'annonce de la réouverture de la piscine du Petit-Port pour l'été.

« Retour sur les violences du squat alternatif Kana, cette nuit. Le bilan est désormais de deux morts et une quinzaine de blessés dont les jours ne sont pas en danger. »

Sixtine lâche le poste. Pierre-Louis a tué.

Un tremblement traverse tout son corps. Pierre-Louis et la Milice ont tué des hommes. La jeune femme reste interdite au milieu du salon, regardant sans ciller les nombreux appels qui se multiplient sur son téléphone : inconnu, Jacinthe, Sibylle, Muriel, Madeleine et même Bruno. Ils sont déjà au courant. Pierre-Louis a tué. Des gauchistes d'accord, des terroristes peut-être.

Mais des hommes.

De longues minutes s'écoulent, inertes. Le téléphone continue de sonner, le portable, le fixe aussi. Sixtine plonge son regard dans celui du frère André sur l'autel familial. Leur a-t-il demandé de tuer les mécréants ? Était-ce un accident ? La sonnette tinte à nouveau. Deux policiers sont face à elle.

— Sixtine Sue de La Garde ?

— Oui, c'est moi.

— Nous avons le regret de vous informer… voilà, que… votre époux est décédé cette nuit. Nous… Nous vous présentons nos condoléances.

— Ce n'est pas Pierre-Louis.

— Pardon ?

— Comment savez-vous que c'est lui ?

— M. Guy Sue a reconnu son corps il y a trente minutes. Nous n'arrivions pas à vous joindre. Vous êtes seule ?

— Oui.

— Vous pouvez appeler quelqu'un, un proche ?
— Je veux voir Pierre-Louis !
— Son corps doit être autopsié. Nous aurions quelques questions à vous poser. Nous pouvons entrer ?

L'interrogatoire est bref, gêné. Ils lui proposent de venir dans quelques jours au commissariat. Les képis s'éloignent. Une énième alerte apparaît sur le téléphone de Sixtine.

« Deux morts à Nantes au squat Kana. »
« Qui sont les deux victimes du squat Kana ? »

Sixtine laisse glisser son index sur le lien.

« Antoine Fabre, vingt-six ans, militant d'extrême gauche originaire de Toulouse.
Pierre-Louis Sue de La Garde, vingt-neuf ans, chef d'entreprise nantais proche de l'extrême droite et membre du groupe les Frères de la Croix, considéré comme une secte par la Miviludes. »

Sixtine se laisse retomber sur le canapé, elle n'entend pas la sonnette glapir à nouveau, elle ne voit pas Muriel débouler dans le salon avec Bruno sur ses talons. Puis Madeleine et aussi Jacinthe et Sibylle, peut-être même la femme de Jacques. Sixtine dévisage hébétée les silhouettes qui pénètrent sur le tapis faussement oriental, le tapis des chapelets et des genoux pliés, des thés, de *FC* et de Jessica, son héroïne aux boucles brunes.
Sixtine se tourne vers Muriel et lui demande d'une voix blanche :
— Pierre-Louis a-t-il tué Antoine Fabre ?

Saint-Girons, 29 juillet 1977

Muriel ! Pourquoi tu ne m'as rien dit ? Juste : c'est de ta faute, tu n'étais pas là !

Une tournée à Toulouse, seulement trois semaines dans la banlieue du Mirail. On les a fait participer, ils sont montés sur scène, des gamins, des mères avec le voile. Ils ont touché la corde lisse et on a joué Tchekhov avec eux ! Et pendant ces trois semaines, tu n'as pas été capable de dire les choses à Dan. Tu n'allais pas te réfugier dans la roulotte pour répéter tes partitions de violon. C'était pour y retrouver le fils Trognon. Personne ne t'aurait embêtée, on t'aurait juste emmenée chez le médecin prendre la pilule ! Et là, tout le monde est affolé parce que le fils Trognon est majeur et toi tu n'as même pas encore quatorze ans. Non, mais quel con ! À dix-huit ans ! Et avec sa mère qui fait la quête à l'église le dimanche et répète à loisir : chez nous, pas d'avortement. La loi Veil, ça va faire deux ans, mais ils ne l'ont toujours pas digérée !

Pour eux, nous ne sommes que des babas cool, des chevelus, des saltimbanques, des pelutes avec de l'herbe dans les potagers et des tomates pleines de vers. Ils sont bien contents de venir s'amuser à nos bals. Ils ne crachent pas sur Tchekhov gratuit sur la place du marché. Mais pour éduquer leur fils, ça non !

Tant pis pour la fille des pelutes, si elle se retrouve enceinte à quatorze ans, ils l'ont bien cherché !

Et toi, Muriel ? On ne t'a pas parlé de tout ça ? Maintenant, il est l'heure d'aller chez le docteur et tu pleures. Tu dis qu'il ne faut pas que ça se sache. Surtout par les Bertier !

Je ne comprends pas, ma jolie fille. Toutes les mères sont-elles condamnées à ne rien y entendre à leur enfant ? Sacha a usé du martinet sur mes paumes le jour où elle m'a surprise glissant sur la corde lisse en plein milieu de la plaza bondée.

Elle crevait de honte. Je me moque de savoir ce que Sylvie et les autres de Lourbersenac pensent de tout ça. Je me moque du regard de la famille Bertier. Ou du moins je m'en persuade. Parce que je te dois d'accepter tous tes choix.

Erika

7

« Offrez ! »

Nantes, mai 2013

Le corps de Pierre-Louis a vite été rendu à sa famille. Madeleine a fait pression. L'autopsie a révélé une mort par fracture crânienne. Le corps est intact. Il trône sur un lit monté dans le salon de la maison de Madeleine. Une croix sur la poitrine. Il semble dormir. *Ça ne doit pas être facile avec tout ce bruit*, se dit Sixtine. Les prières s'enchaînent à ses pieds, tristes et répétitives. Prière pour les défunts, prière du père de Foucauld qu'il aimait tant, chapelets sans fin. *Requiem aeternam dona eis, Domine.* La cérémonie funéraire sera conduite par le prêtre qui les a mariés neuf mois plus tôt. Jacques ne sera pas là. Sa garde à vue a été prolongée. Tout comme celle de sept autres membres de l'expédition. La police cherche à connaître les circonstances exactes des deux homicides. Qui a frappé ? Dans l'autre camp, cinq types sont également sous les verrous. D'autres sont recherchés. Les prières continuent autour du gisant de Pierre-Louis. *Requiem aeternam dona eis, Domine.* Elles ne cesseront pas jusqu'aux funérailles.

Sixtine se tient au premier rang, à côté de Madeleine. Son ventre est gonflé, il va bientôt exploser.

— Réjouissez-vous, votre mari est à la droite du Père, lui glisse sa belle-mère les yeux rougis.

Sixtine entrevoit les volutes d'encens s'élever sous la nef, les gestes précis du père Mathias, le cercueil déposé devant l'autel par six membres des Frères de la Croix, dont trois frères aînés de Pierre-Louis. Elle entend les mots du père, « défense de la France chrétienne », « lutte contre les impies », « justice ».

Au cimetière, la veuve sent des mains la presser, des joues l'embrasser, des larmes étrangères mouiller son imperméable beige. Le cercueil en bois s'enfonce dans la terre, tandis que l'interminable procession s'avance vers la tombe en chantant des cantiques. Combien sont-ils ? Des centaines, ils s'époumonent avec leurs mines tristes, vêtus de noir, visages dignes, ils bénissent la tombe à tour de rôle, jettent des poignées de terre. Cela dure plusieurs heures, l'éternité. Sixtine ne les connaît pas tous. Tant de monde appréciait Pierre-Louis.

Tant de monde se serait-il déplacé pour un assassin ?

Muriel prend sa fille par le bras, l'entraîne dans la maison.

— Tu es blanche comme un linge, je vais te donner un verre de jus. La cérémonie était très belle.

Sixtine est là, hagarde, elle boit des petites gorgées de liquide orangé sans saveur. Un coup de pied au creux de son ventre la fait grimacer. Il est toujours là, l'enfant.

— Il faut qu'il sorte, lâche-t-elle à Muriel interdite.

Debout sur la terrasse, le dos bien droit, Madeleine donne les ordres : *Apportez les petits canapés, disposez les serviettes en papier ici, les boissons là, les verres à côté.* Sa voix est ferme, elle salue ceux qui n'ont pas encore effleuré sa main, glissé le mot « condoléances », offert un sourire triste auquel elle répond par un aimable « Servez-vous ».

Sixtine réapparaît un temps sur le perron. On se presse autour d'elle. La veuve est la plus importante. Mais la veuve est absente. Elle ne répond pas, ne sourit pas, ne pleure pas. La veuve est loin. Si loin qu'ils l'ont bientôt oubliée. Elle s'est assise dans un fauteuil en osier face au mur, dos à eux. Eux, ce sont les gens de l'X, les anciens camarades de promotion de Pierre-Louis, ceux avec qui il partageait sa passion du bon vin au Binet œnologie. Il y a Bertrand, son associé, et puis les autres. Du vin a été servi dans leurs verres. Hugo s'avance, les salue, évoque quelques souvenirs du Platâl, réalise que n'étant pas dans la même promo ni les mêmes Binet, ils n'ont pas beaucoup de choses à se dire. Hugo rejoint Marie-Sophie. Les autres continuent de boire.

— Toujours aussi coincé mistercatho.com ! lâche Julien.

— Mais chanceux ! Beau poste au ministère de l'Industrie.

— Plus chanceux que Bebert, quoi ! Décidément ça n'a pas changé, toujours aussi doué avec la chance, Bertrand, lâche Mélanie, la seule fille du groupe, tentant un brin d'humour noir.

Ils rient, elle en rajoute.

— Deux ans d'existence, à peine sorti de la pépinière et tu perds le boss, l'actionnaire principal !

Bertrand esquisse un petit rire forcé et tape sur l'épaule de la jeune femme.

— Mauvais timing ! Mais toi, ma pauvre, tu perds ton premier puceau !

Ils éclatent tous d'un petit rire contenu, les gens de l'X savent se tenir en société.

— Comment tu vas faire ? poursuit Mélanie, retrouvant son sérieux.

— Je vais voir avec Sixtine pour les parts de Pierre-Louis, le mieux, ce serait que je les lui rachète, si la banque me suit. Ça fera une belle somme pour élever son fils.

La discussion se poursuit autour de différentes thématiques, la fiscalité de la boîte, le statut, les bénéfices, le placement, puis ils évoquent quelques souvenirs de promo, des anecdotes concernant Pierre-Louis, le bal de l'X, la résidence, le Binet œnologie, une soirée du point gamma assez mémorable. Bertrand les entraîne finalement vers la table où sont disposées les bouteilles de vin blanc moelleux. En connaisseuse, Mélanie se sert un verre, approche son nez du breuvage, boit doucement une première gorgée en jouant de sa langue contre ses papilles.

Ils se regardent, ils sont l'élite de la nation et la mort les a rattrapés. Oui, ils sont l'élite de la France, on le leur a assez souvent répété à l'X. Avec un salaire moyen de 69 000 euros annuels pour leur premier emploi, 73 % de recrutés avant même l'obtention de leur diplôme. L'élite, pour sûr. Les chiffres parlent d'eux-mêmes. Mais l'élite ne peut rien face à l'implacable faucheuse. L'élite le sait, elle le réalise brutalement en dégustant du vin hors de prix.

Sixtine, somnambule, voit des joues se presser les unes contre les autres, entend des « au revoir », des « courage », et des « nous viendrons voir votre petit garçon » sans se sentir concernée. Puis tout s'arrête. Il n'y a plus de prêtre. Plus de polytechniciens, ni de comte de ceci ou de femme de Jacques.

Bruno et Muriel l'entourent sur le canapé du salon. Madeleine se tient face à eux. Béatrice et son mari sont debout, sur la gauche. Les mères se font un signe de tête, Madeleine Sue de La Garde prend la parole.

— Sixtine, vos parents et moi pensons qu'il serait préférable jusqu'à la naissance de l'enfant que vous restiez ici ou à Rennes chez vos parents.

Muriel acquiesce, embraye.

— Oui, c'est tellement dur, cette épreuve, tu as besoin d'être soutenue… Pour ton accouchement, Béatrice se propose de t'accompagner, tu seras plus à l'aise avec elle.

— Je ferai de mon mieux pour être un soutien pour toi. Maman ou Madeleine t'accompagnera à la maternité et je t'y rejoindrai pour que tu ne sois pas seule en salle d'accouchement.

Et Madeleine reprend :

— Accoucher seule de son quatrième ou cinquième enfant, tout le monde l'a fait, mais du premier, c'est quand même quelque chose !

Comme si elle ne les avait pas écoutées, Sixtine se tourne vers son père, muet.

— Papa, je voudrais que tu me ramènes chez moi.

— Voyons, Sixtine, ne fais pas l'enfant, s'agace Muriel. Tu n'es pas en état de rester seule. Nous sommes vraiment inquiets pour toi !

— Étant donné vos difficultés depuis le début de votre grossesse et dans un moment comme celui-ci, vous avez besoin d'être entourée, ajoute Madeleine en haussant le ton.

— Papa, je veux rentrer chez moi.

Sixtine se lève, prend la main de son père, le regarde fixement et sans ménagement exclut sa mère, sa belle-mère et sa sœur Béatrice de la conversation. Personne ne trouve le courage de dire un mot de plus. Le regard de Madeleine vacille, Muriel, honteuse, rougit du comportement de sa fille, son sixième enfant, et Béatrice hausse les épaules en se tournant vers son mari. Alors, Bruno se lève sous le regard ahuri et les joues couleur tomate de son épouse. Madeleine, bouche bée, reste interdite sur le fauteuil Voltaire.

— Si Sixtine a besoin d'être seule, de reprendre ses esprits... Nous irons lui rendre visite souvent ? tente Bruno sans attendre de réponse.

Puis il saisit la veste de Sixtine et lui emboîte le pas en sortant du salon.

Qui sonne encore ? Foutue sonnette. Ce soir elle ira dans la rue armée du marteau de la boîte à outils et d'un coup elle lui réglera son compte. Jacinthe ? Jacques enfin sorti de garde à vue ? Madeleine ? Béatrice et ses rejetons adorables, mais fatigants à souhait ? Marie-Sophie ? Muriel et ses images pieuses ? Non, c'est le père Mathias. Il pousse le portillon, serre la main de Sixtine, la devance et s'installe sur le canapé.

— Mon père, je ne veux plus de visite, jusqu'à ce qu'il naisse. Vous pouvez leur dire ? J'ai besoin d'être seule.

— Pour prier ?

— Oui… Pour prier.

— Priez-vous pour Pierre-Louis ? Il peut intercéder pour vous auprès de Dieu. Il vous donnera la force. Je suis là pour quelque chose d'important, Sixtine, important pour Pierre-Louis. Je sais que la police veut vous auditionner. Vous devez leur dire le moins de choses possible.

— Je n'ai rien à cacher mon père. Je ne sais rien de cette affaire, je n'étais pas au courant de l'action dans le squat Kana.

— La police n'a rien contre nous. Mais ils ont deux black bloc sur la sellette, des récidivistes, ils auraient frappé Pierre-Louis. Bref, ils ont des coupables pour le martyre de votre mari, mais il leur faut quelqu'un pour le gauchiste Antoine Fabre. Plusieurs témoignages accablent Jacques et Pierre-Louis. Mais Jacques était déjà blessé au moment du décès. Pas votre mari. Vous comprenez ?

— Pierre-Louis a tué Antoine Fabre ?

— Non, on n'en sait rien, s'agace le prêtre. C'était un gauchiste, homosexuel de surcroît et camé, un suppôt de Satan. Pierre-Louis est mort en martyr pour défendre la fille aînée de l'Église du vice et de l'aliénation. Gardez bien cela en tête, Sixtine, Pierre-Louis est un héros !

— Pourquoi la police veut-elle l'accuser, cela ne changera rien ?

— Si. Cela lui permettra de rejeter la faute sur la Milice, voire de l'interdire. Mais Antoine Fabre a aussi pu être tué par un black bloc, il était sous l'emprise de drogues, il a pu tomber. Rendre Pierre-Louis responsable, c'est rendre la Milice responsable. Ils vont essayer de vous faire dire que Pierre-Louis était violent, qu'il possédait des armes et que c'était prémédité.

— Mon père, je suis si fatiguée, je ne comprends rien à tout cela, je n'ai plus envie de voir personne jusqu'à ce qu'il sorte. Je ne dirai rien à la police.

Les joues de Sixtine s'empourprent, elle attrape furtivement un coussin et le serre contre sa poitrine.

— N'ayez pas peur Sixtine, faites confiance à Notre Seigneur. Votre avenir n'est pas voué à la solitude, Dieu attend de vous d'autres petits croisés.

— Pardon ?

— Nous en avons parlé avec M. et Mme Sue de La Garde, je pensais attendre pour vous parler de cela, mais vous avez besoin d'espérance. Vous auriez été plus âgée et avec déjà trois ou quatre enfants, garder votre veuvage aurait été un sage sacrifice.

— Que voulez-vous dire ?

— Vous n'avez pas la force de caractère des saintes veuves, mon enfant. Après la naissance, nous laisserons passer une année, ce serait correct, puis il faudra vous marier.

— Mais je suis déjà mariée !

— Oui, Sixtine, cela est difficile à accepter, votre fidélité envers Pierre-Louis vous honore. Mais votre devoir sera aussi de donner un père et des frères à l'enfant que vous portez. La maladie de l'enfant unique fait des ravages, vous le savez bien.

Sixtine se tait, contemple l'autel familial où une photo de Pierre-Louis en noir et blanc a déjà trouvé sa place, naturelle, à côté de celle du père de Foucauld. Qui l'a donc posée là ?

— C'est un message d'espoir Sixtine. Aujourd'hui vous pouvez aider la Milice. Demain, vous pouvez fonder une famille nombreuse. Le Seigneur ne vous abandonnera pas. Voulez-vous que nous récitions ensemble cette prière que Pierre-Louis et vous aimez tant ?

Sixtine acquiesce de ses yeux tristes et vides. Elle s'agenouille à côté du prêtre sur le tapis du salon.

Mon père, je m'abandonne à vous.
Faites de moi ce qu'il vous plaira.
Quoi que vous fassiez de moi, je vous remercie.
Je suis prêt à tout, j'accepte tout.

8

« Tu enfanteras dans la douleur »

Nantes, juin 2013

Muriel vient de raccrocher. Et Sixtine sourit avant d'inspirer longuement. Comment a-t-elle réussi à si bien lui dissimuler les événements ? La dissimulation est-elle un péché ? La jeune femme laisse cette question en suspens. Sa seule préoccupation est de retrouver ce fichu ballon. Là ! En haut du placard de la salle de bains. Le salon ne lui dit rien, la chambre non plus. La cuisine ! Voilà, c'est parfait. Est-ce qu'il faut grignoter quelque chose ? La lumière du soir lui pique les yeux. Combien de temps a-t-elle passé enfermée dans sa chambre, volets clos ? Vingt-quatre heures. Ils ne lui ont laissé que vingt-quatre heures de répit. Elle a dormi, puis regardé deux téléfilms d'affilée, bu des litres de tisane interdite par Pierre-Louis. Elle a tenté de relire les pages du livre que sa sœur lui a donné, *La Naissance*. Les pages consacrées aux contractions. Elle a dormi encore, grignoté des chips et du fromage. Puis Muriel a téléphoné. Rappelé de les prévenir, elle, Madeleine et Béatrice. Sa mère avait toussé dans le combiné. Et les contractions avaient continué de se rapprocher. Toutes les cinq minutes.

— J'appelle !

Pourquoi suivre la proposition d'une sage-femme athée plutôt que celle de sa propre mère ? Par esprit de contradiction, par désobéissance. Plus tard, elle se confessera. Elle se repentira de tout cela, de cette arrogance, de vouloir montrer qu'elle peut, qu'elle n'a pas besoin d'eux. Qu'elle n'est pas si faible. Oui, un élan d'orgueil la traverse depuis quelques jours. Le désespoir, la désobéissance, la prétention. Elle confessera tout cela. Mais pour le moment ses doigts s'agitent sur le téléphone.

— Je suis Sixtine Sue de La Garde, j'ai des contractions, je suis seule chez moi.

— Oui, Sixtine Sue, on vous envoie une ambulance.

Sixtine sourit, se réinstalle à quatre pattes sur le ballon, les coudes posés sur le bulbe en plastique. Inspirer avec le ventre, souffler en vidant ses poumons, recommencer, se concentrer sur l'air entrant et sortant de son corps, inspirer, souffler. La voiture blanc et bleu apparaît devant le portail, Sixtine saisit son sac et son ballon, ferme la porte à clé et se retrouve nez à nez avec deux ambulanciers. Ils n'ont pas même eu le temps de sonner.

— Pressée d'accoucher, madame ? s'amuse un grand garçon noir au sourire juvénile.

— Si vous saviez, glisse Sixtine.

Ah, si Madeleine la voyait. Si Madeleine remarquait la main de ce grand Noir posée sur son bras rose !

Monitoring : tout va bien. Examen gynécologique : quatre centimètres. Les contractions se resserrent. La sage-femme de service plonge le nez dans le dossier de Sixtine. Elle y lit : pas de péridurale. Rendez-vous chez l'anesthésiste le 20 mai. Hésitations.

On frappe à la porte. Rebecca entre en souriant.

— Je vais prendre le relais !

Sixtine n'a pas le temps de la saluer, une contraction la tétanise. Tout de go, elle se met à quatre pattes sur le lit, pose la tête sur le ballon.

— Inspirez, expirez, oui, bravo Sixtine, vous vous débrouillez très bien. Je vais m'occuper de vous, en plus j'ai la patate, je commence mon service ! Votre petit bonhomme est en super forme, et vous, un bain, ça vous dirait ?

— C'est possible ?

— Bien sûr ! Mettez ce peignoir, je vous fais couler un bain, je reviens dans cinq minutes !

Dans l'eau chaude, les contractions deviennent moins violentes, les remous effleurent le ventre rond et tendu. Et la voix de Rebecca glisse comme une caresse. La voix félicite, encourage, apaise. La voix dit : « C'est à vous seule de décider. On peut faire une péridurale quand vous le souhaitez, ou pas. »

Alors Sixtine entend une autre voix, celle de Pierre-Louis. Elle dit : « ce n'est pas naturel », « des milliers de femmes ont accouché sans depuis la nuit des temps ». « Dans la Genèse, Dieu dit à Ève : tu enfanteras dans la douleur. » Et la voix de Rebecca reprend. Elle dit : « c'est votre choix à vous et à vous seule. Souffrir moins ne fera pas de vous une moins bonne mère. »

L'eau si douce devient marée, violence, crispations. Les contractions se rapprochent, ne laissent plus de répit à Sixtine. Elle hurle :

— Je veux la péridurale !

Alors tout va si vite, salle d'accouchement, blouse, examen, piqûre, contractions, piqûre encore. Puis la paix. Le silence. Sixtine observe les arcs-en-ciel peints sur les murs blancs. La salle est moche, éclairée aux néons, pas de lumière du jour. Les bébés voient-ils les arcs-en-ciel de la salle de travail quand ils naissent ? Sixtine somnole, les contractions tout à l'heure si douloureuses deviennent des caresses, un tremblement intérieur, une musique céleste. Est-ce l'effet de l'anesthésiant ? La drogue fait-elle la même chose ? Sixtine sent son esprit voyager, elle est si légère, si bien, comme elle ne l'a pas été depuis longtemps.

— Vous êtes à dix. Très bien travaillé, Sixtine ! Je vous présente Samira, elle est auxiliaire de puériculture. Vous allez pouvoir pousser maintenant. Ça va très bien se passer. On va attendre ensemble la contraction et quand elle arrivera, vous pousserez le plus fort possible.

Sixtine n'entend plus que la voix de Rebecca, les cris d'encouragement, la dernière ligne droite, l'effort physique, intense, merveilleux, puissant, elle pousse. Là, vite, si vite, le nourrisson chevelu et brun est glissé sur son sein.

— Il est là, mon tout-petit, mon tout petit Adam.

9

« Il t'aimera, il te bénira et te multipliera »

Sixtine ne ressent plus la douleur. Plus rien. Seulement ce corps nu posé contre le sien. Il dort. Elle plonge le nez dans les cheveux noirs du nourrisson. La sage-femme et l'auxiliaire de puériculture sont parties, les laissant seuls. Le monde attendra demain. Elle le contemple. C'est un vrai bébé. Avec des yeux, des sourcils et des cils, un nez retroussé, une bouche en forme de cœur, vraiment. Et des mains ! Incroyable, ces mains. Fines, délicates, avec des ongles déjà trop longs, des plis partout. Des pieds aussi et des cuisses de batracien rétractées. Il a tout. C'est vraiment un bébé. Pas un chou, ni une bête. Et sa petite bouche se tortille, il cherche quelque chose. Sixtine déboutonne sa chemise, hisse la tête minuscule jusqu'à son sein. Alors, il tète, le bébé tète quelques gorgées béates et se rendort, cligne ses petits yeux moites. Sixtine le contemple. Elle le trouve incroyable. Surnaturel. Même une fois la chambre regagnée, elle renonce à l'installer dans le couffin en plastique transparent et se blottit contre le bébé endormi. Un vrai bébé.

Ils ont tous reçu le même message. Muriel, Madeleine, Bruno, Béatrice. « J'ai accouché hier dans la nuit, je n'ai pas voulu vous importuner. Le bébé va très bien. » Mais c'est Madeleine qui arrive en premier. Malgré ses multiples occupations, malgré la messe de ce jour et les obsèques encore fraîches de son fils. Elle est là, à 14 heures, dès l'ouverture des visites, avec son chemisier bleu marine et sa jupe écossaise en dessous du genou. Son sourire irradie, son regard exulte.

— Bonjour mon huitième petit-enfant, s'esclaffe Madeleine en poussant la porte.

Elle se précipite vers le berceau. Dans un réflexe inconnu, Sixtine se redresse, saute de son lit, prête à saisir Adam. *Que je suis égoïste, Madeleine est sa grand-mère, Madeleine a perdu son fils !* Sixtine ne bouge plus.

— Seigneur ! Foucault a exactement les mêmes yeux que Pierre-Louis, et ce front ! c'est incroyable, il est le portrait craché de son père !

Sixtine recule d'un pas, acquiesce, regagne sa place sur le lit.

Madeleine s'empare de sa descendance d'un geste assuré et s'installe sur le fauteuil

— Tète-t-il bien ?

La femme n'écoute pas la réponse, qu'y a-t-il à répondre à cela d'ailleurs ? Un Sue de La Garde tète toujours bien, prend toujours du poids. Dans la famille, on ne se laisse pas mourir de faim. Madeleine Sue de La Garde oublie sa bru, oublie le chagrin et l'angoisse. *Ce garçon est le portrait craché de son père.* Elle revit ces instants vécus vingt-sept ans plus tôt, avec ce bébé solide, pas pleurnicheur. Jusqu'à ce qu'on frappe à la porte. Une auxiliaire de puériculture entre avec, sur un plateau, une dizaine de petits biberons de lait. Le regard de Madeleine s'empourpre. Elle interroge l'auxiliaire : Pourquoi ces biberons ? C'est à la demande de la mère, répond la femme en blouse bleu ciel. Ignorant les questions suivantes, la soignante finit par demander à Sixtine, jusque-là spectatrice de cette passe d'armes, si tout va bien, et si elle souhaite la présence de la dame. Sixtine s'entend renvoyer les biberons de lait, remercier l'auxiliaire de puériculture et dire : « Oui, c'est sa grand-mère, tout va bien. » Adam pousse un cri déchirant. Sixtine l'arrache des bras Sue de La Garde, lui parle, le serre contre elle en le berçant doucement.

— Je crois qu'il a faim, je vais l'allaiter. Pouvez-vous me laisser s'il vous plaît ?

Les yeux brillants, les joues prune, Madeleine sort de la chambre sur les talons de l'auxiliaire.

Sixtine se maudit de sa faiblesse. Elle s'entend encore dire ce matin vers six heures : « Je ne suis pas sûre de vouloir l'allaiter. J'aimerais bien essayer le biberon, de temps en temps. » Faiblesse de femme seule, de parturiente épuisée, de veuve. Faiblesse sans excuse. Le bébé la regarde en tirant sans voracité sur le mamelon, les yeux béats, la bouche rose, mouillée de lait. *Mon amour. Non, ces yeux, ce front-là, ne sont pas ceux de Pierre-Louis. Ce sont ceux d'Adam, être unique et incroyable.*

À cet instant Sixtine entend leurs voix dans le couloir, leurs salutations. Madeleine prenant des nouvelles de Muriel. Une pneumonie ? Rien de grave ? Ah oui, pas de visite ! Bien sûr ! L'enfant ? Foucault ? Il est magnifique ! Le portrait de son père. Bruno se réjouissant de cette heureuse ressemblance.

Il lui semble même entendre un sanglot. Sanglot interrompu. Madeleine pleure-t-elle parfois ? Puis il entre, avec un bouquet de fleurs du printemps. Son père. Bruno regarde rapidement l'enfant endormi sur le ventre de sa mère, s'installe à côté du lit de sa fille dont le décolleté est entrouvert. La dévisage. Le regard de Bruno est mélancolique, presque triste. Il lui dit qu'elle est courageuse, qu'elle y arrivera. Sa main tapote le poignet du bébé.

— Foucault, donc ?

Alors les joues de Sixtine se teintent d'un rose incarnat.

— Papa, j'ai quelque chose à te demander. Je voudrais que ce soit toi qui ailles faire la déclaration de naissance à la mairie.

Il acquiesce. Elle lui tend des papiers, un livret de famille.

— Ne me pose pas de question, s'il te plaît. Je t'en prie, déclare le prénom écrit ici.

Bruno déplie un Post-it, hausse les sourcils.

— Ma petite Sixtine, je n'ai rien à dire, tu peux bien choisir le prénom de ton fils !

Elle se relâche, desserre ses mâchoires, laisse tomber sa nuque en arrière.

— Papa, tu veux le prendre dans tes bras ?

Sixtine et Adam peuvent rentrer chez eux. Rebecca lui a dit qu'elle viendrait la voir chez elle pour peser le bébé. Les médecins ont coché une case. Tout va bien. La mère est en forme. L'allaitement est encore difficile, mais le bébé a repris légèrement du poids le quatrième jour. On libère la chambre. Muriel est encore contagieuse, Béatrice est rentrée chez elle après une visite pleine de recommandations avisées. Madeleine vient la chercher. Une nouvelle vie commence pour eux. Sixtine sourit. En sortant de cette maternité son bébé dans les bras, en l'installant dans le cosy sur la banquette arrière, en prenant place à côté de lui sans se lasser de regarder sa bouille d'ange endormi, elle a le sentiment d'être une héroïne. Sixtine sourit, malgré ses seins gercés et gonflés par la montée de lait, malgré la fatigue qui se lit sur ses traits fins, fruit des innombrables réveils nocturnes du bébé. L'héroïne met du temps à s'apercevoir que ce n'est pas le bon chemin. Pas celui de sa maison. Elle le dit à Madeleine lorsqu'elle comprend qu'ils viennent de quitter Nantes.

— Voyons Sixtine, vous n'allez pas vous en sortir toute seule ! Ne vous inquiétez pas, tout est arrangé, vous resterez le premier mois chez nous, le temps que votre maman se remette, puis vous irez chez vos parents. J'ai d'autres petits-enfants dont je dois m'occuper !

— Mais je préférerais aller chez moi.

— Il est temps de penser à Foucault, Sixtine !

Le ton est ferme. Assuré. Sixtine regarde la campagne défiler à travers la vitre de la voiture. Le voilà, le bastion Sue de La Garde. Huit chambres, une chapelle, une cuisine digne d'une cantine. Ici, elle n'aura pas à faire à manger, à se coltiner des lessives ou du ménage. Ce sont les arguments de Madeleine. Ils sont recevables. On l'installe dans une chambre inoccupée. Il y a un berceau d'appoint, une commode transformée en table à langer. Une photo de Pierre-Louis dans un cadre, une autre du père de Foucauld, un portrait du frère André et une Vierge de Fatima.

Saint-Girons, 29 septembre 1978

Muriel,

Cette fois-ci, je suis « touchée ». « Coulée » dans les profondeurs, devrais-je dire. J'ai tellement honte. Il y a trois semaines, tu es partie avec ta valise en cuir pour le lycée privé catholique Le Caousou à Toulouse. Certains gamins voient la pension comme une punition, toi, notre fille, tu l'as réclamée. Parce que tu ne te sentais pas bien à Saint-Girons. Tu voulais être avec ton amie Marie-Liesse Bertier et bénéficier d'un meilleur niveau d'enseignement.

De ta bouche parfaite, des mots sont sortis : « Vous êtes des saltimbanques absents. » Ton regard noir. Ta voix déterminée. Il y avait eu ta crise mystique il y a trois ans, ton amitié avec Marie-Liesse, ces colliers de perles ramenés à la maison et ces médailles de la Vierge arborées à ton cou. Il y avait aussi eu cette histoire avec le fils Trognon. Jérémy Trognon, mécanicien. Ce n'était pas assez bien pour l'amie des Bertier. Il paraît que le garçon a pleuré complètement saoul un soir dans le café de l'Union. Tu avais donc quitté le fils Trognon. Puis tu as refusé de venir avec nous le samedi au marché de Saint-Girons. Tu as demandé à être déposée à l'église pour la messe du dimanche. Avec Marie-Liesse, vous glissez les missels sur les bancs. On a dit oui à tout.

Dans le bureau de ce prêtre, quand Dan et moi avons écrit ton nom sur la fiche d'inscription, nous nous sommes regardés. Nous avons pensé la même chose : que faisons-nous ?

Muriel Kosslov, lycéenne au Caousou. Une signature et l'affaire est conclue. Notre jolie fille. Tu t'installes joyeusement dans ta chambre d'internat. Pendant ce temps l'Argentine crève sous Videla, les camarades sont arrêtés, torturés. On offre la Coupe du monde sur un plateau aux assassins. Personne ne bouge. Les prêtres bénissent tout ça. Tu pars faire ton éducation chez les curés. Les enfants sont-ils toujours attirés par le contraire de leurs parents ? Moi, j'aimais les acrobates quand Sacha n'osait jamais se tourner vers le ciel. Toi, ce sont les bourgeois catholiques. C'est peut-être normal, après avoir vécu dans la ferme, dans la roulotte bleue. Tu as envie d'autre chose. C'est à cause du violon ? Si tu avais choisi le tambourin, ça aurait changé quoi ?

Dan m'a dit : c'est son choix, partons faire la tournée en Europe, profitons-en, mon amour. Le Sud, l'Espagne, l'Italie. La route et « Muriel », la roulotte. La main de Dan contre la mienne et le vent d'autan par la fenêtre qui ne ferme plus. J'espère que tu ne seras pas malheureuse chez les catholiques. Mais pas trop heureuse quand même pour ne pas y rester trop longtemps. Après tout, chacun ne fait que marcher sur sa propre corde lisse.

Erika

10

« Celui qui ménage sa verge hait son fils »

Nantes, juin 2013

Elle attend. La jeune mère compte dans sa tête, un, deux, trois, quatre, cinq. Elle devra atteindre soixante et ce, cinq fois de suite. Un supplice. Les cris du bébé redoublent. Mais Madeleine a dit d'attendre au moins cinq minutes. Elle a montré à Sixtine l'aiguille sur l'horloge. Trente-huit, trente-neuf, quarante, quarante et un. Sixtine se précipite dans l'escalier. Oui, ça ne fait même pas une minute. Mais tant pis, ça fait trop mal de l'entendre hurler de la sorte. Les cris d'Adam lui déchirent les entrailles. Ses bras se jettent sur la porte, attrapent l'enfant au visage rougi, le serrent contre son cœur. *Je suis là, mon tout-petit, je suis là. Tu as faim. Viens, on va s'installer.*

Le bébé se jette sur son sein, une douleur vive tire à Sixtine une grimace. *Là, ce n'est rien. On va essayer l'autre, ça va aller.* Cette chose fait mal. Vraiment mal, mais bien moins que les cris de l'enfant de huit jours seul à l'étage. Le petit être s'abreuve et s'endort contre la peau de sa mère, repu. Sixtine voudrait ne plus bouger pour l'éternité. Seule l'arrivée de Rebecca parvient à la faire sortir de la chambre. Descendre la saluer pour remonter aussitôt en sa compagnie, retrouver le bord du lit. Tout va bien. Même si la prise de poids du bébé est un peu faible. Rebecca indique une position pour incliner la petite bouche lors de la tétée, calmer la douleur de la mère. Elle vérifie la cicatrisation du nombril. Ses mots glissent du bébé à Sixtine, son regard est complice, sa parole bienveillante. La sage-femme tortille son nez aquilin à l'évocation des cinq minutes de Madeleine. *Faites comme vous le sentez ! C'est vous la maman !* Pour Rebecca, il n'y a pas de caprice à cet âge-là, seulement une façon de s'exprimer, de raconter la faim, le froid, raconter une angoisse. Un, deux, trois… Ça ne sert à rien. Dormir avec le bébé ? Pourquoi pas ! C'est comme elle veut, comme elle veut. *C'est vous la maman !*

Madeleine arrête sa voiture devant la pharmacie où sa belle-fille descend acheter du sérum physiologique. Elle en profite pour prendre du pain. Ce soir ils seront nombreux à table. Foucault a de la visite. La grande sœur de Sixtine, son mari et leurs enfants. Madeleine Sue de La Garde ramène sa belle-fille et le fils de Pierre-Louis à la maison. Elle se met en cuisine pendant que sa bru monte allaiter Foucault. Ses grandes mains attrapent les pommes de terre, les découpent en rondelles, font fondre des tranches d'oignon, lient une crème et enfournent un gigot au four. *Dommage que Béatrice et son mari ne soient pas croisés. Ils auraient été parfaits. Le mouvement a besoin de jeunes parents comme eux. C'est malheureux, cette histoire des Duchamp avec les Frères de la Croix. Un pied dedans, un pied dehors. Un désaccord théologique certainement*. Madeleine ouvre le vin, lave la salade, la dépose dans un saladier en grès vert. Ses yeux brillants se tournent sur une photo de famille prise vingt ans plus tôt au Puy du Fou. Ils sont au complet, ses huit enfants déguisés en courageux paysans vendéens sous la Révolution. *Quelle belle photo !* Son regard s'attarde sur les plus jeunes. Élisabeth, Agnès, Pierre-Louis.

Et Madeleine murmure :

— Dieu en a rappelé un, le diable s'est chargé de l'autre.

On pourrait croire qu'elle enfouit un sanglot dans sa gorge, mais c'est peut-être seulement le bruit de la cocotte-minute. *Quelle calamité ! Il faudra la changer*. Il est déjà 19 heures, la famille de Sixtine ne va pas tarder à arriver et cette dernière n'est toujours pas redescendue. *Toujours enfermée dans sa chambre, collée à son bébé. C'est insupportable ! Pierre-Louis n'aurait pas accepté une telle promiscuité. Déjà, elle lui donne de mauvaises habitudes*. Alors Madeleine sort de sa cuisine et grimpe l'escalier quatre à quatre sans prendre la peine d'enlever son tablier bleu marine. Sa grande main frappe à peine à la porte de la chambre, l'ancienne chambre d'Agnès, la pousse et tombe sur Sixtine un biberon de lait à la main, Foucault dans ses bras, la bouche de Foucault Sue de La Garde sur la tétine en plastique.

— Mais qu'est-ce que vous faites ?

— Je n'ai pas assez de lait et j'ai trop mal, ça gâche ce moment. Regardez comme il le prend bien, ça vient tout seul, il est tout content !

— D'où vient ce lait ?

— De la pharmacie.

— Vous avez acheté du lait à la pharmacie dans mon dos ?

— Non, Madeleine, j'ai juste acheté du lait à la pharmacie.
— Bon, votre famille va bientôt arriver, hâtez-vous.
— Nous allons descendre.

Madeleine referme la porte et sa tête aux cheveux courts et au sourire bien accroché tombe entre ses grandes mains. Comme il y a cinq ans. Exactement comme ce jour où elle avait lu le dernier mot d'Agnès, dix-sept ans. Elle l'avait déchiré, brûlé dans les braises de la grosse cheminée, avant de vider sa chambre de tout objet personnel, de tout souvenir. Elle avait banni la pécheresse de sa mémoire. Mais les mots étaient toujours là, terriblement vivants. « Vous êtes de gros malades. Je me casse pour toujours. Je vais vivre à la colle avec Dorian, comme vous dites. Vous ne m'en empêcherez pas. J'ai dix-huit ans demain. Je suis libre. » Madeleine aimerait bien s'asseoir, laisser couler ses larmes, pour Pierre-Louis, l'enfant volé, pour Agnès l'enfant perdue, pour Foucault, l'enfant pour qui tout commence vraiment mal. La minuterie du four retentit et les mains de Madeleine sont déjà agrippées au garde-corps de l'escalier, aux maniques à fleurs de lys, au plat du gigot. La soirée est parfaite. Salutations, bénédicité, repas, prière du soir en commun sur le tapis du salon, genoux pliés, embrassades et départ.

Sixtine se réveille en sursaut. Il est déjà 9 heures. Le bébé doit avoir faim. Elle jette un coup d'œil à côté d'elle, plisse les yeux en apercevant le lit vide. Un peu plus tôt, vers 7 heures ce matin, Madeleine lui a proposé d'emmener Adam faire une promenade en poussette pour le rendormir, avant les grosses chaleurs de ce mois de juin. Grâce à Madeleine, elle a pu piquer un petit somme bien profitable. Encore en pyjama, Sixtine sort de la chambre d'Agnès, se retrouve dans le salon, puis dans la salle à manger et enfin dans la cuisine. Ses pas la poussent jusqu'à la terrasse côté sud, ses seins trop gonflés lui font mal. Sa voix entonne, doucement : « Madeleine ? Madeleine ? » Puis, elle remonte à l'étage, frappe à toutes les portes. Ses « Madeleine ? » se font plus insistants, plus forts. Sixtine se jette sur son téléphone portable et compose un numéro. Une, deux, trois, quatre, cinq sonneries, répondeur de Madeleine Sue de La Garde. Furieusement, le cœur au galop, Sixtine bondit dans l'escalier, atterrit dehors et cherche des yeux la voiture de Madeleine. Où sont-ils allés ?

Un message apparaît sur son téléphone.

« Je suis à une réunion des Frères de la Croix, nous parlons du baptême de Foucault. Nous serons de retour vers midi. »

Alors Sixtine pianote.

« Vous avez pris le bébé ? Mais il va avoir faim ! »

La réponse met quelques longues minutes à arriver.

« Oui, Foucault dort. Il paraît que les biberons de lait chimique les calent pendant un bon moment. »

Sixtine s'assied sur la marche de l'escalier en marbre. Elle pousse un cri, tape dans le mur. Jure. *Putain, putain, quelle connasse ! Il va avoir faim, il va pleurer.* Son visage se durcit, se tord de douleur et de colère. Elle se dit qu'il faudrait prier ou pleurer pour apaiser tout cela. Mais il lui est impossible de réciter la prière d'abandon du père de Foucauld. Impossible de s'en vouloir sincèrement pour l'insulte qu'elle vient de proférer. Impossible de verser une larme. De ses petites mains mates, Sixtine étranglerait Madeleine, si elle était en face d'elle. Son cerveau visualise le cou de sa belle-mère, le collier de perles inamovible, la médaille miraculeuse. Oui, elle pourrait bien l'étouffer.

— Maman ?

— Bonjour Sixtine, je suis ravie, plus que deux jours de quarantaine et je pourrai enfin vous rendre visite !

— Maman, vous devez venir. Toi ou papa.

— Que se passe-t-il ?

— C'est horrible, Madeleine Suc de La Garde a pris mon fils.

— Pardon ?

— Oui, elle m'a menti, elle a dit que c'était pour faire un tour en poussette et elle est partie avec lui sans mon autorisation à une réunion des Frères de la Croix. Il va avoir faim !

— Voyons, Sixtine, calme-toi, je ne comprends rien à ce que tu dis. Ce n'est pas possible !

— Si, c'est possible, à 7 heures j'ai laissé Adam à Madeleine pour une balade en poussette. Il est 9 h 20 et ils ne sont toujours pas là. Elle m'a écrit qu'ils rentreraient vers midi. Midi, tu te rends compte, c'est horrible !

— Adam, mais qui est Adam ?

— Adam, mon fils, mon bébé, maman !

— Mais ce n'est pas Foucault ?

— Maman, ce n'est pas le problème, enfin si, ça aussi ! Papa ne t'a rien dit ? Je ne peux pas rester ici. Je veux rentrer chez moi. J'ai besoin que vous veniez me chercher.

— Voyons Sixtine, ça ne se passe pas comme ça, pense à Madeleine qui vient de perdre son fils.

— Mais ce n'est pas une raison ! Non, ce n'est pas possible !

— Calme-toi, Madeleine est une personne très sensée, si le bébé a faim, elle te le ramènera. À quelle heure l'as-tu allaité ?

— Il a pris un biberon à 6 h 30, 40.

— Un biberon ?

— Oui, un biberon, j'avais trop mal, voilà, il boit toutes les trois heures, parfois deux heures et demie. Il doit déjà avoir faim ! Je dois le voir !

— Tu donnes des biberons à ton fils ?

— Maman, on s'en fiche. Je veux mon bébé ! Je veux partir d'ici !

— Sixtine, mon Dieu, que t'arrive-t-il ? Tu ne crois pas qu'on a assez de problèmes comme ça ?

— Quels problèmes, quels sont vos problèmes ?

— Mais ton frère ! Tu n'es pas au courant ?

— Que se passe-t-il ? Il est malade ?

— Oui, son âme est malade. Nous avons surpris Henri bras dessus, bras dessous avec une femme de très mauvais genre. Yaelle Bendayan. Voilà son nom !

— Qui est-ce ?

— Alors, là, je ne sais pas et je ne veux pas le savoir ! Ce que je sais, c'est que c'est une juive, Sixtine ! Mon fils fricote avec une youpine ! Ah, ceux-là, ils sont très forts pour embobiner les gens. Dans six mois, ton frère est circoncis !

— Maman, ce n'est peut-être pas sérieux.

— C'est ce qu'il a dit, oui. Il ne compte pas se marier avec. Tant mieux. Mais imagine le scandale : il se trimballe en plein

Rennes avec sa juive basanée. Un look affreux, voyant, vulgaire ! Tu vois, on a d'autres choses à traiter que tes crises d'hystérie. Tu as la chance de pouvoir compter sur Madeleine, profites-en ! Et cesse de te plaindre ! À la fin du mois, tu viendras à la maison. Pour le moment, profite de cette aide généreuse et ne fais pas de scandale.

Sixtine regarde vers la fenêtre. Elle n'écoute plus les mots de Muriel. Abandonne son téléphone portable sans même raccrocher. Ses yeux sont rivés à la route, l'asphalte, le petit bois à côté de la départementale. De ses mains tremblantes, elle reprend le téléphone, raccroche au nez de sa mère et compose un autre numéro.

— Un taxi s'il vous plaît.

Sixtine attend au bord de la route, à la sortie du domaine, pour aller plus vite. Vite, rue des Lilas, à Nantes.

— Merci monsieur.

Une fois chez elle, vite, la clé dans la serrure, une valise, des papiers jetés en vrac, des habits, des langes préparés pour le bébé avant sa naissance, des partitions, un livre, les papiers de la voiture. Vite, fermer la porte à clé, démarrer, conduire, rejoindre la départementale menant au domaine Sue de La Garde, le dépasser, s'introduire sur le sentier qui file dans le petit bois. Se garer sur un côté. Vite, regagner la maison et attendre. Il est 11 h 25. Une dizaine de minutes plus tard, Madeleine déboule. Sixtine se rue sur la voiture, arrache le bébé hurlant dans le cosy. La jeune mère s'affale sur une chaise, glisse le biberon dans sa bouche. Adam boit, affamé, se tortille sur la tétine en plastique.

Sixtine oublie Madeleine, ne cherche pas à savoir si son fils crie depuis longtemps. Depuis combien de minutes ? D'heures peut-être ? Elle ne porte pas le moindre regard à sa belle-mère, n'écoute pas ses paroles. *Une date pour le baptême de Foucault fixée à... Des idées de parrains et marraines ? Pourquoi pas Sibylle ? Oui... Ce serait très bien. Le frère... sera là en personne.* Le cœur de Sixtine bat comme un tambour de guerre en pensant à la Volvo break garée dans le petit bois.

Elle passe le reste de la journée dans sa chambre. La chaleur est écrasante. Le repas s'est déroulé comme d'habitude. Elle a dit oui à tout. Jacques comme parrain, très bien. Sibylle comme marraine, superbe. Sixtine compte les heures, tourne en rond autour du lit, glisse quelques affaires dans un sac à dos d'écolière trouvé dans un placard de sa chambre. Le prénom « Agnès » est écrit sur l'étiquette. Le bébé geint, elle chante, tente de l'apaiser, vérifie les biberons, les doses de lait en poudre prêtes à l'emploi, les bouteilles d'eau minérale. Le dîner est avalé, la prière du soir expédiée. Élisabeth est rentrée tard de ses cours, lui a dit quelques mots, s'est couchée avec ses livres. Madeleine et son mari dorment. Guy Sue de La Garde ronfle. Le cœur de Sixtine s'emballe, elle sent son pouls battre à travers chaque pore de sa peau. Adam somnole, glissé dans une écharpe de portage turquoise. La porte de la chambre d'Agnès s'ouvre tout doucement, les pas de Sixtine dévalent l'escalier, des pas de loup, légers, aériens, prêts à vaciller ou à faire demi-tour. Ses doigts s'agitent sur la serrure de la grande porte fermée de l'intérieur. Ses jambes, soudain en coton, lui donnent le sentiment de ne pas avancer, de rester sur place, elle dévale la terrasse et l'allée du domaine, fonce sur le bitume, durant une centaine de mètres. La mère et l'enfant pénètrent dans le bois, Sixtine s'éclaire à l'aide de son téléphone portable, panique, cherche, trouve des lumières rouges, magiques. Les serrures de la voiture se débloquent, Sixtine glisse Adam dans un vieux cosy de secours difficilement installé sur le siège passager. Elle démarre. Le break s'ébranle, le ciel est rempli d'étoiles. Sixtine et Adam filent sur la départementale.

Elle ne s'arrête pas, comme si elle était ivre de conduire. La Volvo break s'élance vers le sud, profitant du sommeil bienheureux d'Adam. À 1 heure du matin, la conductrice fait une pause sur une aire d'autoroute déserte où le bébé boit goulûment un biberon de cent cinquante millilitres. Elle sort à Saint-André-de-Cubzac, épuisée, prend une chambre dans un Formule 1 au cœur de la nuit chaude. La fenêtre ouverte laisse passer un filet d'air tiède. Adam gigote au milieu des coussins. C'est bien l'heure de fanfaronner ! Sixtine rit en le regardant faire. Elle se sent trop abattue pour prier, pour demander pardon, pour définir de quoi exactement elle devra se confesser. Les réponses arriveront demain avec les sœurs. Elle pourra leur parler sans crainte. Il faut encore atteindre Bordeaux, rejoindre l'A62, dépasser Toulouse, prendre des petites routes de campagne et arriver à Dourgne. Le monastère Sainte-Scolastique. La meilleure décision.

Sixtine est assise face à l'autel, au premier rang. Les sœurs entrent deux par deux, habits noirs, voiles blancs. À l'étage du chœur, cachées derrière des paravents, des ombres apparaissent, des lumières s'allument et leur donnent corps. Des religieuses courbées, trop faibles, trop âgées, masses lointaines assises sur des fauteuils inamovibles. On voit seulement leurs mains bouger sur le livret pour suivre l'office. Les chants des bénédictines vibrent sous la nef, les mêmes prières et les mêmes chants quotidiens. Quand l'office prend fin, un étonnant ballet commence. Les sœurs valides saluent la croix du Christ deux par deux, d'une inclinaison profonde et brève, puis disparaissent par une petite porte. Là-haut, des lumières s'éteignent, certaines silhouettes s'éloignent poussées par des formes verticales. Mais d'autres restent, immobiles. Les corps distants des sœurs trop vieilles pour quitter l'église de Sainte-Scolastique semblent figés là éternellement, attendant toujours le prochain office. Les cases éclairées et vides forment avec les cases sombres où s'enracinent les chairs un décor fantastique. Sixtine peut rester de longues minutes absentes à observer ce spectacle. Les ombres n'ont pas de visage. Elles sont toujours là, à travers le temps. Toujours là. Alors la fille retrouve le sentiment éprouvé déjà quatre ans plus tôt lors de la retraite de la Chorale enchantée. Le spectacle des contours et des lumières derrière la grille vaut pour Sixtine toutes les mises en scène. Une plénitude. L'éternité. Adam pousse un cri. Un petit cri de souris rappelant sa présence. Il n'a pas très bien dormi pour cette première nuit à Sainte-Scolastique. Trop de changement. Une nuit au Formule 1, une matinée sur la route, une arrivée timide dans l'allée du monastère en pierre, imposant, rassurant, amical. La nouvelle sœur hôtelière ouvrant de grands yeux, serrant le bras de Sixtine du haut des marches. Ce n'est pas une habitude de recevoir des bébés. Mais Sandrine leur a raconté ce qui était arrivé à son amie. Son mariage, sa grossesse difficile, le décès de son époux. Elles sont désolées. Elles ont tant prié pour elle. Et ce petit est comme un ange. Il a l'air si sage, elle semble tellement perdue, épuisée, à bout de souffle. Sixtine a besoin d'une pause, ici. *S'il vous plaît.* Après tout, les murs de Sainte-Scolastique sont épais. Ils peuvent rester tout le temps qu'il leur plaira. Mais il ne faut pas manquer l'heure des repas ! Sur cette indication, un énième appel de Madeleine avait retenti sur le téléphone de Sixtine. Elle s'était excusée auprès de la sœur hôtelière et avait éteint l'appareil.

Cette première nuit a donc été difficile pour Adam. Il n'a pas trop pleuré mais n'arrivait pas à trouver le sommeil, pourtant bien au frais derrière les larges murs du monastère. Au petit matin le bébé a terminé sa nuit au théâtre du Christ, étendu sur les genoux de Sixtine. Jusqu'à tierce. L'arrivée des sœurs et des ombres. Sixtine regarde la grande croix du christ en bois et fixe le regard de son Sauveur.

Jésus ! Je ne sais pas ce que je fais, mais je me sens si bien ici. Loin de maman et de Madeleine. Elles vont m'en vouloir quand je reviendrai. Je n'ai rien dit aux sœurs. Je mens et je fuis. Mais je me sens en sécurité avec Adam. J'ai agi sur un coup de tête, Pierre-Louis ne serait pas fier de moi. Mais j'ai bien fait. Pour Adam et pour moi. Jésus, restez avec moi, même quand je ne réussis pas à prier, même quand j'assiste à tierce sans un mot, même lorsque j'abandonne la prière du soir pour profiter de la fraîcheur sur le banc, sous les grands arbres. Ne m'abandonnez pas.

— Pardon Sixtine.

Sœur Aimée de Dieu se glisse hors du chœur, sourit à l'enfant et s'approche de la jeune mère, son voile touchant presque les cheveux bruns de la fille.

— Nous sommes un peu perturbées, vous savez cette nuit, une sœur a été rappelée à Dieu… Vous la connaissiez, c'était notre ancienne hôtelière, sœur Claudie Ismaël.

Le visage de sœur Aimée de Dieu est animé d'un sourire ému, prêt à fondre. Sixtine se souvient bien de sœur Claudie Ismaël. Elle les avait accueillies, aimées, écoutées. Les mots de sœur Aimée de Dieu ont besoin de sortir de la clôture, d'atteindre Sixtine et le monde. De raconter l'histoire de Claudie, rentrée il y a trente-neuf années exactement à Sainte-Scolastique, à l'âge de quarante ans. Elle avait trouvé à Dourgne une famille et avait pris ce nom, Ismaël. Comme celui de l'enfant abandonné sous un buisson dans l'Ancien Testament. Claudie était née sous un buisson. Pas sous X, sous un buisson. C'était là que sa mère l'avait laissée quelques jours après sa naissance. Abandonnée, pupille de l'État, une vie à chercher ce lien, cet amour tant espéré, ces mots jamais dits, ce pourquoi sans réponse. Elle s'était tournée vers les autres, avait souffert de séparations, cœur brisé, encore et encore. Infirmière, elle avait donné, toujours plus. Et puis Dieu était arrivé dans sa vie. Dieu l'avait aimée et accueillie dans sa maison. Les sœurs, ses sœurs, étaient devenues sa famille. Sainte-Scolastique, sa réponse, le Christ, son Amour. Sœur Claudie Ismaël était morte cette nuit où Adam ne trouvait pas le sommeil. Si proche, son dernier souffle avait déchiré la nuit. Si proche, Ismaël, l'enfant abandonné, a enfin retrouvé les siens.

Adam est couché dans l'herbe, posé sur un lange blanc. Sixtine hésite à rallumer son téléphone. Leur doit-elle une explication ? Adam babille, ses joues sont plus dodues, plus roses. Il faudrait tout de même trouver un médecin pour le peser. Elle demandera aux sœurs. Une dame d'une soixantaine d'années passe, sourit, demande l'âge du poupon, félicite, glisse une image pieuse entre les mains de Sixtine occupée à rallumer son téléphone portable. Voilà, ce sera fait. Cela évitera que Muriel ou Madeleine aillent voir la police. Elles en seraient bien capables. Plus tard, elle prendra le temps d'appeler Marie-Sophie et Sandrine. Un message suffira. Le même, pour tous ceux qui se sont inquiétés.

« Chères familles, chers amis, le bébé et moi avons besoin de repos dans un lieu au calme où nous préférons rester seuls quelques jours. Nous revenons à Nantes bientôt, tout va très bien. En UDP, Sixtine »

Un souffle de soulagement fait vaciller les trèfles du printemps vieillissant. Ce message est suffisant pour apaiser leurs inquiétudes. Certainement pas la colère de Madeleine, la honte de Muriel. Leurs déceptions. Le scandale. Sixtine s'allonge auprès d'Adam dont les yeux s'écarquillent. Des yeux d'un brun profond, légèrement en amande, pas du tout comme Pierre-Louis. Le bébé rote et Sixtine éclate de rire. Elle croque ses joues replètes, glisse ses narines dans son cou pour saisir son parfum sucré et s'en nourrir. Ils sont tellement bien ici. Tout à l'heure, elle retrouvera sa grande chambre toute simple avec ce petit bureau d'écolière où elle a déposé ses partitions. Elle changera la couche et nettoiera les petites fesses d'Adam en vérifiant leur couleur. Ses doigts glisseront avec plaisir sur le petit body en coton, dégraferont les pressions pour libérer son ventre charnu et délicieux. Habiller Adam, lui enfiler cet adorable pyjama bleu, léger et si mignon. Il sera alors l'heure de rejoindre le réfectoire où il y aura certainement cette dame retraitée, ces franciscaines belges de passage dans la région, ces deux amies d'une cinquantaine d'années, très maquillées, qui gloussent de plaisir autour du petit. On lui dira de rester assise, la sœur hôtelière leur apportera le repas, leur souhaitera un bon appétit dans le réfectoire des hôtes avant de retourner derrière la clôture. Le vieux prêtre de La Réunion ouvrira une bouteille de vin, lui proposera très poliment de la soupe, racontera comment il a connu sœur Claudie Ismaël, « rose au désert de l'Homme ». Ils mangeront en écoutant la lecture. Un texte sur les arbres, lu par une sœur à l'accent rocailleux. Après la purée et l'omelette, ils se régaleront d'un flan gras, succulent, débarrasseront les assiettes et prendront une infusion en brisant le silence. L'ecclésiastique venu de l'océan Indien racontera sa vie, sa tournée des copains et copines des monastères sur le continent, l'enregistrement de son dernier album de chants chrétiens. Les deux quinquagénaires répéteront qu'Adam est trop mignon et qu'elles rêvent d'être bientôt grand-mères. Ils sont tellement bien ici. Cette nuit, Adam dormira d'un sommeil profond.

La cloche sonne, la cloche de sexte, à ce moment précis la sœur hôtelière abandonne ses lits défaits, la sœur céramiste referme son pot de pigment. Tous les voiles blancs prennent une même direction. L'église de Sainte-Scolastique. Sixtine s'arrête sur le sentier ombragé de jeunes chênes tordus. Elle n'ira pas à sexte. Malgré l'appel de la cloche sonnant une seconde fois. Adam se tord dans ses bras, ouvre sa bouche vers le ciel. La tétine se glisse entre ses lèvres vermillon. Le nourrisson gobe le lait de toutes ses forces vives. Sixtine n'ira pas à sexte, ni au repas du soir, ni à complies. La sœur hôtelière l'a prévenue tout à l'heure, juste après le déjeuner. Muriel, sa mère, a appelé le monastère Sainte-Scolastique et a demandé si sa fille était ici. La sœur hôtelière n'a pas menti, mais s'est sentie bête. Elle n'a rien demandé à Sixtine, pas d'explication, mais elle a ressenti le besoin de lui donner cette information, vite, très vite. Muriel sera là demain, peut-être ce soir. Elle vient la chercher, l'aider, lui prendre la main, réparer le scandale. Assise sur une pierre moussue, Sixtine a déjà pris sa décision. Elle ne sera plus là quand sa mère arrivera dans son monospace blanc avec un Sacré-

Cœur en guise d'autocollant comme d'autres affichent l'insigne du Stade rennais ou de l'OM. Sixtine et Adam auront descendu le sentier bordé de chênes tendres, d'arbustes vermoulus, retrouvé les vastes champs fleuris de la plaine, les grands clochers de Sainte-Scolastique, le parking à moitié vide, le break acheté par Pierre-Louis quelques mois plus tôt. Ils auront pris la route. Et Adam Sue fêtera son premier mois de vie.

Saint-Girons, juillet 1979

Muriel,

C'est fini. Sylvie est partie de Loubersenac par le train. Ils étaient seulement trois. Trois survivants du rêve des premiers jours du monde qui suivit ce printemps 1968. Petit à petit, certains s'étaient déjà installés ailleurs, dans des fermes des environs, d'autres avaient repris le chemin de Marseille, de Paris, des villes grises. Ils ont refermé le livre des songes, retrouvé la vie d'avant. Refermé les barreaux de la cage.

Qui sommes-nous pour regretter cela ? Dan et moi n'avons pas supporté longtemps la communauté de Loubersenac. Nous avons quitté le navire bien vite. Mais sa présence nous rassurait. Phare réconfortant. Heureusement, la troupe est toujours vivante, elle s'élargit, s'enrichit, crée, imagine toujours. Nous transmettons nos rêves à des inconnus. Sans parvenir à les glisser dans le cœur de notre fille.

« Celui qui ménage sa verge hait son fils »

Je te regarde, ma jolie jeune fille de quinze ans. Tu ne portes plus ces pantalons à pattes d'éléphant, ni ta tresse africaine dans les cheveux. Tu les as fait couper au carré, court. Ça te va bien, tu fais femme. Je te dis que tu es belle, tu rougis. Je te demande si tu as un petit copain.

Tu me réponds : « Mes études m'occupent beaucoup. »

Je crois que tu t'ennuies pendant ces vacances à Saint-Girons.

La cour de la ferme du Billot ne t'intéresse pas, repeindre la roulotte non plus, le bal à la salle des fêtes ne te dit rien. Tu n'as pas voulu aller à l'anniversaire de la fille de Didier. Tu n'es plus vraiment copine avec Marie-Liesse Bertier, tu dis qu'elle a changé. Tu nous parles d'une autre fille de ton internat. Elle s'appelle Camille.

Tu ouvres encore la bouche : « Camille va partir dans une pension à Fanjeaux, il y a une spécialité violon. Le niveau est excellent. Je veux y aller moi aussi. »

Nous n'avons rien d'autre à dire. Seulement acquiescer. Oui, si tu le veux vraiment. Un autre lycée privé catholique. Tu porteras un uniforme. Tu souris en entendant notre réponse.

Qui suis-je pour m'opposer à tes désirs ? À seize ans, je n'ai pas demandé la permission à Sacha. Je l'ai prise dans son dos. J'ai quitté les prières, les corvées, les obligations, les interdits perpétuels, les « ne te fais pas remarquer », les « tu me fais honte ». Je n'ai pas attendu son approbation pour partir de la pampa et filer mener la vie de la reine de La Plata. Je n'ai rien demandé quand j'ai embarqué dans ce bateau pour Marseille. Sacha a-t-elle pleuré ? Est-ce que moi je pleure parce que ma jolie fille me dit qu'elle veut aller dans une pension catholique à Fanjeaux ?

Erika

11

« Vous serez absous »

Sauveterre-de-Rouergue, juillet 2013

Un dégueulis blanc vient recouvrir le chemisier vert de Sixtine juste au moment où la sonnette retentit. Une fois, puis deux. Elle s'immobilise, retient son souffle et Adam gazouille à nouveau.

— C'est bien, petit chat, tu as fait ton rot, un joli rot et j'en suis toute barbouillée !

Le cri strident de la sonnette revient encore une fois à ses oreilles. Alors Sixtine se crispe, s'emporte, attrape à la hâte une serviette propre, tente de nettoyer son vêtement, s'aperçoit à peine qu'un liquide épais est en train de couler sur son pantalon. Le visage d'Adam est tout rouge, ses yeux plissés.

— Mais qu'est-ce que c'est…

Les doigts de Sixtine se débattent dans une flaque brune débordant du body-short du bébé.

— Mais ce n'est pas possible…

Et la sonnette hurle, une quatrième fois.

— Je suis occupée, râle Sixtine en se précipitant dans la salle de bains.

Alors que l'eau du robinet coule, Adam est déposé précautionneusement sur la table à langer de fortune et une voix se fait entendre dans le vacarme.

— Excuse ! C'est juste la voisine ! Je repasse dans une heure !

Sixtine lâche un souffle de soulagement, inspire profondément et dépose son front contre les petits pieds d'Adam. Voilà, il faut juste lui enlever ce body maculé, le nettoyer, se changer, il a fait son rot, ce n'est pas Muriel, pas Madeleine. Tout va bien.

Ce n'est que la voisine. Elle reviendra dans une heure. Bon, pourquoi pas. C'est seulement Lydie, la coiffeuse du salon en bas. Sixtine frictionne Adam avec du liniment, embrasse son petit ventre replet, ses mains briocheuses et ses joues gazouillantes. Le petit se retrouve sur le grand lit, perdu au milieu des coussins, il lance d'adorables sons gutturaux. Sixtine enfile un jean, un polo blanc et se penche rapidement à la fenêtre. À travers la vitre, elle aperçoit la place principale de Sauveterre-de-Rouergue, vide comme un jour trop chaud de juillet. C'est si joli, pense-t-elle. Ces arcades médiévales, cette fontaine, ce petit café à l'angle, la nature tout autour. C'était la meilleure idée, après tout. Sixtine se rappelle sa première visite de la petite maison, un samedi après-midi il y a seulement quinze jours. Ce serait leur nid.

Adam ne bouge plus, il dort au milieu du lit défait. Son lit, leur lit. Pierre-Louis n'approuverait pas cette promiscuité. Mais c'est plus simple pour les nuits. Et puis, elle n'avait pas de berceau ici. Que penserait Pierre-Louis de tout cela ? Enrage-t-il du haut du ciel en contemplant le désastre ? Non, Sixtine aime à penser qu'il est fier d'elle, de sa débrouillardise.

Un portrait de Pierre-Louis se tient face à elle, au-dessus du lit et d'Adam endormi. Il semble joyeux, un peu sévère aussi. Il faut le reconnaître, Sixtine Sue de La Garde n'a pas du tout pensé au jugement de son défunt mari lorsqu'elle a pris cette décision. En partant de Sainte-Scolastique, elle s'est installée dans un hôtel à Albi pendant une nuit. Se sont ensuivies deux, trois, quatre étapes désespérées, perdues. Fuyait-elle ? Les messages de Muriel s'amoncelaient sur sa boîte vocale. Le dernier disait, en larmes : « Sixtine, ce que tu me fais, à moi, aujourd'hui, c'est ignoble, exécrable. Quel enfant ferait ça à sa pauvre mère ? La traîner dans la boue et la honte ! Te conduire ainsi… par rapport à Madeleine Sue de La Garde, par respect pour Pierre-Louis, mon Dieu, Sixtine, comment peux-tu me faire ça à moi ! Alors que j'ai tout donné pour vous ! Ingrate ! »

Le cinquième jour, assise dans le café-bar-tabac de Naucelle, Sixtine avait regardé la clé de sa maison nantaise, rue des Lilas. Sa belle maison. Tout cela pouvait prendre fin, elle était allée assez loin. Elle leur demanderait pardon, irait se confesser, s'installerait chez elle et on n'oserait plus la contraindre à vivre au bastion Sue de La Garde. Ni lui prendre son fils. Elle était allée régler l'addition, un café serré. Sur le comptoir, une photo avait attiré son attention, celle d'une petite maison sur une place charmante avec des arcades. *À louer, maison de ville meublée, Sauveterre-de-Rouergue.* Adam installé dans le siège auto, elle s'était assise à côté de lui et avait appelé. La visite avait été immédiate. La propriétaire, une dame d'un certain âge au sourire froid, s'était montrée méfiante. Une femme seule, pas d'ici, avec un enfant...

Elle lui avait demandé si elle travaillait, des bulletins de salaire, la CAF, quelque chose. Avec sa médaille de la Vierge autour du cou, son poupon en culotte courte rayée de bleu layette et de beige, Sixtine avait écarquillé ses yeux noisette. On ne lui avait jamais demandé des bulletins de salaire, une caution, un garant, car elle n'avait jamais loué de logement. La maison de ses parents à Rennes et la maison de Pierre-Louis à Nantes, et c'est tout. Alors Sixtine avait avalé sa salive, demandé une nouvelle fois le prix du loyer, s'était remémoré le chiffre indiqué sur le dernier relevé bancaire.

— Je suis veuve, j'ai besoin de changer d'air, pour mon fils... Je ne travaille pas, mais je peux vous payer six mois de loyer en avance. Mon mari avait une entreprise.

La propriétaire de la petite maison de la place de Sauveterre avait eu un sourire complice, presque tendre et avait dit oui. Le lendemain matin, Sixtine et Adam s'installaient au-dessus d'une arcade millénaire.

Le téléphone de Sixtine sonne, elle se précipite dessus pour ne pas réveiller Adam. Raccroche immédiatement. C'est Sandrine. Les doigts de Sixtine glissent, envoient un message : « Je suis désolée, j'ai besoin d'un peu de temps seule avec Adam, je te promets de te rappeler dès que je m'en sentirai capable. »

Les messages. Quelle bénédiction ! Elle dit ce qu'elle veut, ne répond pas aux questions. Limite sa réflexion et ses mots. Remet ses explications à plus tard. Sixtine éteint son téléphone, tire les rideaux épais et se glisse contre Adam dans le grand lit. Ses narines se collent à la nuque moite du petit bébé. Alors, Sixtine ne bouge plus, elle oublie Pierre-Louis, Muriel et Sandrine. Elle est loin de sa maison nantaise et du bastion Sue de La Garde, de la paroisse traditionnelle de Nantes et du monastère des Frères de la Croix. Ses yeux se ferment, un sourire fend ses lèvres entrouvertes et le parfum d'Adam se répand en elle comme un baume précieux.

— Adam, mon amour.

On dirait que quelqu'un gratte. Non, ça n'a pas sonné, pas frappé. Juste gratté à la porte. Sixtine ouvre un œil, cherche Adam du regard, s'amuse de sa position, bras en croix, bouche ouverte, au milieu du lit. Elle se lève, descend l'escalier et se glisse jusqu'à la porte d'entrée. Une voix chante.

— Il y a quelqu'un ? Je dérange pas ?

Lydie est derrière la porte.

— Bonjour, excusez-moi, tout à l'heure je changeais le petit, c'était… un peu compliqué !

— C'est moi qui m'excuse, c'était pas le moment !

Sixtine ne peut s'empêcher d'esquisser un sourire en entendant le fort accent du Sud-Ouest de Lydie. Un accent vivant, vibrant, intense. Bien sûr, tout cela est très vulgaire, mais aussi assez charmant.

— En fait je voulais juste t'apporter des fraises, c'est mon papy qui m'en a donné trois fois trop pour Léo et moi !

— Merci, il ne fallait pas vous donner cette peine.

— Hé, il faut me tutoyer ! Pour une fois qu'il y a une jeune qui vient s'installer à Sauveterre, on va pas se la jouer cul pincé !

— Pardon, je vais essayer !
— Si tu as besoin de quelque chose, tu me dis !
— Merci, c'est vraiment très aimable.
— Bon, je te laisse, à la prochaine !

Sixtine referme la porte. Elle ne peut s'empêcher d'éprouver de la sympathie pour Lydie. Mais aussi de l'agacement. Cette fille est très beauf. Sa coiffure est vraiment affreuse, un carré plongeant très lisse avec des mèches blondes et cuivrées sur brun. Son maquillage est outrancier, ses minijupes à la limite du décent. Ses grosses créoles en plastique coloré complètent le tout. Mais elle est gentille et a le cœur sur la main. La semaine dernière, elle lui a donné des salades et un sac d'habits de nourrisson ayant vêtu son fils. Dix jours plus tôt, elle avait aidé Sixtine avec sa valise bien remplie. Elle lui avait dit qu'elle pourrait demander à des copains de lui prêter main-forte quand le reste arriverait. Sixtine avait remercié sans oser dire qu'il n'y avait pas de reste.

Le parfum des fraises monte au nez de Sixtine. Il ne faudra pas que Lydie soit trop envahissante. Ni trop curieuse. Mais les fraises de son grand-père sont excellentes, sucrées, légèrement acides, craquantes et d'un rouge flamboyant. Bientôt, il n'en reste plus. Maudite gourmandise. Décidément, Sixtine se dit que les péchés ne cessent de s'accumuler. Il va lui falloir du courage pour aller demander le pardon et la miséricorde du Seigneur. Il y a des confessions le samedi matin à l'église de Sauveterre. Elle pourrait y aller cette semaine. Le prêtre est un moderniste, un « chauffeur de salle », aurait dit Muriel, il fait chanter n'importe quoi à ses ouailles, n'a aucun sens de la liturgie, ses sermons sont pauvres. Il est agaçant. Mais sympathique. Comme Lydie. Par deux fois, le dimanche à la sortie de la messe il est venu faire une petite tape sur les joues d'Adam, a lancé que le bébé était très beau. Sixtine a dit « Merci, mon père », il a répondu « Non, moi c'est Benjamin ». Il doit avoir quoi, soixante ans ? La génération Jean-Paul II. Pas de soutane, pas même de clergyman, un costume de pékin avec une minuscule petite croix en ferraille, des nu-pieds, un pantalon en toile, une chemise en coton. Que dit ce genre de prêtre en confession ? Il faudra bien en passer par là. Il est temps de reconnaître toutes ses fautes. *Mon père, je m'abandonne à vous.*

Sixtine est mal à l'aise. Assise sur cette chaise en bois, Adam sur les genoux, le prêtre face à elle, dans la lumière artificielle de la sacristie.

— Pardonnez-moi, il n'y a pas de confessionnal ?

— Non, ça fait un moment qu'on l'a démonté. Vous vouliez me parler ?

— Je voudrais me confesser… Vous faites ça ici ?

— Oui, bien sûr, c'est possible !

Sixtine dévisage le prêtre, hagarde. Elle se remémore le confessionnal de la paroisse traditionaliste de Nantes, ses genoux fléchis sur le banc en bois, la voix lointaine du prêtre derrière la grille, son visage masqué et son souffle court. La dernière fois, elle avait demandé pardon pour sa faiblesse, sa lâcheté, sa fainéantise et ses occupations impures devant le téléfilm avec Jessica. C'était il y a deux mois. Juste avant la mort de Pierre-Louis.

— Mon père, pardonnez-moi parce que j'ai péché.

— Je vous écoute.

— Voici mes péchés : J'ai manqué de respect à ma belle-famille et je leur ai menti. Je leur ai caché mes desseins. J'ai manqué de respect à ma propre mère en refusant de lui répondre et de l'écouter. J'ai, j'ai… Je n'arrive pas à honorer la mémoire de mon mari défunt, j'ai du mal à le prier. Je prie peu, mal.

— Quel est votre prénom ?

— Sixtine.

— Écoutez Sixtine, nous allons reprendre ce que vous me dites.

— Pardon ?

— En quoi avez-vous manqué de respect à votre belle-famille ?

— J'ai… je leur ai caché que je partais de chez eux, je suis partie de nuit, comme une voleuse, sans rien dire. Je leur ai causé du souci.

— Pourquoi avez-vous fait ça ?

— Parce que… je ne pouvais plus supporter d'être chez eux, elle… elle m'avait pris mon fils plusieurs heures sans rien me dire, sans me demander ! J'ai agi sur un coup de tête, bêtement, égoïstement.

— Quel âge avez-vous, Sixtine ?

— J'ai vingt-quatre ans.

— Votre mari est…

— Oui, il a été assassiné par des gauchistes.

— Sixtine, vous avez vingt-quatre ans, vous êtes majeure, vous êtes maman. Vous avez le droit de ne pas vivre chez vos beaux-parents, le droit de vouloir être toute seule avec votre fils. Le mieux aurait été de parler à votre famille, de leur expliquer les choses avant de partir. Mais ce départ n'est pas quelque chose de mal aux yeux de Dieu. Vous avez voulu protéger votre fils, ce n'est pas de l'égoïsme. Le plus faible, c'est lui, votre petit garçon. Tout ce que vous faites pour lui est bon.

— Ils m'en veulent.

— Ils comprendront. Vous me parliez de votre mari, de la prière. Vous ne parvenez pas à prier ?

— Oui, depuis que je suis partie je n'ai pas récité un seul chapelet. Même dans le monastère où je suis allée pendant quelques jours, j'écoutais sans rien dire les offices. Depuis que je suis ici j'ai tout oublié, la prière du soir et les bénédicités et le chapelet. Pierre-Louis qui est au ciel doit avoir honte de moi.

— Votre mari est mort quand vous étiez enceinte ?

— Oui, trois semaines avant l'accouchement.

— Il doit être très fier de vous, toute seule avec votre bébé. Vous avez l'air de très bien vous en sortir. Quand je vous ai vus, le petit et vous, à la sortie de la messe le dimanche d'avant, ça m'a donné du baume au cœur !

Un silence se répand dans la sacristie. Le prêtre sourit à Adam dont la bouche se plisse, ses yeux brillants dévisagent l'homme à la barbe poivre et sel.

— Sixtine, je vous demande de continuer ainsi. Continuez à bien vous occuper de votre bébé, continuez à être forte et courageuse, si vous ne réussissez pas à prier, prenez du temps pour venir ici, juste vous asseoir dans l'église et regarder Jésus et Marie. Juste les regarder. Et essayez d'expliquer vos choix. Seuls vos choix sont bons pour votre fils. Je vais vous donner l'absolution. Que Dieu Notre Père vous montre sa miséricorde ! Par la mort et la Résurrection de son Fils, il a réconcilié le monde avec lui et il a envoyé l'Esprit saint pour la rémission des péchés ; par le ministère de l'Église, qu'il vous donne le pardon et la paix ! Et moi, au nom du Père et du Fils et du Saint-Esprit, je vous pardonne tous vos péchés.

— Amen.

Sixtine se lève, sort de la sacristie, et Benjamin, le prêtre, lui emboîte le pas.

— Aujourd'hui, c'est jour de marché, je ne pense pas que grand monde va venir ici ! Vous devriez goûter les *empanadas* de Sandra et David, ils ont une gargote sur la place, vous m'en direz des nouvelles !

— Merci, répond Sixtine mal à l'aise.

Le chemin allant de l'église à la place de Sauveterre est aussi le sien. Et ces quelques centaines de mètres à effectuer avec ce drôle de prêtre ne l'enchantent absolument pas. *C'était quoi cette confession ? Une séance de psy à deux balles ? Pas de chapelet, pas de rosaire de pénitence, pas de retour chez Madeleine ou Muriel. Une pichenette à Adam et tout va bien.* Comme dirait Muriel, « C'est le laxisme de Vatican II à ciel ouvert ».

Sixtine tente de faire un brin de conversation, par politesse, par habitude de la politesse.

— Vous officiez ici depuis longtemps ?

— Dix ans pile ! Avant, j'étais à Millau, j'étais l'aumônier de syndicalistes.

— Ah bon, il y a un aumônier chez les syndicalistes ? Je pensais qu'ils étaient tous anticléricaux !

— Haha, j'en suis le contre-exemple ! Je viens d'une famille ouvrière très engagée, mes parents travaillaient aux mines de Decazeville à quelques dizaines de kilomètres d'ici. Pourtant, ils étaient de fervents catholiques, ils se sont connus à la JOC !

— La JOC ?

— Les Jeunesses ouvrières chrétiennes, un mouvement très actif dans les années soixante.

— Un mouvement de gauche ou de droite ?

— Bien de gauche, oui ! Regardez, c'est ce stand dont je vous parlais, il y a déjà la queue !

Sixtine scrute une petite caravane couverte de tableaux colorés indiquant les saveurs des *empanadas*. Bœuf aux petits oignons. Pomme de terre, jambon de pays, roquefort. Emmental, courgette au persil. Une dizaine de personnes attend pour passer sa commande. Sixtine salue le prêtre-fils-de-chrétien-de-gauche et se met dans la file. Adam dort dans le porte-bébé turquoise. Bientôt, il sera l'heure de manger, il ne faut pas traîner. La vieille dame devant eux se retourne.

— Mais comme il est joli, quel âge a-t-il ?

— Un mois et demi.

— Oh là là, c'est si petit. Tenez, passez devant, vous n'allez pas attendre avec le petit. Hé ! Sandra ! On va pas faire attendre la dame avec le nourrisson, la pauvre.

Sixtine rougit, dit que non, ce n'est pas la peine, devient cramoisie en voyant la file se retourner vers elle, le bonhomme à moustache en tête de queue l'attraper par le bras, lui indiquer les *empanadas* sur le tableau noir. Sixtine remercie, saisit ses six chaussons fourrés et s'échappe encore rougissante.

— Sixtine !

Mince, pas le temps de faire trois mètres, elle allait enfin regagner sa petite maison à l'autre bout de la place, mais non, on l'appelle, on la retient encore. Sixtine se retourne, aperçoit

Lydie assise sur des marches sous une arcade, accompagnée de quelques personnes de mauvais genre. Ils ont des bouteilles ou des canettes de bière à la main.

— Bonjour Lydie, je dois y aller, Adam va avoir faim.

— Tu n'as pas le temps de boire une petite bière ?

Sixtine regarde une table sur laquelle sont déposés des bracelets en tissu faits à la main et des paniers tressés. Elle n'aime pas la bière, et c'est très vulgaire de boire comme ça, au goulot, en pleine rue.

— Viens, je te présente juste. Paco, Laura, Din et Pawel. Voici Sixtine, c'est ma nouvelle voisine.

— Vous créez des bijoux ? interroge Sixtine poliment tout en faisant un petit signe de tête.

— C'est le stand du collectif, il y a des œuvres de tout le monde, ça change chaque semaine, répond une fille aux cheveux ras, boucles dans les oreilles, le nez et la bouche, habillée d'un long tee-shirt noir et d'un short en jean troué et très court.

— Il faudra que tu passes voir là-bas, reprend Lydie. Ils vivent dans une ferme en communauté, ils organisent des concerts et c'est très chouette, même si ça ne plaît pas à tout le monde ici. Moi, je trouve que ça fait de la vie !

Sixtine remercie, jette un œil aux acolytes de Lydie. L'un porte une casquette à clous, l'autre des cheveux mi-longs et une salopette mal fagotée dont une bretelle pend sur son épaule. Le troisième garçon semble plus propre sur lui avec son tee-shirt blanc, son short à poches et ses baskets. Il vient de se lever des marches et s'approche de Sixtine, lui colle une bise sur chaque joue.

— C'est cool de voir de nouvelles têtes à Sauveterre ! Si ton gars ou toi vous aimez le son, on fait un gros concert samedi prochain.

Sixtine avale sa salive, interloquée.

— Merci. Je… je vais y aller.

— Bon, ben à samedi prochain alors.

Sixtine tourne les talons, s'échappe, vers sa maison, Adam montre des signes d'éveil.

Sur les marches, la tête de Lydie dodeline à droite et à gauche.

— Que tu es con Pawel !

— Quoi ?

— Elle n'a pas de gars, Sixtine, elle est veuve.

— Ah, cool. Elle est canon ta voisine.

— T'es vraiment un boulet. Bon, j'ai du taf, moi, la pause est finie, Paw, une petite coupe te ferait pas de mal. Viens au salon un de ces jours.

Saint-Girons, décembre 1980

L'hiver n'a jamais été aussi triste à Saint-Girons. Dan a la jambe dans le plâtre, l'usine a fermé pour de bon et Sylvie ne reviendra pas. Dan écrit une pièce, la troupe éclate, renaît, se rebaptise, la compagnie « Mu théâtre » naît. Et Muriel ne sera pas là à Noël.

Premier Noël sans toi. Camille Lecourt est ta nouvelle amie, ta nouvelle famille. Camille retrouve sa famille à Rennes, une famille très catholique qui sait fêter la nativité du Christ comme il se doit.

Dan a dit : « Si tu veux, on peut t'amener à la messe et même rester si ça te fait plaisir ? »

Tu as répondu : « Non merci. »

Camille Lecourt. La famille Lecourt. Voilà, le petit Jésus doit être content. Nous avions refusé le catéchisme, le baptême et la première communion quand tu avais douze ans. Nous pensions que le temps nous donnerait raison. Nous nous sommes trompés. Ces choses-là te plaisent vraiment, elles s'accrochent à toi jusqu'à changer ta voix et ton visage, tes manières et le motif de tes pendentifs dorés. Nous pensions la crise passagère. Comme tant d'adolescents cherchant un sens dans cette vie qui n'en a pas. J'aurais dû m'en rendre compte. Depuis ce jour où tu es entrée chez les Bertier, où Marie-Liesse dans sa robe blanche immaculée t'a souri sous la croix et le rameau.

Mais tu es si jeune, tout peut encore changer. Aucun choix n'est gravé dans le marbre. Tu peux nous le dire si tu as été baptisée. On ne t'en voudra pas. On fait tous des vagues quand on a seize ans. Ça rend tristes les parents. Aujourd'hui, c'est moi la mère pleurant la veille de Noël, fête lointaine et étrangère. Tout cela n'a aucun sens. Ce n'est pas grave, si tu es heureuse avec le petit Jésus.

Erika

12

« Ne nous laissez pas succomber à la tentation »

Sauveterre-de-Rouergue, août 2013

Les nuits d'août sont un régal. Les nuits d'août à Sauveterre les grillons donnent de la voix, les étoiles grimpent au firmament, par centaines, la chaleur étouffante retombe, l'air pénètre les maisons et les hommes. Il fait doux. Adam babille dans son babygro jaune poussin. Ses petites jambes ont doublé de volume, ses joues débordent de son visage. Sixtine le dépose dans la poussette.

— Viens mon chou, on va prendre l'air frais, j'ai envie de me dégourdir les jambes !

Elle glisse, ses pas virevoltent, sa bouche fait une grimace à Adam dont le sourire éclate. Les dernières maisons de Sauveterre passées, elle prend la petite route qui descend vers le Lézert. Quel plaisir de retrouver le ruisseau, d'y jeter des petits cailloux, de glisser les petits pieds nus d'Adam sur le fil des flots. L'enfant rit en retroussant ses pieds dodus au contact du ruisseau. Assise entre les herbes, Sixtine le serre contre sa poitrine, écoute les bruits de la nature, les branches brisées, les cris des oiseaux du soir. Dans le ciel, le soleil s'étale sur l'horizon, devenant bientôt un minuscule point orangé entouré d'une multitude de teintes parcourant le monde.

Une petite fleur l'amour,
La belle aux mille oiseaux,
Petite fille jamalac, comme il t'aime,
Une petite fleur l'amour.

Sixtine sort son téléphone portable de sa poche, démonte la coque, enlève la carte SIM. Avec un petit bâton bien sec, elle creuse un sillon dans la terre molle bordant le Lézert. Ses doigts y déposent sereinement la carte d'une autre vie et la recouvrent de terre.

— Tu sais quoi, mon Adam, j'ai envie d'aller voir ce que c'est leur concert. Juste quelques minutes et on rentre, d'accord ?

Le bébé gazouille, la nuit tombe, le soleil n'est plus rien, même pas un point, le ciel s'obscurcit. Sixtine et Adam poursuivent leur promenade au bord du Lézert jusqu'au lieu dit les Bordas. Il y a une grosse ferme, ancienne, en pierres blanches, des minibus, des voitures garées, des filles avec des cheveux longs, des garçons hirsutes, l'un d'eux porte une crête sur son crâne rasé et tatoué. Le pas de Sixtine ralentit. Un monde d'ombres et de spectres envahit les Bordas, s'approche dangereusement de la poussette d'Adam, des silhouettes avinées, des filles aux crinières roses à moitié rasées, clope au bec, des adolescents dépenaillés hurlant comme des loups. Sixtine s'arrête aux portes de l'enfer. Une banderole est accrochée sur le mur de la ferme, juste en face d'elle : *Antoine Fabre, ni oubli ni pardon.* Le corps de Sixtine est saisi de tremblements. Ses jambes se dérobent, une musique retentit du côté de la grange, sur l'aile droite de la maison en pierre. Une batterie rageuse, des cris de bêtes humaines. Affolée, la jeune femme déplace la poussette sur le côté, manœuvre pour faire demi-tour et une main se pose sur son épaule.

— Sixtine ! C'est super que tu sois venue !

C'est le garçon pas trop mal habillé du marché. Pawel. Il sourit comme un enfant, un large sourire, irradié.

— Ça fait super plaisir de te voir ! Tu viens boire une bière ?

Il ne jette pas un regard à Adam, semble ne pas remarquer qu'elle tient une poussette entre ses mains.

— Non, je passais juste, je vais rentrer.

— Je t'accompagne un petit bout.

— Tu... tu vis ici ? demande Sixtine tout en forçant le pas pour retrouver le chemin et le Lézert tout proches.

— Parfois, moi je vis dans mon camion, mais ça fait quatre ou cinq ans que je viens ici, je reste plusieurs mois et je bouge.

— Tu travailles dans quoi ?

— Dans rien ! Je suis musicien, je joue là où je vais pour me faire un peu de tunes. Je compose aussi pour le groupe de la ferme, Les Chiens lâchés, tu connais ?

— Non, c'est quoi comme genre musical ?

— Genre rock, un peu punk.

— Ah, et toi, tu joues de quoi comme instrument ?

— J'ai fait de la trompette à la base, mais depuis quelques années je joue seulement du hang drum.

— Du quoi ?

— Du hang drum, j'te montrerai ! C'est comme un tambour en acier. Et toi ?

— Moi, je fais du chant, en chorale.

— Ah oué, c'est terrible, on a un groupe qui se retrouve de temps en temps à la ferme, avec beaucoup de nanas, ils chantent des chants révolutionnaires.

— Ah.

Un silence s'établit quelques secondes. Pawel marche toujours à côté de Sixtine.

— J'adore le Lézert, je viens souvent y jouer.

— C'est beau, oui. C'est plus joli que là-bas.

— À la ferme ? Tu n'aimes pas ?

— Je ne suis pas habituée à ce genre d'ambiance.

— C'est quoi ton type d'ambiance à toi ?

— C'est un peu plus propre, avec des cheveux courts, un oratorio de Haendel et une église gothique.

Il la dévisage. Ils éclatent de rire.

— Tu viens de quelle planète ?

Pawel dit cela immobile, en souriant, un brin d'herbe entre les dents.

Sixtine repense aux paroles de la gauchiste le soir du concert des Nouveaux Croisés. *Qu'ont-ils tous, ces gaucho, ces pécheurs, ces incroyants, à penser que nous ne venons pas de la Terre ? Oui, après tout, ils ont raison, nous venons du ciel.*

— Je viens de l'Église catholique et romaine.

Alors Pawel éclate à nouveau de rire et frotte d'une main ses boucles blondes et enfantines. Le visage de Sixtine est impassible.

— Tu rigoles ?

— Non, pas du tout.

— Tu es croyante ?

— Oui, et pratiquante.

— Sérieux, tu vas à la messe et tout ?

— Oui, tous les dimanches.

— Tous les dimanches ? Pas de grasse matinée sous la couette ?

Sixtine sourit, reprend la marche.

— Bon, tu n'es pas vraiment normale, toi ! Tu es la première catho que je rencontre.

Ils arrivent dans Sauveterre, devant la petite maison de Sixtine et Adam.

— Tu as des bières ?

— Non, je vais aller faire ma prière du soir.

— Tu blagues ?

— Mais oui, j'ai une petite bête à coucher d'abord !

— Ah oui. Bon, eh bé, je vais retourner au concert. Ça m'a fait super plaisir de t'y voir !

Il lui claque une bise, s'éloigne sans se retourner.

Adam dort, Sixtine extirpe en douceur son petit corps chaud de la poussette, grimpe les marches et le dépose dans le grand lit. Elle contemple ses minuscules doigts retroussés, y glisse son index. Elle s'endort sans défaire sa robe mi-longue et légère, en coton vert à pois. Elle ne l'avait pas mise depuis deux ou trois ans. Que voulait-il dire avec « Tu as des bières » ?

Sixtine se réveille en sursaut, transpirante, robe moite, cheveux défaits. Elle se précipite vers le petit autel fabriqué à la hâte sur la commode. S'agenouille.

— Pardon, pardon Seigneur ! Pardon.

Elle se remémore les musiques entendues furtivement à la ferme, ces sonorités démoniaques. Dans sa tête, des paroles de Muriel retentissent et lui brisent le crâne. « Le rock et toutes ces musiques sataniques poussent vers la débauche et la luxure. » C'était un soir où son frère, Henri, était rentré tard après une sortie avec sa classe de terminale dans une boîte de nuit. Il l'avait avoué à ses parents, trahi par l'odeur de cigarette. Oui, hier, c'était bien cela : des musiques diaboliques comme l'avait dit Muriel, l'antre de Satan. Et lui, ce Pawel au visage d'ange blond, aux airs poupins, à l'adorable tignasse ébouriffée, au regard intense, ce Pawel au corps musculeux se laissant deviner sous le tee-shirt humide, il n'était rien d'autre qu'un ange déchu, Lucifer. Un diable caché sous des traits agréables. Un diable mis sur son chemin par le Malin pour l'entraîner dans la concupiscence et le péché mortel.

Le diable avait pénétré sa nuit.

Dans son sommeil, il s'était glissé à côté d'elle, avec son herbe au coin de la bouche. Dans son sommeil, Belzébuth s'approchait, caressait son visage, embrassait ses lèvres, glissait ses mains sur elle, sur ses hanches nues, ses seins, jusque sur l'espace laissé par la braguette de son pantalon.

— Pardon Seigneur, je ne suis qu'une pécheresse échouée, une fille indigne. Je vais rentrer à Nantes. Pardon Seigneur, pardon.

Un cri interrompt sa litanie muette. Adam a faim. Sixtine se précipite vers le bébé, le saisit dans ses bras et descend l'escalier vers la cuisine. Il est si beau même quand il râle.

Quand on n'a rien, rassembler ses affaires est si vite fait. Mais avec le bébé pleurnichant dès qu'elle le dépose, c'est plus compliqué. La valise est aussitôt remplie, la cuisine rapidement nettoyée. Ce n'est pas parfait. Tant pis, elle payera du ménage en plus. Sixtine change ses vêtements, enfile une jupe bleu marine un peu lâche, un polo beige à peine ajusté. Une tenue très correcte pour la messe de ce dimanche. Elle descend son bagage, se dirige rapidement vers la voiture, Adam dans le porte-bébé. Il faut encore remonter prendre la poussette et quelques affaires qui traînent dans le frigo. Elle risque d'avoir plusieurs minutes de retard à la messe. Heureusement, les rues de Sauveterre sont vides. Le village dort ; là-bas, aux Bordas, l'orgie doit prendre fin. Le père Benjamin est dans l'allée centrale, il accueille ses paroissiens en leur serrant les mains. Il insiste sur les doigts de Sixtine, lui demande si tout va bien. Lors de la sainte eucharistie, elle ne communie pas, reste droite, triste et honteuse sur le banc des paroissiens. *Pardon Jésus, pardon, je ne veux pas vous offenser, mon âme est trop sale pour vous accueillir dignement.* Adam s'agite, se met à grogner, ses pleurs redoublent, alors que le père Benjamin marque un temps de méditation, la communion des fidèles terminée. Sixtine sent quelques regards se porter sur elle, ses bras balancent le petit corps de gauche à droite pour tenter de l'apaiser, en vain. Elle n'y tient plus et sort. Tant pis, pour la fin de la messe. Ils se sont déjà fait assez remarquer comme cela. *Merci, Adam, pour ce grand moment de solitude !*

Sixtine force le pas, fonce vers sa voiture, y dépose Adam en larmes de crocodile et démarre. Ils passent encore une fois au bord du Lézert, pas loin du chemin glissant dans les limbes des Bordas, Sixtine cherche une silhouette des yeux, accélère et attrape le chapelet entourant la boîte de vitesses.

Elle roule et Adam hurle. Cinq, six minutes peut-être, jusqu'à ce qu'elle stoppe sur le bas-côté, le détache de son cosy, lui demande pardon, le serre contre ses seins en chantant « Petite fille jamalac ». Une larme glisse au coin des yeux de Sixtine.

— Calme-toi petit chat, nous avons encore une longue route.

Huit heures, pour regagner Nantes, la rue des Lilas, glisser la clé oubliée dans la serrure de leur maison. Leur vraie maison. S'immobiliser devant l'autel familial du salon, l'écran de Jessica, héroïne de téléfilm, l'horloge comtoise où Pierre-Louis dissimulait sa matraque de justicier de Dieu. Sixtine grimpe dans la chambre, fourbue, dépose Adam dans le grand lit, lui ôte ses vêtements et masse ses cuisses tendres.

— Pauvre petit chou, tu as été gentil. Seulement six arrêts ! Quelle mauvaise maman je fais !

Une boule d'angoisse se glisse dans sa gorge fragile et les yeux moites de Sixtine contemplent le désastre : pièce mal rangée, photo du frère André renversée, habits qui traînent au sol. Un son céleste attrape son attention, une sonorité nouvelle, fraîche comme le vent du Lézert. Adam éclate de rire. Et son rire est un monde en friche, il redouble, s'étonne, recommence, alors que son petit corps se tortille. Le bébé attrape ses pieds et déploie sa gorge, à nouveau.

— Mon bébé, que tu es mignon. Mais tu rigoles, petit chat ! Tout cela te fait bien rire !

C'est une mauvaise nuit. Une nuit trop chaude, trop préoccupante. La maison des Lilas lui fait peur, Sixtine tremble sous son drap blanc. Elle se réveille une dizaine de fois pour vérifier qu'Adam est toujours là, que personne n'est venu le prendre. Elle se relève à deux reprises pour s'assurer d'avoir bien fermé la grande porte à clé et d'y avoir laissé cette dernière dans la serrure. Au cas où. À 6 h 30, Adam a faim. Elle cherche la poudre de longues minutes, défait son sac, furieuse, et trouve enfin une boîte tombée dans le linge sale. Le bébé nourri, elle descend dans la cuisine, lave le biberon et ouvre un placard pour en sortir quelques moules à cake. La rue est déserte, elle connaît si bien ce point de vue, derrière la fenêtre de la cuisine, côté cour. En pyjama, Sixtine se glisse sur le perron, vérifie si personne ne vient et ouvre la boîte aux lettres. Il y a des dizaines d'enveloppes, des petites surtout et des grandes. Elle met le tout dans une caisse en bois et grimpe dans la chambre jeter un œil à Adam.

C'était de loin la lettre la plus longue. Pour le business on est prêt à tout. Même à en rajouter des tonnes. Bertrand avait donc pris sa plume. Ses mots sont là, entre les doigts de Sixtine et la tartine beurrée. Elle tortille les feuilles manuscrites, tache de gras l'adjectif « inquiet », relit la phrase « je te prie de revenir vers moi ». Bertrand se trouve dans une situation difficile. En pleine levée de fonds, il a besoin d'avoir les coudées franches. Or, il ne peut rien faire tant que Sixtine n'a pas signé à la place de Pierre-Louis ou ne lui a pas vendu ses parts. Tout est bloqué. « Pierre-Louis aurait tant voulu que cette start-up ambitieuse franchisse cette étape. » Les mots sont feutrés, prévenants, Bertrand courbe l'échine, propose son aide, la caresse dans le sens du poil. Il lui faut sa signature et vite. Sixtine dépose la lettre aux auréoles beurrées, traîne quelques instants sur les mots et les ordres du père Mathias, ne termine pas le courrier de Zélie, et décachette à moitié les nombreuses cartes de félicitations pour la naissance de Foucault – qui a donc envoyé des faire-part ? Il n'y a plus de beurre dans l'emballage, le pot de miel est vide, Sixtine a encore faim. Des raisins secs et des amandes doivent bien se trouver dans l'une de ces boîtes. Ses doigts hésitent, ouvrent un bocal, puis font demi-tour pour pianoter sur le téléphone.

« Bertrand, je suis à Nantes, je peux passer ce matin, je signerai ce que tu veux. »

Sixtine installe Adam dans son cosy sans pouvoir s'empêcher de jeter des coups d'œil furtifs dans la rue. Galant, Bertrand lui tient la porte du conducteur, la salue, la remercie, réitère sa proposition de « lui venir en aide pour quoi que ce soit », assure tenir sa promesse : ne parler de sa venue à personne. Bertrand a ce qu'il veut et Sixtine aussi. De l'argent en rab et l'adresse du travail de Mélanie sur un bout de papier. Cette demande a décontenancé Bertrand, il lui a proposé d'organiser un déjeuner prochainement. Sixtine a décliné poliment. Non, elle voulait juste parler à Mélanie. Bertrand a dû se contenter d'appeler son ancienne camarade de promo devant Sixtine, de lui expliquer très gêné que la veuve Sue de La Garde souhaitait la voir, rapidement, quelques minutes, c'était urgent. Maintenant, Bertrand regarde la voiture de Sixtine s'éloigner. Elle est si polie, si discrète. Que se passe-t-il ? La Volvo break de Pierre-Louis est déjà loin. Elle se gare devant un immeuble cossu sur l'île de Nantes. Sixtine attrape un biberon rempli d'eau aux trois quarts, répand une poudre blanche à l'intérieur, secoue le tout et s'installe avec Adam sur la banquette arrière. Le bébé boit d'un trait et c'est tant mieux. Sixtine est pressée, elle ne desserre pas son doigt du bouton de l'ascenseur. Le troisième étage, l'accueil, le bureau de Mélanie Bolzan.

— Veuillez m'excuser, je vous dérange à l'improviste.

— Non, pas du tout Sixtine, nous étions tous très inquiets pour vous. Vous… tu vas bien ?

— Oui, tout va bien, nous avions besoin de respirer un autre air.

Les deux femmes se regardent et un étrange silence s'installe entre elles. Qu'ont à se dire deux personnes ne s'étant rencontrées qu'à deux reprises, un mariage et un enterrement avec le même protagoniste principal ? Le silence et un gargouillis d'Adam.

— C'est à propos de Pierre-Louis.

— Pardon ?

— Oui, vous avez été fiancés ?

— Non Sixtine, non, pas du tout ! C'était un camarade de promo !

Mélanie tente de rire en secouant sa crinière, pose une fesse sur son bureau blanc pour se donner une contenance.

— Je sais bien.

Sixtine s'installe sur le fauteuil en cuir rouge, son regard est triste, ses yeux semblent prêts à se remplir de larmes tendres, sa voix tremble.

— Mélanie, j'ai besoin de savoir la vérité. C'est très embarrassant, mais je vous ai entendus parler le jour de l'enterrement... J'ai juste besoin de savoir, je vous demande pardon pour mon indiscrétion.

Dans son tailleur-pantalon bleu, Mélanie Bolzan cesse de respirer.

— Pierre-Louis était un ami et nous avons eu une petite histoire en deuxième année, ce n'était rien de sérieux, c'était juste une aventure de jeunesse, vous comprenez ?

— Une aventure ?

— Oui, nous nous sommes vus seulement quelques fois comme... comme amants si vous voulez. Ce n'était pas important du tout pour lui, je ne l'ai jamais connu avec une autre femme que vous... que toi. On pourrait se tutoyer, non ?

— Pardon, mais qu'est-ce que vous appelez une aventure ? Vous étiez petits copains ?

— Non, pas du tout, ce n'était rien Sixtine, seulement pour s'amuser, quelque chose de... de sexuel, ça n'a pas d'importance.

— Sexuel ? Vous voulez dire que vous avez fait...

— Oui, voilà, c'était juste cela, juste une relation sans lendemain. Pierre-Louis avait dix-neuf ans, il était vierge et j'étais beaucoup plus... ouverte que lui. Nous étions très différents. C'était il y a longtemps, Sixtine, et ça n'a duré que deux ou trois mois.

Sixtine avale sa salive, réalise qu'elle fixe Mélanie de façon assez inconvenante, regarde alors le mur où est accrochée une peinture, un nu, une femme. La veuve du puceau fixe le sol en rougissant encore davantage. Mélanie, elle, joue avec son stylo, le tortille entre ses doigts manucurés en répétant « Ce n'était rien, ce n'était rien ». Mais chaque « rien » sortant de sa bouche maquillée d'un rouge vif, chaque mot ne fait qu'accentuer l'état de désarroi dans lequel Sixtine Sue de La Garde est plongée. Alors Mélanie fronce ses sourcils, cherche au fond de ses souvenirs des éléments trahissant son rien. Est-elle en train d'affabuler ? Se ment-elle à elle-même ? Mais non, il n'y a rien. Ce n'était vraiment rien. La première fois, après une fête de promo au Platâl, Pierre-Louis s'était jeté sur sa bouche, sur ses lèvres striées de traces de vin rouge, sa langue au goût de vodka, de cabernet sauvignon et d'ananas. Il était ivre lui aussi, elle l'avait emmené dans son studio avec une bouteille d'alcool fort sans penser à la dernière discussion qu'ils avaient eue sur la religion, où Pierre-Louis assumait avec brio le rôle du catho de service. Pierre-Louis, un camarade plutôt beau gosse, BCBG classique, sûr de lui à l'extrême, intelligent, galant. Il l'excitait. Le garçon était vierge, tête à claques, macho, très poli. Ça lui allait. Sa langue était maladroite, ou bien était-ce l'effet des mélanges d'alcools audacieux ? Non, il était malhabile, pas timide pourtant. Dans la chambre, il s'était couché sur elle, jusqu'à ce qu'elle le dégage, le repousse, rallume la lumière, se déshabille. Mélanie avait alors pris sa main, la gauche, avec la chevalière Sue de La Garde à l'annulaire, elle l'avait glissée sur ses lèvres, dans son cou, sur ses seins, elle l'avait guidée sur son sexe, accompagné sur son clitoris. Pierre-Louis était gauche, débutant, rapide. Ils avaient fait l'amour deux fois. Et après ? Toujours rien dans la tête de Mélanie. Ni Pierre-Louis ni elle n'avait cherché autre chose. La journée, ils étaient dans le même groupe d'amis. Une autre nuit, il était venu frapper à sa porte, une autre fois c'était elle, ce petit jeu l'amusait. Apprendre quelque chose à ce coq de Pierre-Louis ! Lui enseigner les lois du sexe. Le faire fléchir aussi. Les garçons, habituellement, voulaient tout. Celui-là refusait beaucoup. La main tendue vers sa verge, la bouche de Mélanie descendant entre ses cuisses. Elle était persuasive, c'était amusant. Ce n'était rien. Un jeu, six, sept, peut-être huit fois. Et puis elle était tombée amoureuse d'Étienne, un type de troisième année. Pierre-Louis n'avait plus frappé à la porte, ils étaient restés bons camarades et pas grand monde n'avait été au courant de cette aventure.

— Pour vous, faire l'amour, ce n'est rien ?

La question de Sixtine vient heurter contre le stylo glissant entre les doigts de Mélanie. La voix est douce, sans reproche, presque désespérée.

— Je n'ai pas la même vision du sexe que Pierre-Louis et les catholiques pratiquants. Je ne vois pas cela comme quelque chose de très important, c'est juste un plaisir, un plaisir parmi d'autres.

— Pardon, ma question était déplacée, je ne voulais pas... Je suis désolée, c'est compliqué en ce moment... Je vais vous laisser, je suis ridicule.

— Non, pas du tout, je vous trouve très courageuse !

Sixtine se redresse, retrouve soudain son sourire pour serrer la main de Mélanie. Déjà, la Volvo break s'échappe, Adam crie, la voiture stoppe, repart, là-bas, la rue des Lilas. Ils vont dans la chambre, sur ce lit où Pierre-Louis lui faisait mal en venant en elle. S'était-il confessé pour son acte avec Mélanie ?

Avait-il demandé pardon ? Lui avait-il provoqué des douleurs à elle aussi ? Sixtine était-elle normale ? Pourquoi ne l'avait-il pas épousée, elle, la fille de l'X ?

Sixtine oublie le petit livre en tissu qu'elle tendait à Adam. Elle se lève d'un bond, attrape quelques vêtements et remplit la valise à peine ouverte. Les voilà tous les trois en bas, dans le salon, Adam, sa mère et ce pauvre bagage malmené. À la hâte, elle réunit quelques affaires, sort des instruments de cuisine des placards. Son regard croise celui de Pierre-Louis sur l'autel familial. Le regard des saints militaires, des pieux soldats de Dieu. Le martyr a-t-il été en état de péché mortel ? Par deux fois : l'acte avec Mélanie et la mort d'Antoine Fabre. *Non, ce n'est pas possible. Pierre-Louis a dû se confesser et Pierre-Louis n'a pas tué. Ce n'est pas possible.* Sixtine attrape la photo et plonge son regard dans celui de son défunt mari. Alors, une colère sourde monte en elle et grandit dans sa poitrine. Oui, pense-t-elle, les yeux pleins de colère, Zélie peut poursuivre ses pénitences. Le saint aura bien besoin des prières de Madeleine, des chapelets de Muriel et des cantiques des Frères de la Croix. Sixtine en est persuadée. Pierre-Louis n'est pas au ciel. Il erre au purgatoire.

Saint-Girons, 8 septembre 1982

Le regard de Dan se plonge dans le mien. Que nous reste-t-il ? La troupe, la terre sauvage de l'Ariège, les amis, notre amour et cette liberté chèrement préservée. Surtout, il nous reste l'espoir de voir autre chose dans les yeux de notre Muriel.

Muriel.

Tu m'as dit : « Ne m'appelle plus jolie fille, c'est vulgaire et je suis majeure. »

Tu nous as dit : « J'ai besoin que vous financiez ma prépa à Paris. »

On a dit : « On va essayer, on peut te donner trois cents francs par mois. »

Tu as répondu : « Pour compléter, frère André m'a très généreusement assuré que la communauté me viendrait en aide. »

On a dit, étonnés : « C'est qui frère André ? »

Tu as haussé les sourcils : « C'est l'oncle de Camille, voyons, il est prêtre, il a créé une communauté catholique très bien. Je vais suivre leurs enseignements à Paris, j'ai vraiment beaucoup de retard. »

On t'a demandé : « Tu revois Marie-Liesse ? Je crois qu'elle est ici en ce moment, ça pourrait être bien de… »

Tu as dit : « Marie-Liesse s'est totalement dépravée après avoir été jeune fille au pair à Londres. »

On t'a demandé si tu voulais venir faire un tour avec nous, avec la roulotte, pour aller voir les enfants de l'école maternelle, ton ancienne école.

Tu as dit : « Non, je vais aller voir à quoi ressemble la messe ici. »

On a dit : « Mais on est mardi, il n'y a pas de messe. »

Tu as répondu en hochant la tête : « Si, il y a des messes tous les jours. »

Je me souviens de chacun de tes mots, chacune de tes expressions, exaspérées, polies, trop polies. Tu n'as pas remarqué les couleurs de la roulotte repeinte à neuf. On t'a demandé ton avis, alors tu as écarquillé les yeux en disant : « C'est très criard. » Trois jours, tu es restée trois jours à Saint-Girons. Après, nous avons pris la voiture pour t'accompagner jusqu'à Paris avec tes affaires. Je me suis garée dans une rue du 16e arrondissement, c'est là que se trouve ta chambre de bonne prêtée par des amis des parents de Camille. Tes nouveaux amis. Tu étais très gênée, tu ne faisais que regarder mes chaussures, des sandales en crin. Tu étais nerveuse et tu as insisté pour qu'on ne t'accompagne pas. Mais Dan ne voulait rien entendre, il a dit que tu avais besoin de ses bras pour monter la malle. C'est bien la seule chose qu'il te reste de chez nous. Je ne reconnais plus tes vêtements et tes livres.

C'est le bagage avec lequel le père de Sacha avait débarqué. Je ne sais pas pourquoi, j'ai hérité de ça à l'adolescence. Mon frère avait même pris la liberté de graver mon nom dessus. Elle m'avait suivie sur le bateau. Son retour en Europe. Je pensais y laisser toutes les lettres écrites pour toi depuis ta naissance, mais je ne l'ai pas fait. Ces lettres étaient-elles vraiment pour toi ? Je t'ai juste embrassée et je t'ai regardée partir dans l'immeuble bourgeois avec la malle de la terre promise.

Erika

13

« Tu seras baptisé dans le Jourdain »

Sauveterre-de-Rouergue, septembre 2013

Adam porte une petite gigoteuse blanche, un veston en coton et des chaussons en cuir bleu. Il rit, l'eau glisse sur ses cheveux, l'enfant est hilare, sourcils perlés, nuque mouillée, comme le haut de la robe de Sixtine.

— Je n'avais encore jamais autant baptisé une maman, lance le père Benjamin en souriant.

Deux petites dames frisées entonnent un chant. *Il est devenu enfant de Dieu, amen, le Seigneur !* Le fils de Dieu se dresse sur jambes, gigote en agitant ses mains. Sixtine sourit, l'assistance retient un rire joyeux. Jamais Sixtine n'aurait imaginé un tel baptême. Ils sont huit dans l'église de Sauveterre. Michel, le parrain, sa femme Moïsette, la marraine. Des gens qu'elle connaît seulement depuis deux mois, vus uniquement le dimanche à la messe. Michel et Moïsette sont les piliers de la paroisse. Elle s'occupe des fleurs, du ménage de l'église et chante dans ce qu'on pourrait appeler une chorale (quatre ou cinq femmes âgées aux voix chevrotantes). Lui fait la collecte pour le Secours catholique, il ressemble à un petit pépé, dos rond, ventre proéminent, cuisses de poulet, petite barbe blanche surmontant des joues replètes et un sourire désarmant. Au premier rang, il y a aussi Lydie et son fils Léo, deux autres dames de la chorale et c'est tout. Pawel n'est pas venu. Bien sûr. Pourtant, l'autre jour, au bord du Lézert, quand ils s'étaient encore croisés, il avait dit « Carrément ! ». Ça l'amusait. Un baptême ? Il n'avait jamais vu ça. Mais la veille, il allait à un concert dans un squat à Barcelone avec le groupe. Pas sûr d'arriver tôt à Sauveterre le dimanche. Même si le baptême a lieu tard, pas pendant la messe comme cela se fait en général. Trop voyant pour Sixtine. La cérémonie se déroule à midi, après le départ des fidèles. Adam regarde sa mère, touche ses lèvres et son nez, tire une mèche de ses cheveux, surpris. Elle lui sourit, embrasse ses joues dodues et roses. À quatre mois, il était temps de le faire entrer dans l'Église, de le plonger dans l'eau de Jean le Baptiste. Les soubresauts de l'été lui avaient fait oublier l'essentiel. Ses neveux et nièces avaient été baptisés dans leur premier mois de vie. C'est ainsi que les choses se faisaient chez les Duchamp et les Sue de La Garde. Mesure de prudence. Un enfant trépassant sans avoir été marqué par l'onction du saint chrême n'allait pas tout droit auprès du Père, il était perdu dans les limbes. À chaque naissance il y avait donc urgence. Mais dans l'été brûlant de Sauveterre, Sixtine avait oublié l'urgence. Était-ce par colère ? En voulait-elle à Pierre-Louis de ne pas être tout à fait celui qu'elle croyait ? Cette déception-là était-elle la raison qui l'avait poussée à revenir au bord du Lézert, à croiser de nouveau

Pawel, à s'asseoir à côté de lui, les pieds dans le ruisseau pour écouter la musique sortant de ses doigts enfantins ? Le son du hang drum de Pawel épousant le fil de l'eau, s'infiltrant la nuit dans des rêves à peine repoussés, des rêves de corps nus, d'un torse que Sixtine n'avait jamais vu, des rêves où Pawel lui faisait l'amour. Des prières et des actes de contrition au petit matin. *Mon Dieu, j'ai un très grand regret de vous avoir offensé parce que vous êtes infiniment bon, infiniment aimable et que le péché vous déplaît.* Mais toujours, quand le soleil décline, les pas de Sixtine reviennent vers le Lézert, incapables de résister à l'appel du tambour de Pawel glissant sur les flots.

Adam sort de l'église en grognant. La faim, la fatigue, l'excitation. Ils se dirigent tous vers la petite cour derrière le salon de coiffure de Lydie. Cette dernière y a installé une grande table, déposé des chips, du saucisson. Ludo, l'un de ses amis, officie au barbecue. Le père Benjamin, en chemise blanche en coton, ouvre une bière et gobe une poignée de cacahuètes. Sixtine saisit une canette tendue par le prêtre, porte une gorgée de bière à sa bouche en faisant la grimace. Ils boivent à la santé d'Adam bercé dans le hamac brûlant.

Pourquoi font-ils la fête le samedi, les païens ? Parce que le dimanche matin ils font la grasse matinée, pense Sixtine en se regardant dans le miroir de la salle de bains. Elle ne rentrera pas tard. Sixtine l'a assuré à Moïsette le jour du baptême quand la vieille dame a insisté pour garder Adam. Lydie était aux anges.

— Ce serait trop chouette que tu sois là pour mes trente ans, avait-elle répété.

Moïsette va arriver et dans une poignée de minutes, la jeune mère laissera Adam derrière elle. La première séparation depuis le rapt de Madeleine. L'angoisse se lit sur son visage, elle tapote ses joues, réajuste son chignon, fouille dans sa trousse de toilette. Un crayon de khôl noir apparaît entre ses doigts. Depuis combien de temps n'y a-t-elle pas touché ? La bouche tremblante, Sixtine enlève le capuchon du crayon, applique un trait au ras de chaque rangée de cils, se regarde furtivement dans le miroir, se trouve ridicule, cherche un coton pour tout enlever. La sonnette retentit. Le cœur de Sixtine bat comme un tambour de guerre, ses jambes s'immobilisent et sa bouche se crispe. Non, c'est une mauvaise idée, laisser Adam, l'abandonner pour aller à la fête d'anniversaire de Lydie.

— T'inquiète, tu connaîtras du monde, il y aura plein de copains, et aussi Pawel et Din, lui avait assuré cette dernière.

La porte s'ouvre sur Moïsette dont le sourire bienveillant désarme Sixtine. Elle dépose Adam somnolent dans ses bras, lui indique les biberons, les couches, se répète. La chargée de fleurs de la paroisse pose sa main sur la sienne.

— Ne craignez rien, au moindre problème je vous appelle, j'ai élevé trois enfants et je me suis déjà occupée de deux petits-enfants, je veillerai sur votre petit Adam comme sur les miens.

— Merci Moïsette, je rentrerai tôt, c'est promis.

— Profitez bien !

Sixtine enfourche la bicyclette que lui a donnée le papy de Lydie. Elle respire l'air frais, contemple la nuit tombante et le ciel sombre. Ses pieds appuient sur les pédales, elle se sent libre. Depuis combien de temps n'a-t-elle pas vogué ainsi sous la lune, sans bête dans le ventre, sans Adam contre son cœur ou dans la poussette, sans Pierre-Louis à ses côtés ? Sixtine se sent ivre dans sa robe rouge à pois blancs légèrement vaporeuse, et sa médaille miraculeuse tourbillonne autour de son cou. La villa des parents de Lydie se trouve à la sortie de Sauveterre, en haut d'une colline. Il y a des nains de jardin sur le gazon et une piscine entourée de petits graviers. Lydie, tout habillée, vient d'y être plongée. Elle rit en accueillant Sixtine à grands cris.

— Mais tu es hyper canon, putain ! Franchement ça te va trop bien maquillée comme ça !

Elle l'attrape par la taille, la présente à ses parents, Michel et Dominique, puis à un grand garçon brun à la carrure de rugbyman.

— Ça, c'est mon petit cadeau d'anniversaire, lui glisse Lydie à l'oreille.

Sixtine fait mine de comprendre et rit en chœur avec la coiffeuse. Un verre de jus de fruits à la main, maintenant elle fait la bise à un homme de petite taille, coiffé bizarrement, avec un petit collier en coquillages au ras du cou.

— Alors, lui, c'est Pierre, c'est mon super pote de l'école de coiffure, ça fait quoi Pedro, dix ans, douze maintenant ? Et son chéri Mika !

Sixtine bredouille.

— Vous, vous… vous vivez à Sauveterre ?

— Ah ça non, on s'est rencontrés à l'école à Albi avec Lydie, mais j'ai monté mon salon à Toulouse ! Ici, c'est pas très *gay friendly*, s'esclaffe Pierre.

— Ah, enchantée.

La tête de Sixtine dodeline de haut en bas. Mais que fait-elle ici ? Une fille aux cheveux violets s'approche d'eux, lui propose de partager une cigarette roulée pas très affriolante. La bouche de Sixtine décline poliment, une musique retentit dans les baffles, les invités de Lydie se mettent à crier à l'unisson.

We're up all night to get lucky,
we're up all night to get lucky,
we're up all night to get lucky,
we're up all night to get lucky.

Les yeux de Sixtine cherchent quelque chose dans l'assemblée. Il n'est pas là. Non, pas dans la piscine, ni autour de la table, peut-être n'est-il pas encore arrivé. Mais si ! Là, au fond du jardin ! La crête verte de Din. Derrière lui, Pawel appuyé sur une table haute, à côté d'une fille rousse en minishort et bottines. Ses cheveux sont ondulés, ils retombent de part et d'autre de son top blanc transparent. Elle est belle, sensuelle. Peut-être Sixtine ne devrait-elle pas s'avancer vers eux, déranger cette intimité, interrompre Pawel en pleine discussion avec le décolleté laiteux de la nymphette aux cheveux fauve. Mais elle ne peut pas s'empêcher de s'approcher, de claquer une bise à Din et au type barbu en sa compagnie. Mathieu ou Thomas, quelque chose comme ça. Elle ne sait plus trop, déjà, ses joues frôlent celles de Pawel et de la fille en minishort. Il la présente, une artiste plasticienne roumaine de passage à la ferme.

— Je ne parle pas le français, dit-elle.

Alors, Pawel revient vers la fille, tournant presque le dos à Sixtine et reprend sa conversation en anglais.

Le sourire de Sixtine s'accroche, elle fait demi-tour, se sert un jus de tomate, trinque avec Lydie, discute avec le rugbyman-cadeau, manque de se faire pousser à l'eau par Ludo, rigole, regarde au fond du jardin, voit que Din a rejoint les baigneurs, regarde Pawel immobile avec l'artiste roumaine, leurs visages sont si proches, absorbés.

Et plouf, elle est dans l'eau tout habillée. Elle rit, arrose Ludo, sort de l'eau, boit une gorgée de punch et saute dans la piscine en faisant une bombe éclaboussant toute l'assistance. On se marre, on s'arrose, on écoute une troisième fois « Get Lucky ». Il est 23 heures, Sixtine enfile un tee-shirt très moulant prêté par Lydie et un short beaucoup trop court pour elle. Vite, elle doit filer. Pawel s'approche, tente une blague maladroite, retourne vers la rouquine allongée sur une chaise longue, les bras levés, seins bombés. Sixtine fait quelques bises, évite Pierre et son mari Mika puisque c'est ainsi qu'il faut dire, écoute les confidences de Lydie à propos du rugbyman « hyper gaulé ». Rien ne l'empêchera de jeter un dernier coup d'œil vers les transats, d'avoir trop peu d'amour-propre pour s'interdire d'aller une autre fois vers lui, dire au revoir au quasi-couple formé par Pawel et la jolie rousse. Mais il n'y a plus personne. Elle le cherche en vain du regard. N'a-t-il pas mieux à faire avec cette fille libre et si attirante que rester là à discuter ? Il doit être ailleurs, dans un endroit plus intime. Comme Pierre-Louis avec Mélanie. Les hommes veulent de telles femmes : prêtes à batifoler sans rien demander de plus, avec des cheveux lâchés, des seins dévoilés. Pawel, l'ange blond du Lézert, le garçon au regard transperçant, ce regard qui vous donne l'impression d'être importante, d'être unique, Pawel est comme les autres. La chair d'une créature impudique l'attire. Comment avait-elle pu imaginer autre chose ? Comment avait-elle pu se laisser aller dans ces rêves malsains ?

Sixtine grimpe sur son vélo, dévale la côte, se hâte de rentrer sur la place aux Arcades. Elle fonce, son cœur bat si fort, Adam lui manque terriblement. Cette nuit, elle le hissera délicatement de son petit lit à barreaux pour le déposer tout contre elle sur son matelas. Le ciel est rempli d'étoiles, la nuit est douce, l'air pénètre sous les arcades.

— Merci Moïsette ! Vraiment merci !

— C'est quand vous voulez ! C'est un petit cœur, il n'a pas arrêté de me faire des sourires !

Voilà, tout est revenu à sa place, tout est en ordre. Adam dort dans le grand lit, plisse ses lèvres, lève le poing. Sixtine se débarrasse du haut trop moulant, du short trop court, enfile une chemise de nuit en coton et tire les volets. Un quart de lune éclaire la place de Sauveterre, au fronton d'une maison, un halo de lumière illumine une Vierge romane portant dans ses bras l'Enfant Jésus. C'est Elle. La même Vierge que celle de la cour de ses parents à Rennes. Comment a-t-elle fait pour ne pas y prêter attention plus tôt ? Ce même visage rond, ces traits naïfs, cette pierre blanche. La Vierge de la cité du Rouergue lui ressemble trait pour trait. Sixtine se signe. Au nom du Père, du Fils et du Saint-Esprit. Elle s'appuie sur le rebord de la fenêtre et contemple la statue.

Sainte Marie, mère de Dieu, priez pour nous pauvres pécheurs maintenant et à l'heure de notre mort. La phrase du *Je vous salue Marie* lui revient en mémoire. Elle prend tout son sens. Pauvres pécheurs. Voilà. C'est elle, la pécheresse à la fenêtre. *Pardon, Marie, pardon, j'ai tant péché. Je me suis laissée aller au pire péché, la luxure. Je me suis dit que ce n'était pas grave, juste des rêves involontaires, que je n'y étais pour rien. Je suis retournée au bord du Lézert pour le voir, je me suis même maquillée pour qu'il me trouve belle, j'ai fait mon intéressante pour attirer son attention. J'ai péché par orgueil, j'ai péché en pensée, en action. J'ai péché en refusant de pardonner, en entretenant cette rancœur contre Pierre-Louis, en m'en servant de justification, d'excuse pour mes actes immondes. Ô Vierge Marie, je vous demande humblement pardon. Je vous promets de me tenir à distance de cet homme qui corrompt mon âme, de ces gens si éloignés de votre sainte volonté.*

Je vous salue Marie pleine de grâce...

Sixtine fait à nouveau un signe de croix, rejoint le lit, se demande si c'est assez, ne devrait-elle pas se relever pour prier encore une fois. Réciter un *Notre Père* ? La prière d'abandon du père de Foucauld ? Un acte de contrition ? Assise sur l'oreiller, sa main sur la cuisse d'Adam, elle repense à la Vierge de Rennes. Ses parents l'avaient installée dans une niche, dans la cour, quand elle était toute petite. Elle l'avait toujours connue, cette Madone. Le rituel avait commencé peu de temps après le week-end chez Pauline. Dans les jours qui avaient suivi sa confession. Les transformations de son corps adolescent s'étaient accentuées. Des plaques rouges et des petits boutons blancs avaient envahi le bas de son visage, ses jeunes seins s'étaient mis à gonfler et ses jambes à pousser, si bien que toutes ses jupes étaient désormais bien trop courtes pour être portées correctement. Un soir, entre angoisse et tourment, en fermant les volets de sa chambre, son regard adolescent avait croisé celui de la Vierge à l'Enfant. Sixtine avait tout compris. Elle avait abandonné Dieu en péchant au cours de cette soirée satanique dans les bras de Maxime. Le seul souvenir de ces moments faisait trembler tout son corps. Donc, elle avait abandonné Dieu, et Dieu, à son tour, l'abandonnait. Voilà pourquoi son corps et sa tête n'allaient plus bien. Voilà pourquoi l'angoisse montait en elle chaque matin, pourquoi elle ne supportait plus de croiser son regard dans le miroir de la salle de bains, pourquoi elle se sentait tout le temps ailleurs, au collège, à la chorale de la paroisse traditionaliste ou aux sessions de prières des Frères de la Sainte-Colombe. Tout le temps mal, malheureuse, honteuse, gênée d'exister, de parler, d'être simplement là où elle était. Mais Notre-Dame était là, elle allait la guider. Demain, tout irait mieux. Le rituel avait commencé ainsi. Par un regard à la Mère de Dieu, par un *Je vous salue Marie*, une prière d'abandon du père de Foucauld, par des claques et des pincements. Des pardons, des privations de nourriture. Des réveils mis à 2 heures du matin pour retourner à la fenêtre, effleurer le rideau, retrouver la statue, plonger son regard dans le sien, réciter « Je confesse à Dieu tout-puissant, je reconnais devant mes frères, que j'ai péché », bâiller, faire deux pas vers le lit, puis demi-tour, rejoindre la Vierge, réciter un ultime acte d'adoration.

Sixtine s'allonge dans son lit, ferme les yeux, elle ne se lèvera pas. Se remémorer ces souvenirs adolescents est trop douloureux. Le rituel avait duré au moins une année, le mal une autre de plus. Muriel était ravie, Sixtine devenait de plus en plus pieuse, à l'église, son oraison à genoux était maintenant la plus longue de toute la famille. Cette fille était en train de très bien grandir. Même si un soir elle avait osé lui demander d'aller chez le dermatologue pour soigner ses plaques rouges sur la mâchoire, parce qu'à ce sujet les prières à l'Immaculée Conception n'avaient rien donné. Muriel lui avait répondu : « Ça va passer avec le temps, tu sais, il vaut mieux que tu aies des boutons, sinon tu aurais été trop jolie, les hommes t'auraient trop courtisée. »

Alors, jusqu'à ses seize ans, Sixtine avait enduré ce visage impur qu'elle exécrait, avait remercié Dieu pour cette épreuve, ce sacrifice. L'année de ses dix-sept ans, sa peau était redevenue belle comme par miracle, en terminale, le mal avait fui au fur et à mesure que le bac approchait. À ce moment-là, elle avait senti changer le regard des hommes sur elle. Ce regard, dont Dieu dans sa sagesse l'avait préservée jusque-là.

Adam pousse un cri, la main de Sixtine touche son front, vérifie si le bébé n'est pas chaud. Elle repense aux mots de Muriel : « tu sais, il vaut mieux que tu aies des boutons, sinon tu aurais été trop jolie, les hommes t'auraient trop courtisée ». Fera-t-elle de même avec Adam ? Cette peau acnéique l'avait tant complexée pendant deux ans, elle avait souffert. Et certainement échappé à des tentations, au risque de céder aux courtisans, à d'autres Maxime. Oui, Muriel avait bien fait. Mais pour Adam, sûrement, elle ira chez un dermatologue.

14

« Allez, et frappez du tranchant de l'épée »

Sauveterre-de-Rouergue, novembre 2013

— Lydie !

— Sixtine, salut ! Ça fait un bail !

— Tu étais en vacances ?

— Oui, un peu chez la famille à Nico et une semaine sur la Costa Brava avec Léo, c'était pas le super temps, mais on s'est éclatés dans un parc d'attractions, on a bien kiffé ! Enculé ! Comme il a grandi en si peu de temps !

Lydie approche sa bouche maquillée de brun du front bombé d'Adam, dépose un bisou goulu.

— Oui, c'est fou, déjà six mois ! Alors, ça marche bien avec Nico ?

— Oui, franchement, c'est un mec cool, on va y aller mollo, je connais sa réputation au club de rugby de Baraqueville, mais bon. Et puis c'est un super coup !

Lydie éclate de rire devant l'air gêné de Sixtine.

— Je voulais te demander, tu connais Marc Pradel ?

— Le fils des médecins ?

— C'est ça.

— Pourquoi ?

— Il… comment dire, je connais ses parents par la paroisse. Ils m'ont invitée à dîner et j'ai rencontré Marc.

— Il te drague ou quoi ?

— Je ne sais pas si on peut appeler ça draguer. Il… il m'a invitée à dîner au restaurant.

— Marc Pradel ! Putain, tu fais dans le bourge, toi !

— Ah bon ?

— Ses parents, ça va, mais Marc, depuis qu'il a été recruté par le maire de Rodez, c'est pas n'importe qui : belle bagnole, gros salaire, c'est plus le petit Marco avec les poils au menton !

— Mais, tu crois… qu'il est sérieux ? Je veux dire, ça reste correct, à ton avis, d'aller dîner avec lui ?

— Correct, ça reste un rancard avec un mec. Sixtine, comme tu me fais rire ! Il te plaît ? Vas-y !

— Non, c'est pas ça, je ne veux pas du tout rencontrer quelqu'un, ce n'est pas possible, c'est trop tôt, je… je suis encore la femme de mon mari. Ce serait juste amical.

— Pradel est connu pour être devenu un chaud lapin, en quatre ans on l'a vu à la fête à Sauveterre avec quatre nanas différentes, une par an, et hop ! Bon, toi, si tu veux rien, tu t'en fous ! Ça peut juste être un pote ?!

— C'est incroyable ce que tu dis, pourtant il m'a dit qu'il était catholique.

— Oui, catholique le dimanche pour faire plaisir à papa maman et serrer la main aux bourgeois de Rodez !

— Tu crois ?

— Bon, fais-toi ton avis ! Mais tu me raconteras, et si tu veux que je garde Adam y a pas de souci !

— Heu, merci. Mais je comptais le prendre avec moi.

— Le prendre à un rancard avec Marc Pradel ?

— Lydie, ce n'est pas un rancard !

Les filles rient, se font une bise et s'éloignent. La coiffeuse rentre dans son salon où l'attend une vieille dame en bigoudis. Sixtine est heureuse de pouvoir compter sur la présence de cette voisine trop maquillée. Elles sont si différentes, mais comme le lui a dit Sandrine, dimanche dernier lors de sa visite – rapide, deux jours seulement avant de prendre l'avion pour le Pérou où elle rejoint Loïs pendant quelques mois –, Lydie est une bonne personne. Marc Pradel, responsable de la communication de la mairie de Rodez et fils des médecins généralistes de Sauveterre, lui aussi semble être une bonne personne. Un homme bien habillé, avec des valeurs, une jolie maison bourgeoise à Vabre, un diplôme de Sciences-Po Paris. Voilà quelqu'un de bien plus fréquentable que Pawel, le musicien clochard du Lézert. Sixtine s'installe à la terrasse du Bistrot des amis, commande un café, pose Adam par terre sur un tissu molletonné, le regarde se mettre à quatre pattes, pousser sur ses cuisses et retomber sur ses fesses rembourrées. Ses doigts composent déjà une réponse à Marc Pradel. « Merci pour cette invitation, je suis disponible vendredi prochain, belle semaine. Sixtine. »

Une dame passe, fait une pichenette à Adam, complimente Sixtine sur sa progéniture. À la table d'à côté, un dénommé Jean explique au correspondant local de *La Dépêche* ce qu'il doit mettre dans son article faisant l'éloge du parcours de disc golf de Sauveterre, nouvelle discipline dont Jean est à la pointe. Le père Benjamin les salue, s'avance vers Sixtine tout essoufflé.

— Excusez-moi, un enterrement ce matin. Couvrir vingt-deux églises, ça fait de la route.

— Je vous en prie, je n'ai pas beaucoup à faire !

— C'est de ça que je voulais vous parler.

— Ah bon ?

— J'ai un boulot pour vous.

— Pour moi ?

— Vous avez entendu parler des migrants de Lampedusa ?

— Oui…

— Le diocèse de Rodez accueille cinq familles. L'État n'a rien prévu pour eux. Nous avons trouvé un budget pour les accompagner. Nous avons besoin d'un référent, quelqu'un qui pourrait les aider dans leurs démarches, les aiguiller, aider les enfants pour les devoirs. C'est encore un peu flou. Ça vous intéresserait ?

— Mon père…

— Benjamin !

— Oui, père Benjamin, je n'ai jamais travaillé.

— Mais vous êtes attentive aux autres, vous avez fait des études, vous parlez bien anglais…

— C'est… c'est très gentil d'avoir pensé à moi, je vais réfléchir. C'est pour Adam. Je ne peux pas le laisser.

— Écoutez, ils devraient arriver en début d'année prochaine, c'est un peu bloqué, là. Vous pourriez peut-être vous renseigner à la crèche. Ça ne serait pas un plein temps, deux ou trois jours par semaine au plus. Ça lui ferait du bien au petit de voir d'autres gosses, non ?

— Oui, bien sûr, je vais réfléchir !

— Parfait, réfléchissez bien ! J'ai aussi besoin de vous demain !

— Demain ?

— Oui, à la mairie. Il y a une réunion de concertation, au sujet des nuisances de la ferme.

— Ah, je ne vois pas en quoi…

— Sixtine, vous n'êtes pas là depuis longtemps, mais les gens vous apprécient. Vous connaissez un peu les habitants de la ferme. C'est important que des personnes comme vous et Lydie soient présentes.

Le fait d'être mise dans le même panier que la coiffeuse au carré plongeant laisse Sixtine dubitative. Mais le père Benjamin ne la lâche pas du regard et reprend.

— Il y a, à Sauveterre, des personnes qui ne supportent pas le côté communauté un peu baba cool, un peu punk à chien. Ils veulent faire interdire les concerts, certains ont dénoncé des constructions non autorisées. Bref, c'est un peu tendu. Dimitri, le grand avec la crête, a voulu récupérer un champ qui lui appartient pour le cultiver. Mais un paysan du coin l'a en fermage depuis des années. Ça s'est mal passé, il y a eu des menaces.

— La ferme leur appartient ?

— Oui, bien sûr ! Beaucoup pensent que c'est un squat, mais non. Elle appartenait au grand-père de Din ou Dimitri. Il venait y passer toutes ses vacances étant gosse. Et quelques mois après la mort de Léonce, le grand-père, il est arrivé ici. C'était il y a sept ou huit ans, tout le monde pensait qu'il allait partir. Ou mourir. Il était dans un sale état ! D'une maigreur… Bon. Des copains à lui sont rapidement arrivés, un an plus tard ils avaient un potager et des moutons. Ils sont pas parfaits mais c'est leur droit. Et ce gamin est toujours vivant…

— Je vais voir ce que je peux faire, je ne suis pas fana de leurs concerts non plus !

Sixtine aimerait demander à son tour quelque chose au père Benjamin. Elle voudrait qu'il la confesse, encore, mais pas dans la sacristie. Elle a trop honte de ce qu'elle doit dire à un homme avec qui elle peut prendre un café en bas de chez elle. Se confesser dans le noir pour des rêves impurs, voilà ce qu'elle voudrait lui demander. Mais elle ne dit rien. Les tasses de café sont vides. Benjamin parle de son enfance à Decazeville, de Michel le nouveau luthier, il vient de s'installer dans le pôle des artisans, le prêtre aimerait bien se remettre à la guitare, trouver un prof.

— Ce serait sympa pour la messe, non ?

Sixtine acquiesce, mais n'en pense pas moins. La voix de Muriel résonne en elle : « Nous ne pouvons pas accueillir toute la misère du monde, comme disait l'autre gauchiste ! À force de jouer les béni-oui-oui ouvrant grand les bras à tout et n'importe quoi, on va se faire dominer par les Noirs et les Arabes ! Dans trente ans, si ça continue, toutes les filles porteront la burqa. » L'éternelle peur de Muriel : les musulmans envahissaient la France par le peuplement, les Juifs par le pouvoir et l'argent. « Ils nous tiennent », pestait-elle autour de la grande tablée familiale.

— Vous voulez un autre café ?

— Non, merci, je vais rentrer. Mais… dites-moi, père Benjamin, vos réfugiés, ce sont des catholiques ?

La salle de la mairie est trop petite pour tous les accueillir. On se salue, on cherche une place sur un banc ou une chaise. Le maire arrive flanqué de sa première adjointe et d'un représentant de la préfecture. Il toussote dans un micro qui ne marche pas, soupire et prend la parole. C'est un gros bonhomme barbu, souriant et passif, cheveux décatis, dents en argent, mains brûlées par le soleil sur les champs du Rouergue où il cultive du blé et du colza.

— Bon, on va pas se faire la guerre quand même ! Pour l'affaire du champ, c'est le tribunal qui va trancher de qui peut le cultiver. Dimitri doit avoir un statut d'agriculteur pour mettre fin au fermage. C'est la loi. Pour l'affaire de la musique, enfin de vos trucs, là, il faut se mettre d'accord. Dimitri, je te laisse t'expliquer en premier.

Le maire éponge son front gras et luisant. Il regarde l'assistance en marmonnant dans sa barbe.

— Ah oui, et je voulais vous dire, un luthier vient de s'installer à Sauveterre, c'est le douzième artisan depuis le lancement du pôle des métiers d'art, il s'appelle Michel Berck. Je trouve ça vraiment bien. En plus il va donner des cours de guitare. Bon, voilà.

Din s'est déjà levé, il est debout au milieu de l'assistance avec sa crête verte, son jean troué et son débardeur noir délavé.

— Nous, on veut pas d'histoires, juste faire des concerts de temps en temps, au niveau sono et vu l'éloignement de la ferme je vois pas qui ça peut déranger.

Un cri retentit :

— C'est ta gueule qui dérange.

On râle dans l'assistance, on houspille le braillard, un quarantenaire féroce en chemise à carreaux.

— Ouais, ben ça je sais que ma gueule elle plaît pas. Mais il faut s'y faire.

— Et les drogués, il faut s'y faire aussi ? répond du tac au tac une femme d'une cinquantaine d'années moulée dans une combinaison orange.

Le maire tente de calmer le jeu et de faire taire les arguments ou insultes fusant de toutes parts.

— Bon, on va faire le point. Dimitri et ses amis ont tout à fait le droit de vivre dans cette ferme qui, je le rappelle, appartient à Dimitri. Pour les nuisances, ce n'est pas pareil. J'ai noté : décibels trop élevés, circulation de drogue, chiens classés en liberté et sans muselière, parking et camping sauvage hors de la propriété… Voilà. Que nous répond Dimitri sur ces points ?

— Ben, vous faites chier, mais on va faire des efforts, on va dire aux types qui viennent prenez du jus d'orange et ne dépassez pas la frontière du fossé.

Dimitri se mouche sous les quolibets. Sixtine se demande pourquoi il n'enfile pas un pull, il ne fait pourtant pas si chaud. Ses paupières se figent et se concentrent pour suivre le débat. Il y a une nuque, quatre rangs devant elle. La nuque de Pawel.

Lydie lève sa main et se tourne vers l'assistance.

— Moi je connais bien la ferme et Dimitri. Je pense qu'il faut pas abuser ! Il y a plein de jeunes et de moins jeunes qui aiment bien les concerts, ça fait de l'ambiance, de la vie. Alors d'accord, ça plaît pas à tout le monde, d'accord ça attire des gens qu'on n'a pas l'habitude de voir au Bistrot des amis. Mais est-ce que ça vous emmerde vraiment ? Sérieux, je crois pas ! Je pense surtout que vous avez peur parce qu'ils sont pas comme vous ! Faudrait juste se connaître, les punks arrêteraient de laisser traîner leurs chiens et Norbert se calmerait pour son champ.

Des aboiements s'élèvent. Le Norbert en question vocifère.

— Tu as déjà cent vingt hectares et des poussières, s'énerve Lydie.

— Tu proposes quoi ? tente le maire, tout en jouant de ses mains pour calmer l'assistance électrisée.

— Ben, reprend Lydie, pour que ça profite à tout le monde, le groupe de la ferme pourrait jouer une fois par mois gratuitement au Bistrot des amis par exemple. Et on diminue un peu les concerts à la ferme en échange.

— J'en veux pas de leur musique de sauvage ! éructe Norbert.

— Oui, renchérit le maire, l'idée est pas mal, mais leur musique, bon, heu…

— Ils pourraient proposer autre chose, des petites formations, juste une personne avec un instrument, une fois du piano, une fois du violon, une autre de la guitare ou du… ça serait accessible à tous, même aux enfants.

Les regards se tournent vers Sixtine.

— C'est la veuve, chuchote une petite vieille en gris à l'oreille de Norbert.

Adam écarquille les yeux, bien droit dans les bras de sa mère, dressée, debout, rougissante, étonnée face aux Sauveterriens.

— Ben oui, Sixti, ça c'est super. Ce serait chanmé, tu en penses quoi, Din ?

— Moi, je fais de la gratte, mais il y a Lina qui joue du piano, et… Pawel ? interroge Dimitri.

— Je joue du hang drum, vous savez pas ce que c'est, mais c'est tout doux ! Pas de décibels dépassés, j'vous jure !

Malheureusement, Sixtine doit fuir avant la fin de l'assemblée. L'odeur commence à se répandre. Adam a rempli sa couche. Alors, aussi discrètement que possible, elle file. C'est dommage, parce que les gens commençaient tout juste à se calmer, à faire des propositions. Norbert s'est même mis à parler en aparté à Din, le même qu'il menaçait deux semaines plus tôt de « démolir à la moissonneuse-batteuse ». Elle descend les marches, retrouve la place, sent une présence derrière elle.

— Alors comme ça tu t'appelles Sixti maintenant ?

Pawel l'attrape par l'épaule, lui claque une bise.

— Sacrée Lydie !

— C'est cool, ton idée, franchement, ça peut le faire.

— J'ai… j'ai dit ça comme ça. Bon, je dois y aller.

— On fait un barbecue vendredi au Lézert avec un pote argentin aux manettes, il te fait griller la viande, c'est un truc de fou. Tu viens ?

— Ah, heu, oui, j'aurais bien aimé, mais j'ai un repas de prévu vendredi soir. Je file ou tu ne vas plus pouvoir respirer !

— Ouaip ! Bisous !

Elle hâte son pas, rentre dans la maison, gagne la table à langer. Adam s'agite, couché sur le dos. Elle doit le retenir tout en nettoyant ses fesses barbouillées. Voilà. Le bébé retrouve son odeur de caramel au beurre salé, de chocolat à l'orange. Un goût de sucre et de sel. Ses minuscules pieds se tortillent sous la bouche joueuse de Sixtine.

— Ba ba, chante le petit museau en grognant.

Moïsette fait au revoir de la main et, déjà, Sixtine regrette son geste. Laisser Adam pour aller dîner à Rodez avec Marc Pradel. À moins que ce ne soit la perspective du barbecue raté au bord du Lézert ? Un Argentin grilleur de viande, vraiment ? Trop tard. Elle est déjà en retard. La Volvo break ne se presse pas pour autant. Il l'attend devant la porte, gentleman, lui tient la portière de sa voiture. Il est charmant, avec une chemise bleue, un pantalon en jean, des mocassins en cuir. La salade aveyronnaise est bonne, agrémentée de roquefort, de noix, de tranches de lard, et de tartines de soubressade goûteuse. Un peu de vin, du marcillac, rouge et charnu, un dessert au chocolat, classique. Entre l'apéritif et le digestif, Marc Pradel a salué au moins huit personnes. Il est connu ici. S'en excuse. Avant de régler l'addition, Pradel lui parle du week-end prochain, ils se retrouvent avec des amis dans la maison de son cousin à Marcillac. Ils iront faire un golf, joueront à des jeux divers et mangeront un aligot préparé par une petite dame du coin.

— Un délice. Ça te tente ?

C'est tentant, une façon de rencontrer la bonne société aveyronnaise. Elle doit réfléchir, s'organiser. Sixtine ment. Ses samedis et ses dimanches n'ont aucune autre organisation, aucun autre impératif que celui de la messe. En général, ils dorment tard Adam et elle. Puis ils mangent sur le canapé, parfois même dans le lit. Un petit déjeuner de tartines beurrées et miellées, un biberon, quelques cuillerées de compote. Quand il fait beau, ils se promènent, vont découvrir les villages, Cordes-sur-Ciel, Naucelle, ils trempent leurs pieds dans l'Aveyron, une fois même ils sont allés jusqu'à Roquefort. Ils mangent, font la sieste, elle masse les cuissots dodus, chante des airs inventés, lit des histoires en changeant la fin. Ils marchent, le poids d'Adam pèse, mais Sixtine ne peut plus s'arrêter. Le porter contre elle dans ce tissu vert, lui, la bête qu'elle a détesté avoir en elle. Parfois Moïsette passe, souvent Lydie leur propose de venir dîner chez elle, le samedi après-midi il arrive à Sixtine d'aider Léo à faire ses devoirs. Et c'est tout. Il n'y a rien à organiser. Dans la maison de Marcillac, y a une chambre pour elle et Adam.

— Je te tiens au courant, mais je pense que c'est bon. Merci pour l'invitation.

Aujourd'hui aussi, elle avait mis, mais très légèrement, un peu de noir sur ses yeux. L'air de novembre est frais, l'hiver arrive à grands pas, Sixtine monte dans la Volvo break de Pierre-Louis en regrettant de ne pas avoir emporté un blouson plus chaud. Les autres sont à Nantes, rue des Lilas. Dans un autre monde.

Saint-Girons, mars 1983

C'est faux. On n'écrit pas pour les autres. Même des lettres. Surtout les miennes. Des lettres qu'on ne donne pas ? Et puis quoi encore ! Je pensais écrire à ma fille, laisser une trace de notre vie commune, de notre histoire. Je me trompais.

Je ne rédige plus que pour moi. Pour graver mes questions ailleurs, loin de mon esprit en colère.

Les mots ne servent à rien. Même ceux envoyés par la poste. Des cartes postales pour ma jolie fille à Paris. De tous ces messages, il y a eu une seule réponse plus amère que toutes les lettres sans vie. Trois mots : « Bon et saint Noël. »

Voilà, bisous, merde.

J'écris ma peine, mon désarroi, mon incompréhension. Qui es-tu Muriel ? Qu'avons-nous fait pour être devenus aussi peu fréquentables à tes yeux ?

Erika

15

« Je suis le chemin, la vérité, la vie »

Sauveterre-de-Rouergue, mai 2014

Adam est debout, mains accrochées au rebord de la fontaine.

— Mon amour, bravo, bravo petit cœur !

— Ma, ma, ma, mama !

Le bébé s'agite sur ses jambes dodues, chaque encouragement provoque en lui un torrent d'excitation. Léo lui tend un ballon, mais Adam n'en a cure. Il est debout !

Lydie prend une photo, retourne dans son salon de coiffure. Après une pause de trois semaines pour des vacances à Ibiza avec Nico, le rugbyman-cadeau, elle a du travail. Trois brushings, deux couleurs, quatre coupes homme, un lissage brésilien et quelques mises en plis en prime.

— Le ballon, ça stimule les bébés pour marcher !

— Ah bon, comment tu sais ça, toi ?

— Je l'ai lu sur Internet, poursuit fièrement Léo.

Sixtine sourit. Internet dit-il toujours la vérité ? Alors ce qu'elle a lu la nuit dernière, après trois réveils d'Adam et une grosse insomnie, ce qu'elle a lu est-il vrai ? Dans le moteur de recherche, elle a juste tapé ces mots : Frères et Sœurs de la Croix. Et elle a lu. Un article sur le site de la Miviludes recensant la communauté comme « susceptible d'enfermement psychologique ». Un témoignage d'une certaine Manon, un temps novice au monastère douze ans plus tôt. Elle affirmait avoir été victime de caresses inappropriées du frère André. Un article dans un journal local reprenait l'information. Une plainte, classée sans suite, avait été déposée. Il y avait aussi une enquête du journal *Libération* sur les groupes catholiques intégristes. Elle datait d'il y a un an. Au moment de la naissance d'Adam. L'accroche du journaliste commençait par l'actualité du squat Kana. Un certain Pierre-Louis Sue de La Garde, la Milice, les Frères de la Croix. « Une communauté où les fidèles vouent un culte sans limite à son fondateur », écrivait le gratte-papier. « Sex-shop mis à sac, menaces physiques sur la personne du metteur en scène Jules Loin pour la sortie de sa pièce qualifiée de “christianophobe”, la Milice des Frères de la Croix était déjà connue des services de police pour des actions coups de poing, où la violence n'était jamais loin », continuait l'écrivaillon. La dernière lecture de Sixtine avait été un témoignage d'une jeune fille anonyme sur un site féministe. A, c'était son nom, racontait : « J'ai vécu une enfance embrigadée dans un monde de prière, de pénitence, de foi inconditionnelle, d'absurdités distillées lors des camps, retraites et messes des Frères de la Croix. Mes parents leur vouaient un culte absolu. En tant que femme je n'avais pas le droit de faire bien des choses autorisées à mes frères.

Je n'ai jamais pu sortir chez des amis le soir, ni me maquiller, ni écouter les musiques des jeunes de mon âge, ni regarder les émissions de télé que toute ma génération a visionnées. Cela était interdit, péché. Quand j'avais seize ans, j'ai rencontré le cousin de mon voisin sur le mur de la grosse propriété de mes parents. Je ne connaissais rien à la vie. Il m'a dit que j'étais moche, mal fringuée et que personne ne voudrait jamais d'une fille comme moi. J'étais attirée, j'ai désobéi et je l'ai revu. Je suis allée de l'autre côté du mur, il a baissé ma culotte et a couché avec moi. Je ne comprenais rien à ce qui se passait. Ni si je voulais cela ou pas. Plus je me sentais sale, plus je retournais de l'autre côté du mur. Quand l'été s'est terminé, je ne l'ai plus revu et j'ai cru mourir de honte d'avoir péché. L'année suivante j'ai rencontré un autre garçon, D, il faisait l'entretien du jardin : dix-huit ans, doux comme un agneau, on est tombés amoureux. Je l'ai dit à mes parents. Ils sont restés calmes, mais j'ai cru qu'ils allaient me tuer, me fusiller du regard. Ma mère a dit : un jardinier qui vient de l'assistance publique, pas question. Si tu veux te marier tôt ce n'est pas un problème, choisis chez les Frères de la Croix. Je suis tombée enceinte, on l'a très vite su, mon père a pleuré devant moi parce que j'étais condamnée à aller en enfer pour avoir brisé ma chasteté. Ma mère m'a envoyé au monastère des Frères et Sœurs de la Croix. J'étais comme en prison. Le supérieur m'a dit que j'allais rester là jusqu'à la naissance de l'enfant. Ensuite, mon frère aîné et sa femme, qui ont des difficultés à en avoir un, l'adopteraient. Ma mère a accepté que je rentre le week-end de Pâques pour le repas du dimanche parce que je n'étais enceinte que de trois mois et que ça ne se voyait pas encore. Ce dimanche soir je me suis enfuie en douce. J'ai avorté dix jours plus tard. J'ai failli mourir de honte une seconde fois, crever de peur du péché ultime, mais ce bébé je ne le voulais pas. Pas maintenant. J'avais dix-sept ans. Je n'ai plus jamais reparlé à mes parents. » Sixtine n'avait pu s'empêcher de penser à Agnès, la fille cachée. A ? Tout cela était-il vrai ? Internet dit-il toujours la vérité ?

— Mais il est debout le boss !

Pawel tape dans la main d'Adam tout surpris.

Sixtine lui sourit, embrasse ses joues.

— Alors, ton élève ?

— Il est sacrément doué le petit romano !

— Pas romano, Arménien !

— Haha, c'est devenu ton protégé ?

— C'est ça ! Tu es jaloux !?

— Un peu, oui ! Faut pas que Lydie me voie, elle va vouloir tout raser.

Sixtine regarde Pawel, l'ange blond a troqué ses mèches rebelles, ses tortillons dorés, pour une hideuse crête jaune posée au milieu de son crâne, un tatouage déborde de son tee-shirt blanc.

— C'est nouveau ?

— Ah oui, souvenir de Burgos.

— Tu n'as pas oublié que c'est ton tour au Bistrot ?

— T'inquiète, je suis même rentré pour ça ! Tu viens avec Adam ?

— Bien sûr. Je monte lui prendre un bibi et j'arrive.

— Mon petit pote ! Tu vas kiffer ce soir. En plus il y a aligot-saucisses ! Sixti, tu me payes un café ?

— Allez viens. De toute façon j'ai ton instrument !

— Cool, c'est chez toi. Je ne me souvenais plus où il était.

— Et tu comptais t'y prendre comment pour le concert ?! En tapant sur une casserole ?

Ils grimpent. Six mois plus tôt, elle aurait rêvé de cela, un café chez elle avec Pawel, la proximité de son visage, sa bouche sur sa tasse en porcelaine. Le temps file et change les envies, les êtres et les coupes de cheveux.

— C'était bien, l'Espagne ?

— Des lieux de fous, un squat à Barcelone où ils ont plus d'eau depuis trois semaines ! Ils vont se faire virer, c'était peut-être leur dernier concert.

— Miam.

— Et toi, ce boulot de bonne du curé ?

— C'est comme si je ne voyais pas le prêtre ! J'ai beaucoup de papiers à faire, préfecture, traducteurs… C'est vraiment compliqué, alors que ce sont des catholiques !

— Ah oui, ça change tout ! Pas de Kényans musulmans alors ?

— Non, le diocèse n'a pas réussi. C'est peut-être mieux comme ça, il faut que les gens soient capables de s'intégrer. Si tu viens dimanche au pique-nique de la paroisse, tu pourras rencontrer la famille d'Andranik. C'est vraiment gentil de t'être remis à la trompette pour lui.

— Si ça peut le sortir de l'embrigadement des cathos !

— Tu vas venir alors ?

— Ça va être dur, grosse soirée à Toulouse demain. Dans le squat où vivait Antoine Fabre. Et toujours aucun connard facho condamné.

Sixtine suspend le mouvement de son poignet sur la cafetière à piston.

— C'était un accident. Pendant la bagarre.

— Quoi ?

— Oui et il avait pris de la drogue.

— Tu racontes quoi, là, Sixti ? Il s'est fait démolir par les fachos !

— Tu le connaissais ?

— Antoine Fabre ? Non, on s'était croisés une fois, mais on a des potes en commun.

Tout en versant l'arabica, Sixtine pousse un faux soupir de soulagement.

— C'est l'autre enflure qui a tué Antoine, le chef des malades, machin de La Garde, là.

— Adam, non !

Elle se précipite sur les mains du bambin enlacées autour de la tasse de café remplie à ras bord.

— On a eu accès aux rapports des flics. Le gars s'est acharné sur Antoine, il y est passé parce que des types ont essayé de dégager Antoine, c'est là qu'il est tombé sur la baffle. Un malade j'te dis. Putain, comment il s'appelle ce connard ?

— Pierre-Louis Sue de La Garde.

— P'tain, tu connais bien le dossier !

— Je le connaissais.

— Qui ça ?

Sixtine ferme les yeux quelques secondes. Voilà, l'état de grâce se termine. Il faut expier maintenant. Cette amitié contre-nature ne pouvait pas durer.

— Pierre-Louis.

— Non ! Dans tes trucs catho, là ?

— J'ai même une photo de lui.

Sixtine sort son portefeuille, cherche et brandit une petite photo. Une image parfaite, celle de leur sortie de l'église de Ploërmel le jour de leur mariage.

Pawel la contemple en silence, fixe Sixtine.

— C'est pas...

— Si, c'est Pierre-Louis, mon mari. Le père d'Adam, il est mort trois semaines avant sa naissance.

— Sixti, c'est pas possible...

Pawel est blême. Il cherche au fond des yeux tristes de Sixtine le grain de mauvaise blague.

— Putain, c'est pas possible.

— Tain ! Tain ! répète Adam joyeusement.

— Pourquoi tu ne m'as jamais raconté ça ?

— Tu m'as déjà demandé ? Tu penses que j'ai envie de crier sur tous les toits que je suis peut-être la veuve d'un meurtrier ? Personne n'a été condamné non plus pour le meurtre de Pierre-Louis.

Pawel regarde Sixtine, il ne l'a jamais vue aussi furieuse.

— Tu ferais mieux de prendre ton hang drum et d'aller au concert.

— OK.

D'un coup d'éponge, Sixtine nettoie le café répandu sur le bar de la cuisine. Ce n'est pas grave, Adam ne s'est pas brûlé. Et elle a avoué. Sa gorge est sèche, un frisson traverse son corps inerte. L'enfant tire une mèche des cheveux de sa mère dont le regard vide se raccroche soudainement à l'heure indiquée sur l'horloge. Il faut y aller. Elle hésite à emporter un petit pot, se rappelle du dernier repas au Bistrot des amis. Adam avait refusé la cuillère de purée industrielle et bio à la carotte. Ses petites mains énergiques s'étaient jetées sur l'assiette de ravioles aux fruits de mer. Oui, ça ne sert à rien, juste un biberon d'eau et de lait pour le dessert. Ils descendent, monsieur le maire est déjà là. Din et Norbert commandent des verres de pastis au comptoir en parlant avec véhémence. Sixtine met les chaises en place, salue Michel le luthier. Assis par terre, Adam joue avec des gobelets en plastique sur la scène improvisée. Cette fois, ils sont presque une quarantaine, le patron du troquet part chercher des sièges supplémentaires dans l'arrière-boutique. La prochaine fois on pourra faire le concert dehors sur la place. Ce soir, il crachine. Comme dans le cœur de Sixtine apercevant Marc Pradel entrer au bras d'une jeune femme blonde très élégante.

— Mazette ! C'est pas la même qu'à la fête à Sauveterre ! s'amuse Lydie.

— Non, c'était une Asiatique le mois dernier, répond Sixtine à voix basse.

— Il nous fait le tour du monde le Pradel !

Marc Pradel salue Sixtine, pressé. Il ne fait que passer, acheter des cigarettes. Elle leur dit qu'ils ratent quelque chose, ce garçon joue divinement. Pawel se retourne en souriant.

— Merci à tous d'être venus pour ce cinquième concert de découverte. Aujourd'hui nous vous présentons le hang drum avec Pawel aux manettes. Michel va vous expliquer en quoi consiste cet étrange et très récent instrument. Le mois prochain, place à la harpe ! Oui, il y a aussi une harpiste cachée à la ferme des

Bordas, vous serez surpris, vous ne la regarderez plus jamais pareil ! Bonne soirée à tous.

— Merci Sixtine, bon, bien voilà, ça c'est un c'est un idiophone et ce n'est pas si bête ! En gros, c'est deux coupelles métalliques associées, la partie supérieure en dôme que vous voyez là s'appelle le « ding », c'est ça qui permet d'avoir des sonorités très différentes selon le mouvement de la main : il y a huit notes en cercle sur ce ding. Tout ça a été inventé par des petits malins, des Suisses, incroyable, n'est-ce pas ! Felix Rohner et Sabina Schärer. Bon, ça donne quelque chose de très méditatif, un peu comme la coiffure du monsieur.

On rit dans l'assistance, Pawel hausse les épaules. Ses doigts glissent sur le tambour en acier, la musique du Lézert s'échappe de ses paumes tatouées de noir. On se tait, on écoute, les esprits s'envolent, les yeux se plissent, ceux du père Benjamin se mettent à briller, Lydie enfouit son visage dans ses mains manucurées. Ce son planant l'emporte, les notes du ding lui font penser à la fille qu'elle était il y huit ans. Déjà huit ans. Le son de Pawel l'emmène en voyage dans ce temps oublié, banni. Enceinte de sept mois, elle avait découvert William, le père de Léo, dans leur lit conjugal *king size* avec une fille de dix-neuf ans, Manon, une petite jeune qui suivait le rugby. Lydie se souvient d'elle extérieurement, de sa colère, sa rage, ses cris. Et dedans, comme le son du hang drum de Pawel, un flottement, un vide, un ding. William, elle le connaissait depuis ses seize ans, depuis son apprentissage à Albi à l'école de coiffure. Un grand brun, crâne rasé, gentil, en BTS technico-commercial à Rascol, il jouait au rugby au Sporting Club albigeois. Le Graal. Ils s'étaient rencontrés un jeudi soir au Star Club, la boîte de nuit où elle faisait tourner les têtes et vidait d'incroyables stocks de whisky-Coca.

— C'est dingue, tu bois hyper vite pour une fille, lui avait dit Willi.

Le jour même où elle avait ouvert, enfin, son salon à elle, ici à Sauveterre, ils avaient fait l'amour. C'était à ce moment-là, elle en était sûre, qu'elle était tombée enceinte. Pas facile, avec la compta du salon, les shampoings, la villa qu'ils construisaient avec Willi, les déplacements de Willi, les kilos de viande qu'il fallait cuisiner pour Willi, la déception de Willi, viré comme un malpropre du SCA à la fin d'une saison prometteuse, le nouveau club de Willi à Baraqueville, les lessives de Willi, le ménage de la maison en travaux, les chemises de Willi à repasser, l'épilation intégrale dont elle se devait d'être éternellement à jour parce que Willi ne tolérait pas les poils, les kilos auxquels elle devait faire attention parce que Willi n'aimait pas les bourrelets, les soirées mecs au Rétro, la discothèque des samedis soir et les week-ends de fin de saison à La Jonquera, à la frontière espagnole, paradis de l'alcool pas cher et des pipes à 10 euros. Elle était cela, un son de tambour de guerre en perdition, étouffé par les sanglots, la honte, la haine, la jalousie. Mais la musique du Lézert ne s'arrête pas là, elle vibre, s'enflamme, s'apaise, file ailleurs, prend la route. Lydie essuie une larme fugace que personne ne verra jamais. Le ding s'évade, résonne contre la pierre du Bistrot des amis et dans les cœurs.

— Voilà, ça donne ça.

Pawel s'interrompt.

Personne ne semble vouloir sortir de l'état de transe émotionnelle dans lequel son tambour suisse les plonge.

— En fait j'aimerais bien, Sixti, que tu m'accompagnes pour la dernière ?

— Moi ?

— Oui, avec la chanson que tu veux.

— Mais je ne connais que des chants d'église ! Et des berceuses !

— Je vote pour une berceuse !

Les regards se tournent vers Sixtine, écarlate. À cet instant précis, elle ne pense ni à Marc Pradel ni à la blonde qui l'accompagne, elle regarde Adam et entonne.

Une petite fleur l'amour,
La belle aux mille oiseaux,
Petite fille jamalac, comme il t'aime,
Une petite fleur l'amour,
La belle aux mille oiseaux,
Petite fille jamalac, comme il t'aime.

On consent à sortir de ce nuage ouaté et doux comme un lit de coton. Les bouches bâillent, les cerveaux se reconnectent au monde, au Bistrot des amis, ici à Sauveterre, en France, en mai 2014. On applaudit, on remercie. Lydie s'est évaporée, ce n'est pas son habitude. Léo lui tient la main sur la place aux Arcades. Adam monte à quatre pattes sur la scène, tapote le tambour de ses doigts de brioche.

— J'aime ta voix, glisse Pawel à Sixtine.

— Tu ne m'en veux pas trop ?

— Pourquoi ?

— Pour Pierre-Louis, pour ton ami Antoine Fabre.

— Ce n'était pas…

— Si je peux faire quelque chose pour aider sa famille, peut-être, leur demander pardon. J'aimerais bien…

— Sixti ! Toi aussi tu es une victime dans l'histoire.

On vient la féliciter, le père Benjamin rappelle qu'ils ont une chorale à l'église, un chœur tenu par trois dames en frisettes, dont les voix flanchent plus qu'elles ne portent. Une assiette d'aligot-saucisses est posée sur une table devant Sixtine, Michel le luthier est à côté d'elle. Au bar, Pawel et Din commandent d'autres bières.

Onze heures du soir pour un enfant de tout juste un an, ce n'est pas très raisonnable. Mais la soirée est si belle. Depuis combien de temps n'a-t-elle pas ri, bu quelques verres de vin, chanté à pleins poumons, dansé même ? Danser avec Adam contre son cœur, voilà le bonheur. La nuit est fraîche. Cet été sera-t-il brûlant ? Les médias parleront-ils à nouveau de changement climatique et de réchauffement des températures ? Dans *FC* lira-t-on un dossier démentissant ces affirmations abusives et rappelant l'inaltérabilité de l'œuvre de Dieu, la Terre ? Sixtine dépose Adam dans son propre lit. Assise sur le canapé, elle allume à nouveau son ordinateur. Elle ferait mieux de dormir. Demain matin, Léo viendra pour ses devoirs. L'après-midi, elle fera la route jusqu'à En-Calcat, à quelques centaines de mètres de Sainte-Scolastique, première étape de la fuite insensée et bénie. Les Pradel lui ont parlé d'un excellent confesseur au monastère. Ce sera mieux, beaucoup mieux que les discussions de café du commerce avec ce très sympathique père Benjamin. Sixtine repense à Marc Pradel au bras de la jeune femme blonde.

Et il n'a pas honte ! Elle se rappelle cette soirée, en février, à l'amphithéâtre de Rodez. Une création, d'après *La Tempête* de Shakespeare. Elle aurait dû s'en douter. En sortant de l'amphithéâtre, Marc Pradel avait essayé de l'embrasser sur la bouche. Elle s'était excusée poliment : c'était trop tôt pour elle, mais elle l'appréciait beaucoup, il lui fallait un peu de temps. Pradel était resté très poli, courtois, compréhensif, il l'avait raccompagnée à sa voiture. Ses coups de fil et ses invitations s'étaient ensuite beaucoup espacés. En mars, à la fête de Sauveterre, il bécotait goulûment une jeune femme asiatique en tailleur Chanel.

— *I love you*, lui glissait Marc Pradel à l'oreille.

Tout cela devant Sixtine, sans aucune gêne. La tempête était entrée dans la tête de la jeune veuve. Le regrettait-elle à cet instant précis où la langue de Marc Pradel jouait dans la bouche de la fille d'Asie ? L'avait-elle seulement voulu un jour comme époux remplaçant ? Ne recherchait-elle que son amitié, la sympathie d'un garçon catholique, membre de l'UMP locale, détenteur d'un bon poste à la mairie de Rodez ? Un homme bien plus fréquentable que les Lydie, Pawel et autre père Benjamin. L'avait-elle utilisé ? Était-ce lui ? S'il l'aimait, puisqu'il voulait l'embrasser, pourquoi n'avait-il pas attendu, pourquoi gobait-il désormais la bouche de l'autre femme ? Décidément Sixtine n'y comprenait plus rien. Les mœurs des païens sont étranges et sans morale, mais ceux des catholiques comme Marc Pradel ? *Un catholique de façade*, aurait dit Muriel. Un catholique mondain, héritier de la décadence de l'Église depuis Vatican II. *Cette Église si prompte à tendre la joue gauche, à demander pardon, à mettre en avant le culte de l'homme plutôt que celui de Dieu, à tendre la main aux juifs, aux musulmans et même au dalaï-*

lama tant qu'à y être ! Marc Pradel est finalement un simple produit de l'Église moderniste. Sans valeur véritable, faisant bonne figure à la messe et s'arrangeant comme il le souhaite avec les lois de Dieu. *Chasteté, fidélité… Quand ça lui chante !* Sixtine sourit, assise face à son ordinateur. Dans son sommeil, Adam vient de dire « ma ma mama ». Non, elle n'a jamais voulu de Marc Pradel comme plan B. Seulement de la bonne société. Est-elle encore la femme de Pierre-Louis, l'épouse du meurtrier ? C'est certainement autre chose. C'est ce duo créé avec Adam, cette relation unique, ce quotidien parfois difficile à gérer en solitaire mais tellement merveilleux, inespéré. Sixtine Sue doit se l'avouer, elle n'est pas prête à suivre les directives du père Mathias : épouser un homme et avoir la famille nombreuse que sa vocation lui réclame. Juste Adam et elle, ni Marc Pradel ni personne.

Regardant l'écran s'allumer de bleu, Sixtine sait ce qu'elle veut trouver. Un contrepoint, quelque chose pour être rassurée. Pour faire la paix avec ce passé obsédant qui la poursuit jusqu'ici, dans la petite maison de la place de Sauveterre. Pierre-Louis, le père d'Adam, l'auteur des coups mortels ? Ses doigts pianotent. Le site des Frères et Sœurs de la Croix est très moderne, bien fait. On peut y télécharger *FC* en ligne. Ça ne manque pas, Pierre-Louis Sue de La Garde fait la une. Sur la photo il apparaît en short long, avec le drapeau de la Milice à la main, blanc, marqué d'une couronne d'épines, il sourit. « À dix-neuf ans lors d'un camp des Frères de la Croix », indique la légende. Le titre est rassurant : « Pierre-Louis, martyr du XXIe siècle ». L'article est élogieux, il retrace le parcours sans faille du fils de Madeleine, donne la parole à cette dernière, fière, émue. Les mots du frère Henri, auteur de la louange, se déchaînent, l'emploi des adjectifs est impressionnant : courageux, droit, impliqué, incorruptible, fidèle. Pierre-Louis, martyr, est mort pour avoir lutté pour la France catholique et royale. « Ses grands combats : la lutte contre le mariage homosexuel et la dépravation de la France, la protection des valeurs chrétiennes de la fille aînée de l'Église en refusant le diktat de l'immigration incontrôlée des populations musulmanes. » Pierre-Louis, le martyr ou le tueur ? Le frère Henri savait-il pour Mélanie ? Sixtine ne peut pas apporter de réponse. Elle poursuit la lecture de *FC*. Là, en page 4, un article intitulé : « Que faut-il faire des demandeurs d'asile afghans ? » La réponse est apportée par un éditorialiste d'un journal très à droite. Alors que la France se retire d'Afghanistan, des traducteurs, des aides de camp afghans craignant pour leur vie après leur collaboration avec l'armée, demandent asile sur la terre de Jeanne d'Arc. L'éditorialiste prône un cas par cas très strict. « Il ne faut pas avoir peur de répondre négativement à la majeure partie de ces demandes : qui sait si derrière le chauffeur afghan de la jeep de l'opération *Pamir* ne se cache pas le turban d'un taliban endormi ? »

La question de l'éditorialiste fait écho en Sixtine. Une mère et son fils, des Kurdes de Syrie, sont arrivés hier à Rodez. La paroisse les loge. Est-ce qu'elle peut leur rendre visite sans trahir la France ? Qui se cache derrière cette femme et son enfant ? Le turban d'un taliban endormi ?

Sixtine ferme l'ordinateur, les volets sont ouverts, le ciel de Sauveterre est vide d'étoiles. Qui détient la Vérité ?

16

« Leur péché est énorme »

Sauveterre-de-Rouergue, octobre 2014

— Adam, oui, bravo mon bébé !

— Nateau, Nateau. Adam Nateau ?

— Mais oui, le voilà ton gâteau.

L'enfant se précipite sur le boudoir enrobé de chocolat. Le fourre dans sa bouche en vitesse.

— Tu marches, mon grand ! C'est incroyable !

Sixtine se sent submergée par l'émotion. Lydie et Léo poussent des cris de victoire. Ils félicitent le sportif débutant, debout, fier et hilare sur la place aux Arcades.

— À la crèche ils seront très fiers de toi !

Le bébé retombe fesses sur le sol et se met à pleurer.

— Mais non, ce n'est pas grave, tu vas y arriver ! Bientôt tu pourras courir avec Léo. Tu es en vacances, mon grand ?

— Eh oui ! Je vais au stage de rugby en plus.

— Super, bon, je pars à la crèche et après direction Rodez, tout à l'heure j'accompagne Azade à son premier cours de français.

— C'est un sacré boulot que tu fais là, Sixti ! Sérieux, tu gères grave, s'exclame Lydie.

— Je suis surtout aidée par l'éducateur. Mais c'est intéressant. Allez, le marcheur et moi on y va !

Le ciel se met à crachiner, Sixtine se dirige vers sa voiture, dépose Adam à l'intérieur. La crèche, la séparation, toujours douloureuse, les larmes de Sixtine retenues ces deux jours par semaine où Adam va gambader dans la piscine à bulles du jardin d'enfants municipal. Muriel n'aurait jamais validé une telle organisation. Une maman doit s'occuper de ses enfants, pas les abandonner dans une garderie pour « aller faire du social ». Sur la route du Rouergue, Sixtine repense encore une fois à sa propre mère. Ce décor campagnard, Muriel l'aurait détesté, elle qui ne se sentait en sécurité que dans les villes propres et les quartiers bourgeois. Ou à la rigueur sur la côte bretonne. La route de Rodez est si belle, une trentaine de kilomètres à travers les champs de blé coupé, les prairies où les vaches gasconnes broutent l'herbe de l'automne pluvieux. Jusqu'au boulevard François-Fabié, jusqu'au petit appartement d'Azade et Afrîn. La jeune femme est prête, elle porte un pantalon en jean, un pull blanc assez couvrant, elle a noué ses épais cheveux noirs avec un élastique rose.

— Tu es belle comme ça, dit Sixtine en se souvenant de sa première rencontre avec la jeune réfugiée il y a deux mois. Azade portait une robe mi-longue, un petit voile en tissu abîmé, le visage blême et défait de ceux qui ont trop marché. Sixtine avait failli faire demi-tour. Une femme voilée ? On lui avait dit des Kurdes qu'ils étaient très laïques. Mais Azade tenait Afrîn dans ses bras, un garçonnet au regard inquiet, aux joues creuses et aux incroyables cheveux bouclés. Un petit enfant de quatorze mois, comme Adam. Il était mignon.

Elles sortent de l'appartement, Azade est joyeuse.

— Tu ne mets pas ton voile ? demande Sixtine en indiquant un tissu beige posé sur le portemanteau.

— Non, pas, pas aujourd'hui, balbutie Azade.

Dans la rue, la jeune femme lui prend le bras. Elles marchent jusqu'au centre communal d'action sociale. Sixtine se sent fière de franchir la porte. Sur le chemin du retour, dans la Volvo break de Pierre-Louis, elle se justifie, se persuade que ni Azade ni Afrîn ne sont des talibans en puissance. Juste une femme et son fils, perdus, comme elle. Azade avait fui la Syrie peu de temps avant l'offensive de l'État islamique dont la rage fait aujourd'hui la une des journaux. Son mari, Goran, membre d'un parti politique kurde, avait été tué et personne n'avait retrouvé son corps. Afrîn avait deux mois, les parents d'Azade avaient payé très cher pour obtenir des faux papiers, la faire passer au Liban où vivait l'une de ses sœurs. Mais à Beyrouth, Azade avait découvert l'impensable. Tout cet argent sacrifié, ces efforts d'une vie, tout ça pour ça : un no man's land, un taudis. Un cousin en Angleterre lui avait parlé par mail. Elle avait repris la route, poussée par l'espoir d'un simple message sur l'écran de son téléphone portable – *welcome* –, s'était cachée dans des trains de marchandises, avait été hébergée par des Kurdes en Allemagne, était passée en France. On l'avait arrêtée, placée dans un centre de rétention avec son bébé. Une association avait plaidé sa cause. Le rêve anglais s'était éloigné. Une bénévole avait échangé au téléphone avec le père Benjamin, il y avait une chambre pour Afrîn et Azade à Rodez.

— Je vais faire un club de mères célibataires ! s'amuse Sixtine en repensant au terrifiant parcours d'Azade. Elle passe la cinquième, accélère, se persuade encore : Azade est musulmane, pas du tout pratiquante, elle pourrait très bien se convertir. Après Baraqueville, la Volvo break tourne à droite, emprunte la petite départementale menant à Sauveterre. Une voiture de gendarmerie est arrêtée sur l'herbe, devant un camion blanc tagué et mal en point. Pawel parlemente avec deux képis. Sixtine immobilise le break.

— Bonjour.

— Vous voulez ? s'énerve immédiatement le gendarme plus âgé.

— C'est seulement… Je voulais dire bonjour à mon ami. Salut Pawel.

— Vous voyez, c'est pas le moment, votre ami, comme vous dites, conduit un cercueil roulant.

— Oui, bon, je suis juste pas à jour du contrôle technique.

— Tu as de la drogue sur toi, lance affirmativement le gendarme d'une trentaine d'années.

— Ben non, vous pouvez y aller.

— On va déjà lui faire le test, alcool et cannabis, allez hop, mets cette languette sur ta langue.

Sixtine s'approche.

— Pourquoi vous le tutoyez ? Vous le connaissez ?

Les gendarmes se retournent en hochant la tête.

— Bon, laissez-nous faire notre boulot. Moi, je vais fouiller cette porcherie. Tiens, facile, la voilà ta cache ?

Le gendarme, la cinquantaine, sourire émacié et ligne de jeune homme, brandit le hang drum de Pawel d'un air victorieux.

— On va démonter cette merde.

— Mais c'est un instrument, tente Pawel en élevant la voix.

Sixtine s'approche du tambour suisse et de la main du gendarme.

— Oui, c'est même le mien, lance-t-elle joyeuse. Vous pouvez demander au père Benjamin, on s'en sert régulièrement à la messe. Je l'avais prêté à Pawel pour qu'il fasse un essai. Vous savez que le maire de Rodez va venir pour la Toussaint à Sauveterre parce que son grand-père y est enterré ?

Le ton de Sixtine est enjoué, naïf. Le gendarme la regarde, hésite, lui tend l'instrument.

— Bon, ben, récupérez votre truc, alors.

Sixtine remercie poliment. Le test salivaire est négatif, le test d'alcoolémie aussi.

— Par contre, votre camion, on va l'immobiliser. La fourrière va passer le prendre, vous ne repartez pas avec, concède le jeune gendarme, visiblement déçu.

— Viens, prends tes affaires je te ramène, invite Sixtine.

Pawel et sa crête blonde glisse deux sacs dans le break de Pierre-Louis.

La voiture est immobilisée devant la ferme des Bordas. Sixtine dit non encore une fois. Certes, l'heure du déjeuner est bien entamée, son frigo est vide et son estomac gronde. Mais non, elle ne veut pas manger le ragoût végan de Din.

— En tout cas merci, si tu savais ce que j'avais planqué dans le hang !

— Non ? Ne me dis pas ?

— Si, si dans les trois cents grammes de beuh, de l'herbe quoi, espagnole, si tu sentais ça !

— Pawel, tu abuses !

— Pour me faire pardonner, viens manger le ragoût !

Sixtine, abasourdie, finit par accepter. Rapidement, pas longtemps dans la grotte du Diable.

Sur une musique d'outre-tombe, la pièce principale, une salle à manger en pierre dont le crépi s'ébroue, apparaît remplie de cadavres épars : des canettes de Heineken, des bouteilles de vin vides, des cendriers où agonisent des mégots noirs et puants, un corps étalé au milieu de ce foutoir, à même le sol. Au fond de la pièce, derrière les plaques de gaz, sur un canapé douteux, deux filles rient en vidant une bouteille, bouches sur le goulot, un garçon assis en tailleur somnole à moitié, Din tire sur un pétard en criant.

— Cool les mecs ! Pawel, le retour du conquistador ! Et Mme Sixti en personne !

— Déjà levés ?

— Non, pas couchés, mon petit nain, tu aurais vu ce que Steph a ramené. Cadeau, c'était cadeau mon gars.

— Un rail ? propose l'une des filles, cheveux longs d'un côté, ras de l'autre, boucle dans le nez et regard maquillé de noir intense.

— Heu, je crois que je vais y aller, je venais juste dire bonjour.

Sixtine s'immobilise devant la main de Steph tendant un petit sachet de poudre blanche.

— Bon, il reste que du speed, on a filé toute la coco, avoue-t-elle en riant.

— Non, reste Sixti, je te sers une assiette de ragoût. Moi aussi, j'ai la dalle, putain, ils font chier les molosses ! J'ai plus de caisse les gars ! râle Pawel tout en attrapant deux assiettes dans un vieux vaisselier en bois.

Sixtine s'assied sur une chaise dont le maillage est écorché, saisit l'assiette au fumet savoureux. Au milieu du salon, un cadavre tousse, gigote et meurt une nouvelle fois. Sur le mur, une tête de mort gigantesque a été peinte à la va-vite. Par l'escalier, un couple hilare bondit, puis avance en titubant. S'étalant sur le canapé, la fille tire vers elle un corps d'homme maigre aux cheveux informes et mi-longs dont elle pourlèche la bouche au rythme effréné d'une musique hardcore. Interdite, Sixtine contemple cet univers fait de peintures sauvages et de bière bas de gamme, de cris, de sons rugissants et de bêtes tapies dans les corps en lambeaux. Le noir et la fureur, les langues, les narines enivrées de poudre, les regards perdus, extasiés, la crasse, l'alcool visqueux répandu au sol, le bruit, encore, surgissant des baffles, il retentit, tape, défoncé, crache, vomit le diable lui-même.

— C'est bon, hein, je t'ai pas survendu le truc ? taquine Pawel en brisant le mutisme de Sixtine.

— Oui, c'est… très bien. Qu'est-ce qui s'est passé ici ?

— Grosse soirée pour le retour de Steph, répond Din.

— Je… Tu m'indiques les toilettes ?

Sixtine franchit une porte, pénètre dans le couloir, où sont disséminés quelques reliques, un préservatif usagé, une canette de bière à moitié pleine remplie de mégots, un short noir portant encore le parfum transpirant de son dernier propriétaire. Le souffle court, le regard effaré, elle entre dans la salle d'eau. Dans la baignoire macère un liquide rouge et visqueux, indéfinissable. Peinture ? Sangria ? Assise sur la cuvette, Sixtine sait qu'elle aurait dû partir depuis très longtemps. Elle n'a rien à faire là. *Juste un café et je m'en vais*, pense-t-elle en retournant dans le salon. Le son est plus fort, plus rageur, virant vers le métal.

Steph enfourche Pawel, assis sur sa chaise, las. Elle agite devant lui un petit sachet de poudre blanche. Sixtine regarde le profil rasé de la fille, brune, pas vilaine, même si ses traits manquent de finesse. Pawel et sa crête. Steph et sa coupe asymétrique. *Ils sont du même moule*, songe-t-elle, tout cela est normal, ce qui ne l'est pas c'est son malaise.

— Tu es mou Pawpaw, là, on s'en fout de ton camion ! Tu prends un truc qu'on aille baiser…

Pawel dégage la bouche humide, la langue brûlante se régalant de son cou à la peau salée.

— Vas-y tranquille, Steph, je suis crevé, là.

En riant, l'Iroquoise se relève, s'installe à table, dépose de la poudre dans un bout de carton et inspire la potion magique à l'aide d'un petit rouleau en papier.

— Allez Paw, je te prépare un truc et pour ta copine aussi.

Le visage blanc linceul de Sixtine se tourne vers Pawel en faisant non de la tête.

— Wech, Sixti, ça serait délire ! l'encourage Din.

Déjà, Pawel s'approche de la table, penche sa tête vers le carton, la poudre, la paille. La bouche de Sixtine se tord en voyant l'ange blond inspirer l'encens de Satan.

— Bon, merci pour le repas, c'était vraiment délicieux mais je dois y aller, s'excuse Sixtine en se levant d'un bond.

Déjà, Pawel la rattrape par le bras.

— Hé, Sixti, c'est… enfin, c'est pas trop ton genre le speed et tout ? C'est rien, tu sais.

Ils sont dehors, pieds dans la boue.

— Tu n'es pas obligé de t'imposer ça.

— Mais je m'oblige pas…

— On te dit prends, et tu te drogues, fais-moi des tr… des trucs, là, tu y vas ! Bon, ça ne me regarde pas, mais je trouve que tu te détruis en faisant ces choses-là.

— C'est Steph, quand elle est défoncée elle est comme ça ! Le speed sérieux, c'est rien, juste la cocaïne du pauvre, ça te fait tenir plus, c'est tout. Désolé, Sixti, c'est pas cool pour toi, j'm'en suis pas rendu compte.

— C'est pas grave, retourne avec tes amis. À plus.

— Tu sais, la drogue faut pas imaginer tout ce qu'on dit. Steph, elle abuse avec. Moi, je t'assure, c'est juste de temps en temps.

Sixtine fait mine d'avancer vers sa voiture, mais ses pieds ne parviennent pas à se décoller du sol. Dans le ciel gris, la pluie tombe et les gouttes d'eau se meurent contre la terre molle et boueuse de la cour de la ferme.

— Et c'est ta… je ne sais pas comment tu dis… ta maîtresse, Steph ?

— Viens, on va s'abriter dans ta caisse, invite Pawel.

Sixtine s'installe sur le siège conducteur du break, Pawel s'écrase dans le fauteuil du passager. La pluie redouble de violence, le déluge s'abat sur leurs visages à travers le pare-brise.

— On dit plutôt un plan cul, enfin c'était ça avant. Mais, j'ai plus envie.

— Pourquoi ?

— Je sais pas, je me suis lassé.

— Tu en as d'autres des plans truc ?

— Plus ou moins, il y a une fille dans le squat à Barcelone, vraiment cool, avec elle pas d'embrouille, mais un peu… un peu dingue parfois.

— Ça consiste en quoi ton plan machin ?

— Rien, c'est juste des potes, parfois on se voit comme des potes, parfois on couche ensemble, et on attend rien d'autre.

— Mais tu n'as pas envie de construire une relation avec elles ?

— Ha, on dirait ma mère ! Non, ça fait six ans que je n'ai pas eu envie d'autre chose, en fait depuis le jour où j'ai lâché mes études.

— Non ? Tu as fait des études, toi ? raille Sixtine.

— Ben oui, des études de maths, des statistiques même ! Enfin, pendant trois ans. Tu sais, j'étais plutôt bon élève ! Et un gentil garçon avec ça, étudiant en licence, cours de trompette au conservatoire, petit appart rempli de jolis pots avec des plantes vertes arrosées avec amour par ma petite copine, toujours la même entre seize et vingt et un ans… Tout ça quoi !

— Et puis tu as vrillé…

— C'est ça ! C'est à cause de Din !

— Facile !

— Oui, facile. Je connaissais Din par des colonies de vacances quand j'avais onze ou douze ans. On s'envoyait des cartes postales et tout ! L'été où il s'est installé ici je suis venu le voir, il avait bien abusé de pas mal de substances depuis deux ans mais il remontait la pente… Ça me faisait un peu flipper et ça me donnait surtout envie. En septembre j'ai repris l'école de stat. Tu vas pas le croire mais tout s'est déclenché quand j'ai vu un Hollandais avec des cheveux longs et un vélo dans une rue de Lyon. Il jouait du hang drum devant la fac.

— Et là, tu as eu la révélation, tu as voulu devenir SDF ?

— Non, faire le tour du monde avec un vélo et un hang ! J'ai acheté l'instrument avec les tunes de mon compte épargne, j'ai lâché la fac et voilà. Bon, après, j'en ai eu marre du vélo et j'ai acheté le camion. Quand tu n'as pas d'appart, c'est pas mal !

— Et la petite copine ?

— Lâchement abandonnée ! Et tout ce qui allait avec : le petit couple, les interdits à la con qu'on s'impose, les repas les yeux dans les yeux où tu sais plus quoi te dire et les projets foufous genre « Viens chéri on part en week-end à la mer » ! Maintenant, c'est pas d'attaches, pas d'emmerdes… et pas mal de filles aussi j'avoue.

— Mais c'est un peu de la grande consommation, monsieur l'anticapitaliste ? s'insurge Sixtine en retrouvant le sourire.

— C'est vrai, c'est carrément ça. Parfois, c'est dingue, mais il y a des sollicitations de meufs et je me casse, elles sont canons et tout, mais c'est juste que ça me saoule. En ce moment j'ai envie d'être tranquille. Je vais même rentrer chez mes parents la semaine prochaine, si je trouve un moyen !

— Tu ne les vois pas souvent ?

— Si, une ou deux fois par an quand même, ils vivent à Clermont-Ferrand, c'est pas à côté.

— Ils apprécient ton nouveau look ?

— Ils sont trop contents de me voir pour me faire des remarques là-dessus ! Ils sont cool, tant que je suis heureux ça leur va ! Et toi, ils sont où ?

— À Rennes, c'est un peu compliqué...

La pluie s'arrête sur le pare-brise détrempé.

— Et Marc Pradel ? C'est terminé ?

— Marc Pradel, ça n'a jamais commencé !

— Y a personne d'autre ?

— Je suis pour la décroissance, comme vous dites, consommation minimale !

Ils rient, leurs regards se croisent. Malgré la poudre, malgré la musique du diable, malgré l'herbe planquée dans le hang drum, les consommations multiples et variées, Sixtine sait qu'à cet instant si la bouche de Pawel s'approchait de la sienne elle serait incapable de dire non.

— Allez, je vais te laisser partir, je t'en dois une, quand je rentre de Clermont je t'offre un bon petit dîner dans mon palace !

— Ton palace ?

— Oui, tu verras, Adam va kiffer !

Pawel claque une bise, sort, les pieds dans la boue, dans l'air crachin il fait au revoir de la main à la Volvo break grimpant vers Sauveterre.

Une ivresse s'empare de la conductrice, elle dodeline de la tête et avale sa salive acide. Pawel est un ami, un drôle d'ami, mais un ami, pourquoi irait-il l'embrasser ? Pawel est retourné à sa place, dans l'enfer des Bordas, peut-être a-t-il succombé aux cuisses offertes de Steph, à une autre traînée de poudre blanche. Les amis se font la bise et Pawel dépose des baisers sur les lèvres de « potes » délurées, expérimentées, sexuellement entrepreneuses. Pourquoi s'est-elle remise tout à coup à espérer autre chose ? A-t-elle seulement cessé un jour de le voir comme un désir ? Est-ce à cause des rêves ? Des songes réguliers depuis quinze mois, tendres, de plus en plus intenses, des bouches collées, des mains glissant le long de ses courbes, allumant au creux de son être un feu sacré. Des scénarios nocturnes et des rêveries éveillées. Dans son lit, sur le canapé du salon, sur la commode de l'entrée, dans les rues et même au bord du Lézert. Cet amant imaginé lui a déjà fait l'amour sur chaque parcelle de Sauveterre. Ce n'est pas vraiment le Pawel d'aujourd'hui. Dans ces fictions apparaît toujours le visage de l'ange blond des premiers jours, sans crête iroquoise, sans marque noire dans le cou, un ange pur au regard d'enfant, aux joues rieuses et à la musique divine, l'Amour.

« Ces rêves sont le fruit de vos pensées. Ils évoquent une sexualité que vous n'avez pas. La sexualité n'est pas le Mal, c'est un don de Dieu. Il faut cesser ce dualisme : le corps et les relations physiques intimes vus de façon essentiellement négative, comme a pu le faire l'Église par le passé. Jean-Paul II a dit que le corps humain, par son sexe, contient depuis "l'origine" la capacité d'exprimer l'amour. Il a dit encore que dans la vie conjugale, les relations charnelles sont le signe et l'expression de la communion entre les personnes. Le langage du corps est un pacte conjugal. Vous êtes libre d'engagement, au lieu de vous flageller sur vos pensées, posez-vous la question : ce désir de sexualité avec cet homme n'est-il pas le signe de l'amour que vous lui portez et d'une relation conjugale à venir ? », les mots du père d'En-Calcat avaient frappé Sixtine lors de sa dernière confession. Il n'était pas question de péché ou de laisser-aller. Ces mots étaient censés, profonds, documentés, elle n'en avait jamais entendu de tels. Dans le fond, le prêtre-moine derrière sa grille avait mis le doigt sur quelque chose d'immense. Pouvait-il être dans le vrai en citant Jean-Paul II ? Le pape polonais était-il vraiment l'antéchrist comme le pensaient Pierre-Louis et les Frères de la Croix ? Mais le confesseur ne savait pas tout. Il ne savait rien de l'homme des rêves. Celui qu'il envisageait dans « une relation conjugale » était un punk sauvageon, un joueur de hang drum sans profession, sans port d'attache, si ce n'est une ferme de crasse et de pisse d'alcool, un amant de filles aux cheveux ras, un plan cul, un fumeur de cannabis, un absorbeur de poudre, une adorable tête d'enfant canaille, immature, refusant l'engagement peu importe sa forme, un métèque, un troubadour. Tout en se garant dans une ruelle, Sixtine repense aux paroles du prêtre-moine. S'il avait su tout cela, qu'aurait-il dit ? La même chose ? Non, avec Pawel aucune relation conjugale n'est envisageable, il n'y a pas de « sexualité bonne, utilisée comme Dieu l'entend » possible avec lui. Il y aurait seulement l'amitié et la chair, comme un objet pris et reposé aussitôt consommé. Saint Paul n'a-t-il pas dit : « Qui sème dans sa chair, récoltera de la chair la corruption » ? Don de Dieu ou corruption ? Sixtine ferme le break à clé et rejoint sa maison.

La montre indique 15 heures. Cela veut dire qu'il lui reste exactement cinquante-cinq minutes pour s'occuper des tâches ménagères : faire tourner une lessive, mettre un coup d'aspirateur dans le salon et remplir la procuration concernant la gestion locative de sa maison, rue des Lilas. Madeleine est-elle déjà au courant de sa mise en location dans une agence du centre-ville ? Elle ne tardera pas à le savoir. Tout le monde l'apprendra. Alors ils comprendront : la fuyarde ne rentrera pas encore. En cachetant l'enveloppe, Sixtine sourit, regarde l'heure à nouveau, appuie sur le bouton de la bouilloire, choisit un thé noir au jasmin et s'installe sur le tabouret de bar de la cuisine. C'est étonnant d'aimer cette vie, songe-t-elle en contemplant le thé infuser dans l'eau. Cette vie incohérente, morcelée, avec des moments de liberté inouïs, sans obligation, ces journées de vacances avec Adam, à ne rien faire, souvent, si ce n'est marcher au bord du Lézert, ramasser des cailloux et des petits morceaux de bois, saluer un voisin, parler du temps qu'il fait, voir les blés monter, dorer, la moissonneuse s'ébranler, les feuilles tomber des chênes tendres.

— Les enfants, la maison, la paroisse, mon mari et voilà, je n'ai plus une minute à moi, s'était plainte avec fierté Marie-Sophie lors de leur dernière discussion, dix-sept mois plus tôt.

Sixtine ne sait pas si cette situation est convenable : travailler en partie et donc faillir à son rôle de mère en laissant Adam à la crèche, aimer cette mission confiée, apprécier ces instants sans Adam, une fois passé les minutes dévastatrices de la séparation. Il y a ces journées à l'extérieur très remplies, travail, démarches, trajets, rencontres. Et il y a ces jours d'un laisser-aller sans nom. Bien loin de la tenue de maison de Marie-Sophie. Ces jours vacants, Sixtine limite les tâches ménagères au minimum, achète souvent des *empanadas* au marché, remplit son congélateur de plats tout faits, accepte volontiers les invitations saucisses-lasagnes de Moïsette. Ces jours-là il n'y a aucun horaire, seulement le rythme d'Adam, l'heure des gargouillis, celui du bâillement, et leurs siestes communes dans le grand lit. Ce n'est peut-être pas convenable, mais c'est tellement bon, pense Sixtine en terminant d'un trait sa tasse de thé. Il est 16 heures, elle file vers la crèche à pieds. Son pas se presse, son cœur bat, fort, plus fort et son souffle s'accélère. Dans un réflexe, sa main appuie sur la sonnette, pousse le portillon en métal et Sixtine franchit une porte, pénètre dans une pièce colorée où des bébés jouent dans toutes les positions possibles, couchés sur leur ventre rond, debout accrochés à un trotteur, enfoncés dans un transat.

— Maman !

Le regard errant de Sixtine s'immobilise sur l'enfant en salopette rouge qui marche vers elle avec hésitation, enfouissant sa tête entre ses jambes, il approche sa petite bouche rose de son visage.

— Petit chou ! Plus rien ne t'arrête !

Le cœur de Sixtine exulte, elle n'entend pas les mots de l'auxiliaire parlant d'un repas de purée pommes de terre-poireaux, d'une compote au goûter et d'une selle bien formée. Cet instant est un éclair, un coup de foudre.

Adam tape sur les cubes en carton impeccablement dressés devant lui.

— Et boum ! encore, encore, hurle-t-il hilare, en éclatant l'ensemble à bout de bras. Accroupie sur le parquet en bois du salon, Sixtine ramasse les cubes et entreprend la reconstruction de la tour. L'œuvre est presque terminée, Adam parfaitement échauffé, la sonnette retentit.

— J'arrive ! J'arrive ! entonne joyeusement Sixtine en déposant le dernier carré tout en haut de l'audacieuse architecture.

— Et boum ! Maman, maman, encore !

— Bonjour Sixtine.

Sur le seuil de la porte, celle de la maison de la place de Sauveterre, se tient Élisabeth Sue de La Garde. Cheveux toujours aussi courts, blouson bleu marine Barbour, mocassins assortis et médaille miraculeuse dépassant de son col écossais. Elle tient un dossier cartonné à la main.

— Mama ? Maman ? Encore ! Encore boum ! s'impatiente Adam.

— Je peux entrer ?

— Tu... Tu es seule ? lâche Sixtine tout en glissant son regard vers la place, à la recherche d'une autre présence, d'autres cheveux, plus courts, plus grisonnants.

— Oui, je suis seule.

— Je t'en prie, pardon..., entre !

— Encore, encore ! hurle toujours Adam.

Dans un réflexe animal ridicule et imprévisible, Sixtine saisit l'enfant dans ses bras, le bébé gigote, réclame sa tour, son boum.

— Je t'en prie Élisabeth, assieds-toi.

Sixtine s'installe en tailleur sur le sol, Adam sur les genoux, ses doigts s'empressent de relever inlassablement la fragile construction.

— Je suis là parce que je termine toujours mes recherches, lance Élisabeth, bras croisés sur le canapé, tout en faisant le tour de la pièce du regard. C'est un principe.

— Comment as-tu trouvé notre adresse ?

— J'ai simplement contacté tous les diocèses de France, c'est avec l'acte de baptême de… d'Adam.

— Elles ont aussi mon adresse ?

— Qui ça ?

— Ta maman et la mienne ?

— Pas pour l'instant, je voulais d'abord terminer mon travail. Et puis je ne me vois pas raconter tout ce que je sais à maman au téléphone… En ce moment je suis en stage à Lyon, aux archives de l'évêché. Mais je vais rentrer aux vacances de Noël et je ne mentirai pas à nos familles.

Sixtine avale sa salive.

— Je ne suis pas là pour ça ni pour te poser des questions à propos de ce que tu nous as fait. J'ai trouvé ce que je vous avais promis à Pierre-Louis et toi. Foucault a sa généalogie complète.

— Il s'appelle Adam.

— Oui… c'est vrai. Comment as-tu pu faire ça à Pierre-Louis ?

Élisabeth s'interrompt dans l'ouverture du dossier cartonné et fixe l'enfant en dodelinant de la tête.

— En même temps, certaines choses s'expliquent…, reprend-elle en soupirant. Voilà, c'est grâce à ça que j'ai remonté la piste. L'acte de baptême de ta maman, Muriel Kosslov, à Fanjeaux, le 8 avril 1980.

— 1980 ? s'insurge Sixtine sidérée.

— Oui, ta maman avait seize ans.

— Mais comment…

— Ta maman a été baptisée à seize ans parce qu'elle vient d'une famille qui n'est pas catholique, loin de là. Ses parents s'appelaient Erika Kosslov et Daniel Dinard. C'est écrit ici. J'ai perdu beaucoup de temps à chercher un acte de mariage qui n'existe pas. Erika et Daniel n'ont jamais été mariés. Les recherches sur Daniel Dinard ont été assez faciles. Il suffit en fait d'aller sur Internet pour dénicher des choses, Daniel Dinard a écrit une dizaine de pièces de théâtre à tendance… libertaire. Il vient d'une famille d'instituteurs de Marseille, je suis remonté à la fin du XVIIIe siècle, c'est correct. Voilà, c'est ici.

Déjà, Sixtine contemple éberluée les cases remplies de ses origines maternelles.

— Pour Erika Kosslov, il suffit aussi de taper son nom, c'est désespérant comme Internet rend tout cela si facile ! Elle a une courte page Wikipédia parce que c'était une artiste de cirque et une comédienne un peu connue dans certains milieux… Je n'ai pas de mérite pour ses ascendants, j'ai eu cela tout cuit d'un certain Ethan Kosslov, le fils de David, le frère d'Erika. Il vit à Jérusalem et il a créé un blog en ligne avec l'histoire de sa famille et un arbre généalogique. Très pratique.

— À Jérusalem ?

— Oui.

Le regard d'Élisabeth transperce Sixtine interdite.

— Voilà, l'arbre généalogique est complet.

— Ma mère l'a-t-elle vu ?

— Non, tu es la première.

Assis sur le sol, face à un champ de cubes en ruine, Adam se met à pleurer, des cris puissants sortent de sa petite bouche, ses pupilles se dilatent et ses mains de bâtisseur tambourinent entre ses cuisses.

— Adam, mon chou, qu'est-ce qu'il y a ?

— Non, non, le château ! Non ! hurle l'enfant entre deux sanglots, immenses, incommensurables, bruyants à l'excès.

Sixtine se relève, saisit la bête en crise, tente de lui parler, essaie de glisser un biberon entre ses lèvres, puis sa sucette et finalement son doudou. Droite comme un I sur le canapé du salon, Élisabeth Sue de La Garde fixe l'assiette vide posée devant elle, sur la table basse en verre. Il n'y a pas de petit cake impeccablement cuit, pas de théière en porcelaine. Les pleurs d'Adam redoublent, incapables de surmonter l'obstacle et la sonnette résonne, encore. Sixtine dépose la furie rougeoyante dans la cuisine, se dirige vers la porte tout en jetant un œil à Élisabeth.

— Salut Sixti, merci, je tombe pas au bon moment non ?

— Non, pas de problème, Adam est… Adam n'est pas content !

— Et tu as de la visite ? Je te laisse ? chuchote Lydie.

— C'est, enfin… non, entre.

— Je veux pas te les briser, c'était juste pour savoir ce qu'il avait branlé avec les keufs, Pawel ? Pépé l'a vu sur la route.

Le visage crispé d'Élisabeth se tourne vers la nouvelle venue braillant d'une voix atrocement vulgaire à son goût. La fille de Madeleine dévisage Lydie : ses cheveux sont mi-longs, faussement blonds, ses yeux très maquillés, d'un vert brillant, pailleté peut-être. Elle porte des bottines rouges, vernies, à talons, un jean trop moulant, troué au genou et un pull fuchsia s'arrêtant au niveau du nombril.

Tout un poème, pense la généalogiste.

— Salut, moi c'est Lydie, je suis la voisine.

— Bonjour, Élisabeth Sue de La Garde.

Lydie hésite à claquer une bise, tente quand même au grand dam d'Élisabeth.

— Bon, je vais pas t'emmerder longtemps Sixti, poursuit Lydie en s'accoudant au bar. Adam, c'est quoi ton problème là, le beau gosse ?

L'enfant la dévisage, ses pleurs redoublent et sa colère se déploie contre un pack de lait.

— Désolée, Lydie, je ne comprends pas…

— Tu sais quoi, mon petit gars, j'ai la solution anti-crise d'ado des grands de presque deux ans !

Lydie dégaine son téléphone portable recouvert d'une coque argentée et de stickers étoilés. Elle pianote et un son s'échappe bientôt de l'appareil.

— Regarde, bonhomme, ça c'est cool !

Adam, subitement captivé par l'écran, contemple la chevelure d'une blonde pulpeuse sortant d'un tourbillon d'eau.

— Ça, Sixti, faut pas l'oublier ! Les clips de Shakira toujours à portée de main ! J'ai calmé cinquante fois Léo comme ça, trop forte, Shakira !

Sixtine offre un sourire gêné à Lydie, jette un œil à Élisabeth, puis consent à contempler la bombe blonde, Shakira donc, dont le corps sculptural se traîne désormais en soutien-gorge en cuir noir dans un faux décor de gadoue. Adam ne pleure plus, des larmes glissent sur ses joues. « Whenever, Wherever » remplace les cris furieux.

— Pawel a été arrêté par les gendarmes, ils lui ont pris son camion, chuchote Sixtine.

— Merde alors !

— Écoute je te raconterai plus tard, il va être l'heure de partir chez Moïsette, poursuit-elle en fronçant excessivement ses sourcils et en haussant la voix.

— Moïsette ?

— Oui, oui, pour le dîner bien sûr. Voilà, j'avais préparé cette bouteille de vin, et les couches d'Adam. Parfait, on y va. Élisabeth, je suis désolée, mais je dois partir, nous sommes invités… Tu as un hôtel quelque part ?

Élisabeth écarquille les yeux, se redresse, ses mocassins bleus s'enfoncent dans le parquet en bois.

— Heu, oui, je vais trouver ça.

— Merci pour ton travail de généalogie.

— C'était ma mission, mais heu… enfin… Tu… vous allez revenir quand, à Nantes ?

— Bientôt, très bientôt, je vous informerai, c'est prévu, répond Sixtine du tac au tac en forçant son sourire.

Elle prend Adam dans ses bras, saisit son sac à main.

— Oui, bien sûr, je vous informerai, poursuit-elle. Bon retour.

Élisabeth n'insiste pas, ahurie, elle dévisage encore une fois Lydie. Serait-on en train de la foutre dehors ? Sixtine connaît ce regard Sue de La Garde, un regard qui désapprouve, juge, méprise. Élisabeth passe la porte, il ne reste plus qu'à fermer à clé, à lancer un dernier au revoir de la main pour se volatiliser dans une ruelle, prendre la fuite. Sixtine court presque, Lydie aux trousses.

— Sixti, hé, Sixti ? C'est quoi ce truc chez Moïsette ?

Mais la jeune femme ne répond pas, elle accélère, ses mains tremblent et ses joues se contractent.

— Sixti, il se passe quoi, là ?

Accroupie, adossée à un mur, Sixtine dépose Adam sur ses genoux, cherche son souffle, inspire lentement, expire, tente de maîtriser la boule de peur nichée dans sa gorge nue.

— C'est ma belle-sœur, ils m'ont retrouvée.

— Sixti, tu as des problèmes ? Tu peux m'en parler, tu sais ?

— Ce n'est rien, c'est juste ma belle-sœur, elle me stresse. Tout va bien. Elle est venue à l'improviste, voilà. Tout va bien, répond Sixtine comme si elle se parlait à elle-même.

— Tu es sûre ?

— Oui, je t'assure, je suis bête !

Sixtine retrouve son souffle, son sourire, recoiffe son chignon défait.

— Bon et maintenant on va se prendre une pizza au camion et tu viens manger chez moi, parce que Moïsette, ça m'étonnerait qu'elle nous ait préparé la soupe !

Il est 22 heures. La place aux Arcades de Sauveterre est vide, pas l'ombre d'une Élisabeth Sue de La Garde. Les douze kilos de chair d'Adam, plus quelques grammes de pizza, pèsent sur les muscles lisses de Sixtine. Sur la table basse du salon, la généalogiste a laissé des documents : un arbre au nom de Foucault Sue de La Garde. Une fois Adam déposé dans son lit, Sixtine saisit le fruit de si longs mois de recherches. Une ascendance aux cases bien remplies. Un tsunami de papier. Son index glisse de nom en prénom.

Erika Kosslov, née le 4 juillet 1940, Moisés Ville, Argentine, décédée le 4 septembre 1983, Saint-Girons, France.

Sa mère, Sacha Kosslov, née Guerchuof le 4 février 1902, Moisés Ville, Argentine, décédée le 8 mars 1976, Moisés Ville, Argentine.

Son père, Alberto Kosslov, né le 1er août 1902, Santa Clara, Argentine, décédé le 4 février 1948, Moisés Ville, Argentine.

Sacha, fille de Moshe et Hannah Guerchuof, nés respectivement le 2 septembre et le 23 septembre 1871, province d'Ekaterinoslav, Russie.

Erika, compagne de Daniel Dinard, né en 1946 à Marseille, France.

— Il n'est pas mort…, souffle Sixtine.

Elle se remémore aussitôt les paroles d'Élisabeth. Il suffit d'aller sur Internet. Vraiment ? À pas de loup pressé, elle grimpe l'escalier, saisit l'ordinateur déposé sur la commode de la chambre. La lumière bleue éblouit l'espace.

Daniel Dinard. Le moteur de recherche crache une multitude de réponses. Sixtine clique sur le lien le plus récent, un article de *La Gazette ariégeoise* datant de décembre 2013.

Rencontre avec Daniel Dinard, l'écrivain du pays.

« C'est à Saint-Girons, au lieu dit le Billot, que Daniel Dinard vit depuis 1969. Les éditions du Couserans ont eu la bonne idée de publier quatre de ses nouvelles dans un recueil qu'on peut d'ores et déjà trouver à la librairie La Mousson. Originaire de Marseille, l'écrivain avoue avoir eu « un coup de cœur » pour le Couserans à une époque où les premiers hippies venaient s'installer en Ariège. Daniel Dinard était l'un d'eux, tout en restant à part. Il a travaillé presque quinze ans aux papeteries

Lédar où il était très apprécié. En outre, pendant des années, avec sa compagne Erika, ils ont donné vie à la troupe ambulante “Mu théâtre”, bien connue des habitants dans les années soixante-dix et quatre-vingt. L'auteur a notamment écrit une vingtaine de pièces pour le théâtre et des créations autour du cirque. Daniel Dinard dédicacera ce samedi son livre à la librairie La Mousson. »

Le Billot, 09200 Saint-Girons. Internet est incroyable. En un claquement de doigts sur le clavier, Internet vient de révéler à Sixtine l'itinéraire le plus rapide la reliant à son grand-père, Daniel. Deux heures cinquante-quatre de route les séparent.

Saint-Girons, avril 1983

Et moi, je fais quoi de toutes ces lettres ? Je les brûle, j'oublie, je pleure.

J'aurais dû m'arrêter plus longuement sur cette dernière lettre reçue en juin dernier : « Vous devez sérieusement songer à vous convertir et à changer de vie pour vous tourner vers le Seigneur si vous souhaitez que nous gardions un lien. »

Nous n'avons pas su comprendre. Nous avons continué de noircir nos cartes de saltimbanques. Nous n'avons pas su lire que les mots de Muriel n'étaient pas de vaines menaces d'adolescente, des paroles en l'air.

Alors, juste après Noël, n'obtenant plus aucune réponse, nous avons cherché notre jolie fille. Inquiétude de parents sans cervelle. Dan n'avait toujours pas compris ton langage quand il est arrivé devant ta chambre de bonne où vivait une certaine Esther. Muriel ? Partie, ailleurs.

Il pleuvait à Saint-Girons. On pensait que le Salat allait déborder. Et moi je ne voulais pas croire que tu pouvais mettre en application tes mots insensés. Ta religion ne dit-elle pas quelque chose comme : tu honoreras ton père et ta mère ?

Voilà comment nous nous sommes retrouvés à appeler toutes les paroisses de Paris, pauvres vieux à côté de la plaque demandant invariablement des nouvelles d'une certaine Muriel Kosslov. À Saint-Nicolas-du-Chardonnet, une dame nous a parlé de toi, de ton déménagement à Rennes. Elle semblait te regretter.

J'ai senti quelque chose. Ce n'était pas l'hôpital, la tumeur et tout ça. Ce n'était pas ce souffle absent de mon corps. C'était ta disparition. L'inéluctable disparition de ma jolie fille, Muriel Kosslov.

Nous avons enfin réussi à avoir une adresse. Hier, nous avons pris la route sans hésiter. Jusqu'à Rennes. Et nous nous sommes retrouvés devant ta maison, dans un quartier chic, encore. Dan a sonné nerveusement. Il y a eu des bruits de pas à l'intérieur, un silence, des paroles inaudibles et les minutes sont passées. La porte s'est ouverte, un type était devant nous, souriant. De taille moyenne, cheveux ras, pull marine, il avait l'air vraiment gêné. Très poliment, il nous a dit que tu étais alitée et que tu ne pouvais pas recevoir. Je lui ai demandé s'il était ton ami ? Il m'a dit : « Plutôt son mari ! Bruno. » Il était souriant, vraiment gêné, encore. C'était étrange, il nous regardait comme ça, sans nous demander qui nous étions. Il a poussé la porte, s'est retrouvé à côté de nous sur le seuil. Je me souviens qu'il faisait froid, vraiment glacial. Et lui, il avait son petit pull comme ça et une chemise dessous. Il s'est mis à chuchoter, à nous raconter que vous vous étiez mariés quatre mois plus tôt. Ton mari a dit que tu étais fatiguée car enceinte. Il nous a proposé de laisser notre numéro en disant : ma femme vous rappellera sans faute.

Sa voix a baissé encore d'un ton : « Je suis désolé de ne pas mieux vous recevoir, Muriel est très perturbée par le décès de ses parents. »

Devant nos mines interloquées, il a ajouté : « Vous n'étiez pas au courant ? Muriel m'a dit que vous étiez de vieux amis de la famille. »

Alors, on a bafouillé quelque chose de ridicule.

Et ton mari a dit encore : « Les parents de Muriel sont morts dans un accident de voiture juste avant notre mariage, je n'ai même pas pu les rencontrer… »

Nous nous sommes excusés, Dan a dit merci.

Il m'a prise par l'épaule et ton mari est rentré dans la maison. Je me suis retournée et j'ai regardé les fenêtres, les mouvements des rideaux. J'ai compris que tu étais derrière l'un de ces tissus.

À quoi bon te raconter tout ça. Et continuer de t'écrire ? Écrire en s'adressant à toi est ridicule. Tout ce qui est raconté, tu le sais. Tu es la protagoniste principale de cette triste histoire. Il ne sert à rien de t'envoyer ces mots, ni même de te dire que nous avons pleuré tout au long de la route, les huit longues heures de route jusqu'à Saint-Girons. À quoi bon laisser à ton mari notre numéro de téléphone sur un bout de papier ? Tu étais là. J'ai écrit « urgent » avec le numéro de la maison que tu connais par cœur.

Erika

17

« Tu honoreras ton père et ta mère »

Saint-Girons, novembre 2014

Le break se gare au bord du Salat. Sixtine descend, saisit Adam et le couvre d'un blouson en polaire. L'air est frais, la rivière gronde. Sur l'autre rive, la flèche de l'église paroissiale se dresse face aux flots furieux. La porte est ouverte, le lieu est vide, Sixtine s'approche d'une statue de la Vierge, allume un lumignon rouge sous le regard ravi d'Adam. La flamme brûle dans les yeux du garçon. Elle s'installe au premier rang, face à la grande croix du Christ, sur ce même banc où Muriel assistait à la messe un mardi de septembre trente ans plus tôt. Il y a des fleurs violettes sur l'autel. Le regard de Sixtine s'enfonce dans celui de Jésus en croix. Un profond soupir échappe de la poitrine d'Adam, assis sagement à côté de sa mère.

Seigneur, je ne trouve pas les mots. Je vous prie pour ce qui va suivre, je vous prie de me donner le courage d'affronter ce qui m'at-

tend. Je vous prie pour Pawel, l'appendicite ce n'est rien, mais les opérations me font peur. C'est un pécheur, je voudrais tant qu'il voie un jour votre lumière, qu'il soit éclairé par la foi. Seigneur, tout cela est-il vrai ? Suis-je là, en train de prier à vos pieds pour un être sans foi ni loi ? Suis-je vraiment en train de prier pour l'âme de Pierre-Louis ? Cet avocat m'a-t-il vraiment dit au téléphone qu'il y avait des preuves irréfutables de la culpabilité de Pierre-Louis dans le décès d'Antoine Fabre ? Ai-je rêvé de tout cela, de la vie à Sauveterre, du Lézert, d'avoir chanté au son du hang drum de Pawel dans le Bistrot des amis ? Ai-je rêvé ? Suis-je toujours prisonnière de la chambre d'Agnès dans la maison Sue de La Garde ? Est-ce que je compte encore les minutes quand Adam pleure ? Ma mère a-t-elle pris le thé rue des Lilas dimanche dernier en notre compagnie ? Tout cela est-il vrai ? Adam est-il réel ? Et ce monsieur au téléphone, Daniel Dinard, est-il vraiment mon grand-père ? Seigneur, mon monde s'est écroulé, ma vie a été renversée, j'ai péché, j'ai délaissé les chapelets, depuis combien de temps n'en ai-je pas dit ? Seigneur, je me sens si émue et si heureuse. La veuve d'un homme ayant gravement fauté, la veuve se retrouvant seule avec son fils et loin de sa famille, la veuve côtoyant des hippies païens, cette veuve peut-elle décemment être heureuse ? Bientôt, elles apprendront la vérité, Élisabeth leur racontera. Le lendemain de Noël, elles seront là. Je devrai leur rendre des comptes. Maman doit-elle des comptes à Daniel Dinard ? Seigneur, donnez-moi la force d'aller jusqu'au Billot.

Le chemin est court, presque trop court, seulement deux ou trois kilomètres s'étendent entre l'église paroissiale de Saint-Girons et le lieu dit le Billot. Sixtine roule au pas. On la klaxonne. On s'agace derrière elle dans un 4 × 4 noir. Elle franchit un petit pont. Tourne à gauche au premier croisement, pénètre dans la cour d'une ferme en pierre avec des volets bruns. Un chien aboie dans une grange, un vieux monsieur à la barbe grise pousse la porte d'entrée et se mord les lèvres, immobile sur le seuil. Sixtine lui sourit en descendant du break, détache Adam et le prend dans ses bras. L'homme âgé ne dit pas un mot, ses petits yeux gris brillent intensément. Il porte un pantalon en velours côtelé, une chemise à carreaux, un gilet en laine. Ses mains battent dans le vide devant lui.

— Bonjour, merci de nous recevoir, je suis Sixtine.

— Ah, je sais. Viens, entre.

La gorge tremblante, Sixtine suit son hôte dans une pièce rustique agrémentée d'une modeste cheminée où un feu sans vigueur crépite sur la pierre. Ils se regardent. Daniel Dinard l'invite à s'asseoir sur un rocking-chair en bois artisanal. Il attrape un tabouret, s'installe face à eux, tête en avant, poings crispés.

— Alors, tu es la fille de Muriel ?

— Oui, nous sommes six enfants, je suis la dernière.

— Ah oui, six. Ah oui. Et c'est ton fils ?

— C'est ça, il s'appelle Adam, nous vivons en Aveyron.

— Très bien, bien. Et Muriel, elle va comment ?

Le visage de Sixtine s'enflamme. Son regard croise celui du vieux monsieur, des larmes glissent au coin des yeux plissés par le temps. Muette, la jeune femme sent à son tour des perles d'émotion fondre sur ses joues brûlantes. Adam pince son nez, attrape une larme au vol. Ils se regardent et tout en laissant les pleurs déborder Sixtine se met à rire.

— Excusez-moi, c'est si étrange, j'ai tellement de choses à vous demander !

— C'est moi, c'est moi, j'ai toujours espéré ce moment ! Si tu savais comme Erika et moi on a rêvé qu'un jour Muriel ou l'un de ses gosses débarque ici…

— Je, je vais vous dire la vérité : je n'ai pas de nouvelles de maman depuis seize mois. J'ai quitté ma vie à Nantes, j'ai fait quelque chose de très mal, je ne leur ai plus donné de nouvelles, ni à mes beaux-parents ni à mes parents, seulement quelques messages au début. Je les ai fuis.

Sixtine ne décroche plus son regard de celui de Daniel Dinard, stupéfaite elle réalise que c'est la première fois, en dehors de la confession, qu'elle raconte sa fuite.

— Ah, c'est… tu es partie ?

— Oui, je me suis échappée d'un monde où j'étais malheureuse.

Elle s'étonne de formuler ainsi les choses, si clairement.

— Muriel est toujours… toujours très catholique ?

— Oui.

— Et son mari, il est gentil ?

— Papa est quelqu'un de très gentil, oui.

Sixtine rit en pensant à Bruno, à ses cadeaux impromptus, à son désir de toujours satisfaire sa femme. Adam descend de la chaise, fait quelques pas dans le salon, saisit une figurine en bois.

— Non, mon chou, c'est peut-être fragile.

— Non, non, il peut. Prend tout ce que tu veux, petit, tu sais, je suis ton arrière-pépé ! réagit Daniel Dinard en souriant.

— Pourquoi ne vous connaît-on pas ?

Sixtine tend son cou et se redresse sur le rocking-chair.

— Muriel ne t'a jamais raconté ?

Elle hoche la tête, n'ose pas parler du mythe familial des parents russes blancs morts dans un accident de voiture dramatique.

— C'est un peu dur de t'expliquer tout ça, nous n'avons jamais vraiment compris. Elle s'est éloignée de nous un peu plus chaque année. C'était sa décision de ne plus nous voir. Elle avait dix-neuf ans, était majeure, mariée. On ne pouvait rien y faire. Juste garder la porte ouverte.

Daniel Dinard pèse ses mots, mais l'expression de son visage douloureux dépasse ses paroles.

— Et votre femme ?

— Erika était malade à ce moment-là, un cancer. Elle ne voulait pas, mais une fois j'ai fait envoyer une lettre à Muriel, par recommandé, avec une adresse d'un ami à Paris pour être sûr qu'elle l'accepte. Je lui ai écrit que sa mère était très malade. J'espérais la voir arriver jusqu'au dernier moment. Mais, bon, peut-être qu'elle n'a même pas lu cette lettre. Elle ne voulait plus de nous dans sa vie, morts ou vivants, ça changeait quoi ?

Sixtine hoche la tête ahurie, jette un œil à Adam assis par terre en train de babiller avec une miniature de vache en bois.

— C'est affreux.

— C'est la vie. J'ai été très malheureux à cause de tout ça. À un moment tu te dis : à quoi bon ? J'ai eu la chance de connaître Erika, elle était... elle était incroyable, une étincelle, cette vie intense dans tout... Enfin, j'étais fou amoureux d'elle, j'ai eu la chance de faire ce que j'aimais, de tourner avec la troupe qu'on avait montée, d'avoir une petite fille, un amour. Voilà, elle va bien, elle est heureuse, elle a eu six enfants. Tout va bien. Et toi tu es là aujourd'hui. Je suis arrière-grand-pépé, alors ?

— C'est ça !

— Bon, par contre j'ai des choses pour toi.

— Pour moi ?

— Oui, vous venez ?

Daniel Dinard se lève du tabouret et prend la main d'Adam qui le suit docilement.

— Viens voir, petit garçon, là-bas dans la grange il y a des moutons, tu connais les moutons ?

L'enfant le contemple en silence, yeux écarquillés. Ils sortent, le chien vient renifler les mollets de Sixtine, Adam pose sa main sur la truffe moite du border collie. Daniel Dinard pousse une porte coulissante ouvrant sur une vaste grange où dorment des balles de foin et de paille, un petit tracteur sans cabine et des rouleaux de clôture. Au fond, à droite, un enclos abrite six brebis. Adam s'immobilise, regarde sa mère en souriant.

— On va les caresser ? invite le grand-pépé en enjambant la barrière. Ça c'est Boadicée, elle, là, c'est Sankara, voici Ernesto, Karl, Marcus et Olympe. Ils te plaisent ?

Adam approche sa petite main du dos frisé d'une brebis au regard passif. Il recule d'un pas, hésite, caresse à nouveau la toison.

— Venez, c'est là-bas.

En toussotant, Daniel Dinard soulève une bâche poussiéreuse faisant office de rideau dans un recoin de la grange. Une roulotte bleu et jaune aux couleurs vibrantes se dresse devant eux. Adam bat des mains.

— Maison, maison !

Le vieil homme caresse les cheveux châtains et pousse la porte de Muriel, la roulotte. Il s'assied sur le petit canapé en osier et contemple l'intérieur de son chef-d'œuvre d'un air satisfait.

— Voilà, ça fait longtemps qu'on ne s'en sert plus, mais c'était notre deuxième bercail, Muriel y a passé son enfance. Je l'ai bien entretenue. Erika était persuadée qu'un jour notre fille ou l'un de ses enfants viendrait ici. Elle m'a fait jurer de garder toujours la roulotte prête. C'est ton héritage si tu le veux bien, chuchote-t-il d'une voix émue.

— Mon héritage ?

— Oui, ta voiture, elle a une boule d'attelage ?

Sixtine regarde le vieil homme, hébétée. Ce dernier n'attend pas de réponse, il s'accroupit à côté du canapé artisanal et saisit une caisse en bois glissée dessous. Sa bouche sèche souffle sur la poussière fine recouvrant la serrure.

— Ça aussi. Erika voulait les brûler. Elle avait écrit des lettres depuis la naissance de Muriel, ça lui plaisait de raconter des choses à la petite. En grandissant, avec ce qui se passait, ça lui a fait du bien. J'ai tout gardé, tu n'es pas obligée de les lire. Mais c'est pour toi.

Sixtine saisit la boîte en acajou, caresse la matière et ouvre le loquet. À l'intérieur, il y a des feuilles éparses, quelques photos en noir et blanc, des cailloux et une mèche de cheveux.

— Merci, glisse-t-elle à Daniel.

— Voilà.

Adam, debout sur le canapé, tire un rouleau de corde déposé sur une étagère. L'enfant fouette, répète trois fois :

— Au galop, ya, au galop !

— Ce n'est pas un lasso petit homme, c'est la corde lisse de ton arrière-mémé. C'est la corde d'Erika, elle la rangeait toujours ici, je n'y ai pas touché, c'est à toi, tu peux jouer avec et même en faire un lasso si tu veux !

— Vous ne voulez pas garder tout cela ? interroge subitement Sixtine.

— Non, je veux accomplir la volonté d'Erika. C'est ça qui me ferait plaisir. Bon, vous n'avez pas faim ? Il est déjà midi passé, vous allez bien rester manger ? Il aime le fromage le petit cow-boy ?

— Merci, avec plaisir.

Sur la grosse table en bois de la ferme, il y a une soupe de carottes fumante, une grosse miche de pain, des noix, une demi-tome de fromage, des petits chèvres frais aux herbes, un saucisson entamé, des tranches de lard grillé.

— Ça ira ? demande Daniel Dinard.

— C'est parfait, répond Sixtine dans un sourire.

Adam mange de tout, réclame une autre tranche de « cronage », se régale de la croûte dure, coince une rondelle de saucisson dans son unique incisive. Une fois le dessert avalé, une tourte aux pommes croustillante et sucrée, Daniel leur montre une petite chambre à l'étage, enlève un dessus-de-lit vieillissant, ferme les volets.

— Bonne sieste, je vais remettre du bois, je ne suis pas loin.

— Merci beaucoup.

Adam saute sur les couvertures, accepte tant bien que mal de se coucher sur l'oreiller en dentelle. Sixtine jette un œil à la chambre éclairée d'une lampe marocaine aux teintes rouges. Il y a une croix au-dessus du lit, une image de la Vierge dans un cadre sur la table de chevet, un chapelet est déposé à l'angle de la dorure.

— Maintenant, tu vas faire la sieste mon Adam, je reste un peu avec toi. D'accord ?

— Maman, la chanson, petite fleur, je veux petite fleur !

Une petite fleur, l'amour,
La belle aux mille oiseaux...

Adam dort, jambes écartées, sur le dos, le poing levé, la bouche entrouverte, doudou contre son cœur. Sixtine caresse le front lisse, glisse ses doigts parmi les boucles brunes.

Tout doucement, elle s'écarte de l'enfant et s'approche du mur où sont accrochées quelques photos : une image d'une petite fille avec ses parents devant la roulotte bleu et jaune, Muriel, Erika, Daniel. Une autre de quatre adolescentes dans des uniformes d'un autre temps, jupes bleues plissées, à mi-cheville, chemisiers blancs, cheveux attachés. Sixtine ouvre l'armoire d'où s'échappe l'étrange parfum des vieux vêtements oubliés. Elle caresse un pantalon pattes d'éléphant accroché à un cintre. Dans un tiroir elle trouve un missel et une vie de sainte Thérèse de l'Enfant-Jésus, il y a aussi une image avec un Sacré-Cœur rouge sur fond blanc, au dos, Sixtine lit une prière qu'elle connaît si bien : *Mon père, je m'abandonne à vous, faites de moi ce qu'il vous plaira.* La jeune femme se raidit, ferme le tiroir, ouvre discrètement la porte et se faufile à l'extérieur de la chambre. Dans le salon, Daniel Dinard insère des bûches dans le foyer brûlant.

— Vous reviendrez ?

Le regard de Daniel Dinard est triste, timide.

— Bien sûr, nous en avons très envie.

Adam râle, espérant retourner une dernière fois dans l'enclos des moutons, le chien lèche son oreille droite d'un coup de langue furtif.

— Est-ce que je peux vous prendre en photo ? poursuit Daniel.

— Oui, bien sûr.

Le vieil homme retourne d'un pas pressé dans la maison et ressort quelques secondes plus tard, un Polaroid d'un autre temps à la main.

— Voilà, vous pouvez vous mettre là, sur le banc ?

Sixtine s'installe sur le siège en pierre de la cour de la ferme du Billot, Adam sur ses genoux, elle sourit.

Le break s'ébranle, franchit à nouveau le petit pont. Daniel Dinard voit apparaître sur un carré blanc le visage d'une jeune femme brune dont les traits ressemblent de façon troublante à ceux d'Erika, l'Amour. Elle tient dans ses bras un bambin, là sur le banc fabriqué de ses propres mains quarante ans plus tôt. Là où Erika prit la pose un jour d'été, Muriel sur les genoux.

Saint-Girons, 1er septembre 1983

Je le sais, je n'écrirai plus. Ma main peine à tenir ce stylo lourd comme la mort. Surtout, je n'en ressens plus le désir. Juste une dernière fois. Pas pour moi, pas pour ma jolie fille rendue orpheline par les mensonges. Peut-être pour le bébé porté dans son ventre. Pour celui, qui, un jour, voudra savoir. On n'invente pas des histoires aux enfants. On ne peut pas leur mentir. Au fond d'eux ils savent. J'ai toujours su que Sacha ne disait pas vraiment la vérité quand elle parlait de la formidable épopée argentine de ses parents, de la main tendue par le gentil baron sauveur et de la terre promise. À son tour, l'enfant de Muriel le saura.

Il ne comprendra pas vraiment de quoi il s'agit. Mais il décèlera le mensonge. De quoi avait-elle tant honte, Muriel ? De mes tenues de bohémienne ? De notre vie d'artistes, ex-soixante-huitards gauchistes et éleveurs de moutons sans-le-sou ? Des textes enflammés de Dan ? De mes pieds nus sur la corde lisse ? Des origines impies de son père, fils d'instituteurs plus républicains que la République, athées jusqu'à la moelle ? Des miennes ? A-t-elle eu honte d'être la petite-fille de gaucho juifs de la pampa ? Jésus n'était-il pas juif lui aussi ?

Je viens de rentrer à la maison, à l'hôpital ils ne peuvent plus rien faire, je veux être ici. Dan me prépare des décoctions de plantes, il soulage les douleurs, il me lit des poèmes de García Lorca. J'ai envie d'entendre l'espagnol, d'entendre le français, d'entendre le yiddish, l'hébreu, le russe comme à la bibliothèque Kadima de Moisés Ville. J'ai envie de m'endormir bercée par la voix sèche de Sacha, celle de mon petit bébé Muriel gazouillant au cinquième étage d'un immeuble brisé, de mon frère David et du vieux Moshe qui murmure une langue lointaine dans la steppe herbeuse. Dan est tout cela à la fois. Il est tous ceux que j'aime. Il a retrouvé les mots, les textes, les chansons d'une vie. Il accompagne la fin de mon monde avec la douceur d'un père, d'un ami, d'un enfant, d'un amant, d'un amoureux.

Il panse mes plaies. Et dans ma tête endolorie les images défilent. Comme un film d'images. Je vois ma jolie petite fille avec sa tresse assise dans la cour de la ferme du Billot. Elle regarde une photo de Sacha et répète : mamita. Elle m'écoute sagement lui raconter l'épopée familiale, bouche ouverte, petit poisson.

Est-ce à cause de cette histoire ? Ne peut-elle vraiment pas dire à son mari que sa grand-mère s'appelait Sacha et était née en 1902 dans la colonie juive de Moisés Ville, en Argentine ? Une gaucho juive. Comme des milliers d'autres venus de l'enfer russe à la fin du XIXe siècle. Qu'y a-t-il de honteux dans le parcours de Moshe et Hannah ? Les parents de Sacha avaient fui la province de Ekaterinoslav. Dans l'empire de Nicolas Ier, persécutions et pogroms accablaient les Juifs. C'était tout à leur honneur de croire en la terre promise. Un riche baron, Maurice de Hirsch, leur avait trouvé un nouvel Israël : l'Argentine. Sales, heureux, épuisés, on les a installés dans la colonie pionnière de Moisés Ville au cœur de la vaste plaine.

Muriel a-t-elle voulu cacher à son mari bourgeois la pauvreté et la détresse de ses bisaïeuls ? Moshe et Hannah, accablés par les dettes et les intérêts exorbitants dus au généreux baron, condamnés à travailler la terre récalcitrante de la pampa. Héritage de pauvres hères, endettés, escroqués et reconnaissants. Héritage de Sacha, jeune fille de Moisés Ville, colonie à l'incroyable cacophonie des langues, où se mêlent le russe, l'espagnol, le yiddish, l'hébreu, Sacha fille dévouée, fidèle servante de la synagogue Beit Amidrash Agadol, bientôt femme d'un autre gaucho juif, Alberto Kosslóv, de la colonie de Santa Clara. Bientôt mère, bientôt veuve. Notre héritage à David et moi. À moins que ce ne soit autre chose. Pas le côté pauvre gaucho frusque et truandé. Mais le côté juif. Comme l'Argentine des années de mon enfance. En pleine guerre mondiale, alors que les persécutions prenaient une ampleur folle en Europe, l'Argentine demandait aux Juifs en fuite de tenter leur chance ailleurs. Plus chez nous. Ailleurs, nulle part. Ils avaient honte de nous. La honte, voilà. C'est le bon mot.

En 1957, j'avais dix-sept ans et j'ai refusé la proposition de David : partir tous les trois en Israël, la terre promise véritable selon lui. Si j'avais accepté, si Sacha avait bien voulu quitter Moisés Ville, si je n'avais pas embarqué sur ce paquebot pour Marseille, Muriel serait née dans la grande Jérusalem. À moins que ce ne soit dans une pauvre isba d'Ukraine ou dans un village de colons de La Plata. Mais j'ai suivi le chemin de la corde lisse, j'ai choisi un rêve entre le Salat et le Lez.

18

« N'ayez pas peur »

Sauveterre-de-Rouergue, décembre 2014

Sixtine agite sa main en regardant Lydie, Léo et Adam la saluant à la fenêtre. Elle remonte la fermeture Éclair de son blouson, consulte sa montre et décide de passer par l'église. Lydie vient à nouveau de la complimenter sur son maquillage. C'était juste un petit coup de crayon, cela se remarque-t-il tant que ça ?

Sixtine sourit en insérant la grosse clé en métal dans la serrure de la maison de Dieu. Elle est seule avec le Seigneur. Assise au premier rang face au Christ en croix. Subitement, elle est frappée par la brutalité du tableau. Les mains et les pieds de Jésus où sont enfoncés d'atroces clous acérés. C'est une scène de torture, d'agonie, de souffrances sans nom. *Comment peut-on montrer une image aussi atroce aux enfants ?* pense Sixtine dans un éclair.

Ses yeux s'immobilisent sur ceux du Crucifié. Tête haute, d'une voix assurée, elle fixe le Rédempteur. Sa prière déborde du silence, de l'intérieur, de son âme et s'entrechoque contre les murs de l'église paroissiale.

Mon Père, je m'abandonne à vous.
Je m'abandonne,
à ma propre décision.
Mon choix.
Seigneur, j'ai prié des heures durant
à genoux,
même quand mon corps se refusait à le faire.
J'ai confessé mes fautes.
J'ai suivi vos enseignements.
J'ai récité des chapelets,
chaque dimanche. Des rosaires aussi.
Je me suis abandonnée.
Seigneur, j'ai souffert en sacrifice pour les fautes des pécheurs.
Ces fautes qui offensent votre Sacré-Cœur. J'ai tout offert.
J'ai fait pénitence.
Vous ne m'avez pas abandonnée.
Moi, la femme seule, faible, soumise à la tentation.
La mère solitaire.
À chaque cri d'Adam,
dans les nuits d'infortune,
dans les sourires du monde au creux du transat brûlant de l'été.
Dans ses premiers pas hésitants.
Vous étiez-là.
Vous ne m'avez pas abandonnée.

Tu ne m'as pas abandonnée.

Malgré ma désobéissance, mon infidélité, ma fuite.
Tu étais là.
Ce sera ce soir.
Ce soir je trouverai la force.
Renoncer au péché mortel
ou croire en ma propre vérité.
Ce sera mon choix,
mon abandon.
Et tu seras là, je le sais.
Je n'ai pas peur.
Pas peur de toi.
Je suis cette femme qui vient de passer dix-huit mois avec Adam.

Sixtine ouvre sa bière d'un coup de briquet. Elle boit une gorgée. Depuis quand aime-t-elle la bière ? Pawel se tourne vers elle.

— Franchement merci. Tu m'as sauvé la mise avec les schmitts.

— C'était rien. Juste de la charité chrétienne !

Il rit.

— Comment tu as fait pour trouver ce lieu génial ? reprend Sixtine tout en contemplant les voûtes en pierre de la petite bergerie semi-enterrée.

— J'avais demandé à Din ce qu'il faisait de ce cabanon en ruine, il a dit rien, que c'était pérave. Je pensais juste me le retaper pour me faire un petit coin tranquille et quand je suis tombé sur ça, j'ai halluciné : un filet d'eau de source qui débarque dans le taudis ! Palace !

Dans la pièce sombre, il y a un canapé-lit déplié, une grosse couverture en boule. Une petite table bricolée avec du bois et de la pierre est collée à l'unique fenestron.

— Tu viens souvent ici ?

— Quand j'ai envie d'être tranquille ou d'emballer une gonzesse !

— J'espère que tu as de quoi leur faire des petits plats dans ta cuisine tout équipée.

— Bah, en général, elles ne viennent pas pour mes talents de cuisinier. Mais pour toi, je m'y suis mis ! Au programme : pâtes et brochet du Lincou grillé, pêché par mes soins !

— Non, tu as cuisiné des pâtes pour moi ? C'est trop d'honneur ! Mais tu pêches, toi ?

— Tu vas rire, je me suis laissé embarquer par le mec de Lydie !

— La fine équipe !

Pawel ouvre la porte, baisse la tête pour ne pas se cogner et attrape une caisse en métal adossée aux pierres de la cabane. Il la renverse, crée un nid de bois sec et allume le feu.

— Le meilleur barbecue du monde ! Barbeuc de luxe !

Ils boivent deux autres bières dehors, en attendant d'entendre le feu chanter et le brochet crisser. La nuit tombe, les braises rougeoient, Pawel dépose deux assiettes sur la table. Il ne fait pas si froid malgré l'absence de chauffage. Il y a donc des pâtes, un brochet aux herbes et une bouteille de vin.

— Tu l'as achetée ?

— Faut pas exagérer, je l'ai volée au Casino.

— Je pleure pour le viticulteur, le vendangeur, le maître de chai… volés par un crado !

— Et surtout tu bois à leur santé ! Tu sais, tu aurais pu prendre Adam, il aurait kiffé !

Sixtine ne répond pas. Ce ne sera pas ce soir. Pas plus que les autres. Donc jamais. Ce sentiment la rassure. Pawel est un ami, un véritable ami que les rêves recyclent en amant, en Amour. Et c'est mieux ainsi. Si ce soir, Pawel la désirait comme dans ses récits nocturnes, il ne dirait pas ces choses. Il ne dirait pas qu'elle aurait pu prendre Adam ou qu'il ne cuisinait pas pour les gonzesses ramenées ici. Non, il ne parlerait pas de tout ça.

— Et ton ventre s'est réparé ?

— C'était juste une vieille appendicite, tu sais, je suis grave solide !

— Tu es quand même resté trois semaines de plus chez papa-maman !

— Ouais, je me suis posé, j'ai repensé à ce que tu m'avais dit avec les meufs et la poudre.

— Pawel, je ne voulais pas te faire la morale.

— Non, mais ça m'a fait réfléchir, c'est pas mal aussi parfois d'écouter quelqu'un qui te dit : tu fais de la merde !

— Ce n'est pas…

— Si, si. Tu avais raison, je ne suis pas comme toi. J'ai tendance à être un mouton, malgré les apparences ! À suivre le mouvement du groupe, le troupeau des étudiants en stat ou des punks des Bordas… C'est pareil en fait.

— Pas ici en tout cas !

— Sauf ici peut-être, ouaip ! Et sur la route, rien de mieux que de s'échapper pour briser le mouton qui est en toi !

Du brochet, il ne reste plus rien. Des arêtes. Un fond de vin. Leurs voix se taisent. *Que voulait-il dire avec « je ne suis pas comme toi » ?* Derrière le fenestron, des étoiles grimpent au firmament.

Sixtine murmure :

— Quel est ce bruit ?

Pawel ne répond pas. Il écoute, se tait.

— Je crois… Oui, c'est le cerf ! Il y en a un qui traîne dans le bois derrière.

— Non.

— On sort ?

— Mais oui !

Elle enfile son blouson, ils courent à pas de prédateur, éclairés d'une lampe faiblissante.

— Il est tout près, chuchote Pawel.

Sixtine retient son souffle, la nuit est brune, un faible croissant de lune et des étoiles lointaines éclairent le petit bois. Elle n'entend plus de signe de vie de la bête, les pas sur les feuilles brisées, seulement le silence, les sons de la nuit fauve. Alors une superbe vision déchire l'espace. Pawel saisit le bras de Sixtine, ils ne bougent plus, ne respirent plus. Devant eux, sous un faisceau de lumière, ils distinguent clairement les bois du cerf tendus vers l'horizon. Leur silence dure plusieurs minutes. La beauté de l'animal les surprend, les ignore et s'échappe dans la forêt.

Dans le cabanon, Pawel propose un thé chaud. Sixtine s'assied sur le canapé-lit. Il s'installe à côté d'elle. Ils sont face à face. Et ils se taisent, encore. Et ils se regardent. Un seul mot suffirait, une seule blague pour rompre le fil. Leurs regards ne se lâchent plus, se rapprochent. Leurs lèvres se touchent et s'embrassent. La bouche de Pawel la heurte, la happe, elle s'envole. Un petit cri échappe de la gorge de Sixtine. La bouche de Pawel ne la quitte pas. Elle sent sa respiration, son haleine pénètre en elle comme un baume. Il mord ses lèvres, glisse sa langue contre la sienne, puis sa main atteint le dos de Sixtine, caresse le pull blanc. Les doigts du garçon remontent le long des omoplates, attrapent la nuque dégagée, la caresse. Il s'éloigne, revient, sa langue surgit encore, s'évapore, lèche cette bouche offerte, timide, émue. Sixtine ne connaît pas cela, cette langue humide, vorace. Depuis combien de temps un corps n'avait-il pas ravi le sien ? À son tour, Sixtine pose sa main sur la nuque des rêves interdits, la nuque rase et inaccessible de la mairie de Sauveterre. Elle tremble, ses lèvres claquent. Pawel cesse ses baisers, il s'écarte et regarde la fille. Sixtine ne peut pas s'empêcher de s'approcher encore, d'appuyer sa bouche contre celle immobile de Pawel, d'embrasser la peau claire, délicieuse et bénie de ce visage adoré. Il s'éloigne à nouveau, enlève son sweat, son tee-shirt blanc. Pawel regarde Sixtine dans les yeux, sans battre des cils. En contemplant le corps si longtemps désiré, elle pâlit, ce torse adulé marqué d'une tête de mort, d'un drapeau pirate, d'illisibles inscriptions, sataniques peut-être. Le diable est-il là ? Satan est-il en train de la posséder ? Elle n'a pas le temps de répondre, de faire fonctionner son cerveau, de penser, elle frémit, tremble, un orgasme atteint sa peau, sa chair, son corps ne bouge plus. Celui de Pawel s'approche, il est là contre elle, contre sa poitrine bondissante. De ses mains habiles, le garçon caresse à nouveau le dos habillé de Sixtine et sa bouche glisse de ses lèvres à son cou, de son encolure à ses oreilles, des lobes à la nuque. Pawel dévore la chair innocente. Ses mains enlèvent le pull, déboutonnent le chemisier de la fille inerte, tremblante, dont les yeux se ferment. Alors, la bouche de Pawel happe les mamelons, ses doigts touchent les seins tendus, la chair de poule, les lèvres entrouvertes. Sixtine gémit en sentant son soutien-gorge tomber sur le matelas, elle est presque nue devant Pawel. L'ange avale son gémissement, lèche furieusement ses lèvres et ses seins, encore et encore. Alors, sa main descend vers le jean de Sixtine, caresse le sexe enfermé sous la matière. Les yeux clos, elle se dit qu'il importe peu que ce soit le diable ou le mal, parce que son corps est un charbon, il ne peut plus résister, il s'enflamme au rythme des secousses caressant son entrecuisse. Et la main de Pawel assaille le bouton du pantalon, tire le jean vers le bas. La fille tremble, s'immobilise, le repousse une première fois. Pawel plonge son regard en elle. Voilà, c'est déjà bien, elle pourrait rentrer maintenant. S'arrêter là. Alors, Sixtine attrape la nuque du garçon. D'un mouvement de jambe, elle vient de faire tomber son pantalon au sol. Elle caresse le torse tendre, imberbe, l'embrasse. La voilà cette main sacrée, elle glisse à nouveau sur sa culotte, tourne furieusement autour de son sexe, cette main la rend folle, crée ce qui n'existait pas, une sensation inconnue, enfouie et brûlante. La main de Pawel se glisse sous le tissu, frôle la peau, saisit le sexe humide. De sa langue vorace, le garçon dessine de petits ronds sur les mamelons de Sixtine, ses lèvres baisent le ventre dur, dévorent son entrecuisse.

En un réflexe, la fille ferme les jambes, résiste.

— Si tu n'aimes pas, j'arrête.

— Pawel, je ne connais pas.

Il la dévisage, l'embrasse à nouveau sur la bouche, ses lèvres glissent le long de son corps, s'attardant dans sa nuque, sur ses seins, au creux de ses reins. Les yeux de Sixtine se referment, la langue de Pawel glisse entre ses jambes et danse sur l'espace de la braguette de son pantalon.

Elle gémit, il s'éloigne, caresse ses seins, lui dit qu'il les adore, les dévore encore, lèche à nouveau son clitoris, la tête enfouie entre ses cuisses, une main pinçant furieusement le téton droit. Le garçon blond tient une boîte de préservatifs ouverte entre ses mains, il en sort un et se penche sur Sixtine. Il est en elle, il la pénètre, d'abord doucement et ses cils battent à l'unisson contre la joue rose de la fille. Il la regarde alors dans ces yeux qu'elle n'arrive pas à ouvrir. Elle tremble encore.

Il n'y a pas de croix sur le front, pas de semence écoulée en elle. Il fait froid, mais elle transpire, son corps brûle. Pawel l'embrasse à nouveau sur la bouche. Il lui propose un joint.

— C'est si bon après l'amour.

D'un mouvement rapide, elle cache son corps nu sous la couverture, consulte son portable.

— Il est 11 heures, il vaut mieux que je rentre pour…

— Tu dois récupérer Adam ?

— Non, en fait il dort chez Lydie, Léo était tout content et lui aussi. Mais demain je me lève tôt.

Pawel ne répond rien, tire un pan de couette sur lui. Sixtine ne bouge pas, se dit qu'elle devrait se rhabiller, mais l'homme caresse sa hanche tout en tirant sur un pétard. Il lui propose un verre de vin, elle dit oui, se lève, enfile son chemisier et sa culotte, attache ses cheveux à la va-vite, le devance. Gênée, elle s'assied sur le canapé et trempe ses lèvres dans le gaillac volé. Est-ce qu'il faut parler maintenant ? Se dire quelque chose à propos de ce qui vient de se passer. Pawel la regarde en riant.

— Qu'est-ce qu'il y a ?

Il s'assied derrière elle, défait l'élastique de ses cheveux, baise sa nuque inerte.

— Il y a que j'ai encore envie de toi.

Sixtine se retourne rougissante, il l'embrasse, tire son corps sur le sien, arrache le slip et la blouse, caresse ses fesses, se détache du corps désormais couché sur le ventre, embrasse son dos, mordille la chute de ses reins, glisse ses doigts dans sa chair et lui fait l'amour, encore, encore.

C'est encore, et elle ne sait pas quelle heure il est. La nuit est noire. Où est le cerf ? Où sont les bruits de la forêt et où est le monde ? Ils n'ont toujours pas parlé, ils n'ont fait que se toucher, se mordre, s'aimer. Ses cheveux sont encore défaits. Pawel dort. Sixtine le regarde, réalise qu'à cet instant elle aimerait glisser ses doigts sur les fesses dures du garçon, sur ses cuisses d'homme et peut-être même, là-bas, sur ce monde inconnu. Sixtine baise tendrement la main de Pawel. À moitié endormi, le garçon saisit son visage, embrasse la commissure des lèvres et ouvre les yeux.

— Tu as envie de quoi, Sixti ?

Elle reste interdite, ne comprend pas où il veut en venir.

— Regarde, je te laisse mon body, tu en fais ce que tu veux !

Elle sourit timidement.

— Je ne sais pas ce qui…

— Tu fais ce que tu as envie.

— Je ne suis pas très habituée.

— On s'en fout, tu as envie de quoi ?

Alors Sixtine regarde le torse nu, dépose des petits baisers tendres, mouillés, elle croque les pectoraux, le ventre, le nombril, le cou, les épaules, les cuisses. Du bout des doigts ses mains touchent les fesses fermes, sa bouche baise à nouveau le nombril, descend, embrasse la chair nue, l'aine, la cicatrice d'appendicite de Pawel, ses lèvres se déposent délicatement, livrant par trois fois de sages baisers sur la verge dure de Pawel. Elle le regarde.

— C'est ça que les gens appellent « sucer » ?

Il éclate de rire.

— Pas tout à fait, Sixti, tu me fais rêver !

— Ce n'est pas bien ?

— Si c'est tellement bon.

Il se redresse, s'assied contre le mur, lui dit : viens.

Elle s'installe sur ses genoux, il est là, en elle, encore et encore.

La lumière du jour traverse le fenestron et vient se déposer sur l'épaule nue de Sixtine endormie dans le lit de Pawel. Ses yeux s'ouvrent, se précipitent sur l'heure indiquée par l'écran du téléphone. D'un bond, elle se lève, cherche ses habits épars. Il n'est que 7 heures, mais elle aimerait aller chercher Adam assez tôt, finir de préparer quelques affaires. Il caille dans la cabane de l'ange. Ange ou démon ? Sixtine regarde la figure enfantine endormie, la crête blonde écrasée.

— Tu veux du café ?

— Oui, tu as ça ?

— Bien sûr.

Pawel se lève à son tour, allume le réchaud, sort deux tasses en grès fendues. Ses yeux sont fatigués, sa voix traîne. La poudre noire se répand dans la casserole, il touille avec une cuillère, se dit qu'il devrait peut-être parler à Sixtine, lui dire ce qu'il a l'habitude de glisser : « On se rappelle à l'occase ! » Ou alors, ces mots nécessaires quand il sent la fille trop accrochée : « Tu sais, avec moi, il faut le prendre cool, je veux juste qu'on se donne du plaisir de temps en temps. » Sixtine boit son café en de petites gorgées, attache ses cheveux.

— C'est mignon ici, mais tu vas crever de froid un jour !

— C'est là ma destinée, lâche Pawel.

— Bon, je vais vraiment filer.

Elle termine son café d'un trait. Sait que le charme est rompu, la nuit d'amour a pris fin. Il n'y a plus rien à dire. D'un pas, elle s'approche de lui. *Pourvu qu'elle me fasse la bise* pense Pawel immobile, *qu'elle n'imagine pas qu'on va se dire au revoir comme un couple, d'un sérieux bisou bouche sur bouche*. Furtivement, Sixtine glisse un baiser tendre sur sa joue, caresse son visage comme elle n'a encore jamais osé le faire et sourit. Il ne sait pas ce qui se passe, et pourquoi, lui aussi, maintenant pose sa main sur la joue de Sixtine, dépose un baiser dans son cou, l'embrasse à pleine langue et, presque brutalement, attrape ses fesses, son sexe, pousse la fille sur la table bancale, arrache son pantalon, mord son chemisier, saisit ses mamelons. Elle gémit encore, il halète, il souffle et jouit, bouche collée à la sienne. Sixtine remonte son jean, le reboutonne, ajuste son corsage, caresse une autre fois la joue de Pawel et sort sans un mot. Le vélo l'attend, elle pédale avec force pour grimper la côte de Sauveterre. Ses yeux mouillés de larmes regardent défiler tour à tour le Lézert, les premières maisons du village, l'église du père Benjamin, le Bistrot des amis et la place aux Arcades. Il fait si froid dehors.

Ce matin, il a pris une douche. Il porte un pantalon propre, un blouson noir neuf, cadeau de ses parents. Sans sa crête ridicule, on le prendrait pour n'importe quel garçon bien élevé de l'Aveyron. Blondinet mignon, jeune prof de trompette sans histoire. Pawel mâche une herbe du Lézert et se force à siffloter. Doit-il se l'avouer ? Il se sent un peu bête d'avoir à faire semblant de traîner sur la place aux Arcades pour croiser Sixtine, passer se faire offrir un café. Cela fait sept jours qu'il se réjouit de n'avoir rien dit. Ni la phrase habituelle ni celle pour les filles n'ayant pas envie de sortir de son lit. C'était sa plus grande crainte : Sixtine, mère de famille bien élevée et catholique avait fait l'amour avec lui et allait attendre autre chose, plus, toujours plus. Les filles veulent toujours plus, s'était dit Pawel. Elle allait le rappeler, venir le soir au bord du Lézert pour l'écouter jouer, lui proposer quelque chose. C'était sûr. Il faudrait y aller mollo, lui dire de le vivre « cool ». Mais il n'y avait rien eu de tout cela. Demain, ce sera le 31 décembre, avec Din, ils partiront à Barcelone quelques jours. Demain cela fera huit jours qu'ils ont fait l'amour dans la cabane. *Il faut se l'avouer*, se dit Pawel, *j'ai envie d'elle*. Dans sa tête, il repense à la chair frémissante, au regard intimidé de Sixtine, à sa bouche prude glissant un baiser pudique sur son sexe, à ses seins ronds, incroyablement doux, à ses fesses mates, à ses cuisses, ses gémissements, ses cris de plaisir si frais, si timides, si vrais. Si elle n'avait pas eu un enfant, il aurait pu croire qu'elle était vierge. Tout semblait si nouveau, inconnu, tremblant. Ce tout l'appelait. Pawel avait pensé à Sixti cette nuit en sentant son sexe durcir. Il la voulait, encore une fois, ses lèvres et son corps et sa bouche. Mais « cool », hein ? En appuyant sur la sonnette, Pawel fronce les sourcils, réfléchit à ce qu'il va dire et trouve cela d'autant plus con. Il y aura Adam, il prendra donc un café et lui proposera discrètement de passer la voir cette nuit. Par réflexe, son doigt impatient appuie une seconde fois. Personne ne répond. Derrière la vitrine de son salon de coiffure, Lydie s'agite. Il attend encore, se tourne vers la coiffeuse.

— Salut, tu sais où est Sixti ?

— Salut Paw, je croyais que tu venais pour une coupe !

— Mais bien sûr, c'est cadeau de la maison ? Non, sérieux, elle bosse Sixti aujourd'hui, j'avais un truc à lui demander ?

— Ben, tu sais bien qu'elle est partie !

— Comment ça partie ? En vacances ?

— Non, elle a déménagé ! Vous vous êtes pas vus, l'autre soir ?

— Si, mais…

— Je croyais qu'elle t'avait dit et que tu venais chercher la clé.

— La clé de quoi ?

— De ton cadeau !

— Attends Lydie, je comprends rien, là. Elle a rendu son appart, Sixti ?

— Oui, j'ai même fait l'état des lieux pour elle hier, j'ai quand même quelques affaires à eux dans la cave. Ils devront bien les récupérer un jour…

— Mais ils sont rentrés à Nantes ?

— Non, elle a pris un billet pour Buenos Aires, juste un aller, cette folle ! Je les ai accompagnés mardi à l'aéroport. J'hallucine que tu sois pas au courant !

— À Buenos Aires ?

Lydie acquiesce et Pawel se sent à la fois bête et frustré. Non, il ne caressera pas les seins de Sixtine ce soir, il n'entendra pas sa gorge gémir quand il entrera en elle, il ne baisera pas ses lèvres douces et chaudes. *C'est quoi ce délire ?*

— Bon, ça c'est la clé du garage chez mes parents, ton cadeau est là. Ah, oui et celle du break de Sixti, elle te le laisse en attendant.

— En attendant quoi ?

— Je sais pas, qu'elle revienne ! Elle va bien revenir ?

Pawel écarquille les yeux, saisit les clés, celle du break est accrochée à un médaillon de saint Christophe. D'un regard il scrute les fenêtres de Sixtine dont les volets sont fermés.

— Tu savais, toi, que Sixti s'était planquée de sa famille ?

— Comment ça ?

— Avant-hier, il y a deux bourges qui sont venues, elles ont dit qu'elles étaient la mère et la belle-mère de Sixti, elles la cherchaient.

— Elles la cherchaient ?

— Oui, déjà, il y a quelques mois une meuf de sa famille était venue et je te dis pas dans quel état ça l'avait mise Sixti. Mais les nanas de l'autre jour, tu aurais vu ça ! Genre bien coincées. Sa mère, elle m'a fait de la peine, avec des larmes et tout. Elle a dit que ça faisait depuis la naissance du petit qu'elle n'avait pas vu Sixtine. L'autre, elle faisait flipper grave !

— Putain, je suis sur le cul, là.

Pawel se frotte les yeux, demande où est garée la Volvo break. Conduire la voiture familiale de Sixtine lui fait presque plaisir, même s'il n'est pas à l'aise avec l'image de cette Vierge Marie collée sur le pare-brise. Il connaît bien le chemin de la maison des parents de Lydie. La dernière fois, c'était pour cette soirée d'anniversaire où il avait fini avec une fille dans son lit. Elle s'appelait comment déjà ? C'était ce jour où il s'était senti mal à l'aise avec Sixtine. Pawel revoit leur rencontre à Sauveterre un jour de marché, leurs discussions au bord du Lézert. Dans ces premières fois, c'est vrai, il la désirait, elle lui plaisait, elle le perturbait. Din lui avait ouvert les yeux : une maman, catholique, veuve, fragile. Pas l'idéal pour un plan cul, il ne fallait pas aller jouer avec ça. Trop compliqué de coucher avec ce genre de femme. Maria. Voilà, sa conquête était rousse et s'appelait Maria. Pawel se gare devant la villa de plain-pied, insère la clé dans la serrure du garage. La porte s'ouvre. Devant lui se tient la roulotte bleu et jaune, une incroyable petite roulotte, avec, à l'intérieur, un canapé en osier, une minuscule table, un hamac en toile. Il y a un mot sur la table.

Elle s'appelle Muriel, elle appartenait à ma grand-mère Erika. Bon voyage Pawel. L'Amour.

Moisés Ville, décembre 2014

— Mama, bon maman ! hurle Adam d'excitation.

Tout en essayant tant bien que mal de fixer un nœud à l'arbre, Sixtine répond à son fils par un sourire.

Adam porte un short rouge, un polo gris, il est pieds nus sur l'herbe de la *plaza* San Martin.

— *Quieres ayuda ?* propose un jeune garçon de petite taille en débardeur blanc.

Sixtine acquiesce, prend Adam dans ses bras. Avec l'agilité d'un circassien expérimenté, l'homme déroule la corde, la fixe à un autre arbre, tend, attache, serre.

— *Muchas gracias.*

Sixtine rit, tout étonnée de son vocabulaire.

En face d'elle, il y a le bâtiment blanc de la Banco de Argentina. De là, elle peut apercevoir le théâtre Kadima et de l'autre côté la synagogue. Une vieille dame les regarde, assise sur un banc, en buvant de discrètes gorgées de maté à travers sa pipe.

— Alors, mon Adam, on se lance ?

Les bras de Sixtine saisissent le petit corps, le font virevolter dans le soleil de Moisés Ville. Hilare, Adam pose un pied sur la corde lisse.

Remerciements

Je remercie mes chères frangines, premières lectrices depuis le temps des cabanes secrètes ; mes parents qui m'ont toujours laissé la liberté d'écrire, y compris pendant les cours de physique-chimie. Et Nico, pour tout et tout le temps.

Merci à Claire Chamot pour ses précieux encouragements et sa relecture, à Laura Puechberty pour ses corrections.

Merci au bienheureux silence du monastère Sainte-Scolastique, où j'ai pu griffonner en paix les premières pages. À la fureur du groupe Krav Boca et en particulier à Paul, pour m'avoir initiée au monde des fermes pirates ariégeoises et des squats de Barcelone.

Merci à Tristan et Alice d'avoir remis un jour mon manuscrit entre les mains de Gwenaëlle Dréan et Jean-Baptiste Harang, à ces derniers pour leur enthousiasme et leur soutien inattendu. Merci à Vanessa Springora d'avoir cru en ce texte et à toutes les personnes des éditions Julliard qui ont permis à ce livre d'exister.

Composition et mise en pages
Nord Compo à Villeneuve-d'Ascq

FSC
www.fsc.org
MIXTE
Papier issu de
sources responsables
FSC® C003309

L'Éditeur de cet ouvrage s'engage
pour la préservation de l'environnement
et utilise du papier issu de forêts gérées de manière responsable.

Imprimé en France par EPAC Technologies
N° d'impression : 4550414324020
Dépôt légal : août 2020